broccoli lion
브로콜리 라이온 지음
ime 일러스트
춘상 옮김

聖者
성
자
Eccentric Priest and the Army of ants
샐러리맨이 이세계에서 살아남기 위해 걷는 길
7
無双
무
쌍

S NOVEL+

8장

기사단장의 고뇌와 어둠의 정령의 의도

CONTENTS

8장

기사단장의 고뇌와 어둠의 정령의 의도

01 교회 본부의 대응

우리는 록웰 왕에게 드워프 왕국에 다시 방문하겠다고 약속한 후, 성도로 출발했으나…… 도중에 예상치 못한 일이 일어났다.

어느 정도 길을 나아갔을 즘, 드워프 왕국에서 보호하여 데리고 온 사람들이 당장에라도 쓰러질 것처럼 초췌해져서 비틀거리기 시작했다.

드워프 왕국에서 노예 생활을 하면서 심신이 피폐해진 상태로 드워프 왕국과 성도를 잇는 험한 길을 강행군한 게 문제였다.

중간부터는 닦인 길이 나오지만, 그때까지는 계속 험한 길을 가야 했다. 결국 가도에 도착할 무렵에는 다들 초췌한 상태가 되고 말았다.

예전의 나였다면 이런 일이 일어나기 전에 대처했겠지만, 최근에는 체력이 어설프게 붙어서인지 힘들다는 생각이 없어서 이런 사태를 미처 예상하지 못했다.

더구나 그들이 드워프 왕국을 나오기 전, 성치사대에 들어가고 싶다고 했기에, 나는 마음속 어딘가에서 멋대로 그들의 체력이 좋으리라는 편견을 품고 말았다. 아울러 옛날에 블로드 스승님 밑에 들어갔을 때, 가장 먼저 시작한 것이 달리기 훈련이었기에, 무의식적으로 그들에게 험한 길을 걷는 것도 훈련을 시키고 있었다.

아니, 이유가 얼마나 있건, 그건 모두 변명이다.

나는 고개를 가로저어 생각을 털어버렸다. 이건 그저 그들보다도 다른 일에 정신이 팔려있어 저지른 실책이다.

이마에 흐르는 땀을 연신 훔치며 숨을 헐떡이며 괴롭게 걸어가는 그들을 봤을 때, 나는 비로소 실책을 깨닫고 반성하며 곧장 휴식에 들어갔다.

이윽고 찾아온 휴식에 기뻐하는 그들을 본 나는, 그들과 거리를 조금 벌린 뒤, 마법 주머니에서 마차의 본체를 꺼냈다. 그러자 드란이 다가와 익숙한 손놀림으로 말과 마차를 연결했다.

그렇게 휴식을 준비하고 있으니, 라이오넬이 무언가 할 말이 있는 듯한 표정으로 다가왔다.

"……내가 무르다고 말하고 싶은 거지?"

"그것도 있습니다만, 루시엘 님답지 않은 것 같아서 말이지요."

조금 예상 밖의 대답에 나는 고개를 갸웃했다.

"나답지 않다니?"

"평소였다면 그들한테 말을 건네거나, 혹은 케핀이나 케티한테 지시를 내렸을 테지요."

내가 정신을 딴 곳에 팔고 있다고 은근히 지적하는 건가? 뭐, 정곡을 찔렀다만.

"미안, 실은 재회를 약속했던 리자리아와 만나지 못한 게 계속 신경 쓰여서."

"아아, 그쪽이었습니까? 그 어둠의 정령의 힘을 부린다는 자 말이군요."

11

그쪽이라니, 라이오넬은 내가 드워프 왕국에서 데려온 자들을 염려하고 있다고 생각했나?

그 일은 라이오넬에게 일임했으니 그다지 걱정하지 않는다. 물론, 그 말을 라이오넬에게 했다가는 그들이 더욱 비참한 신세가 될 것 같으니 잠자코 있겠지만.

"응."

"그야 기억을 조작할 수 있는 성가신 힘이 몸에 깃들어 있으니……."

"그것도 그렇지만, 그 힘에 휘둘리는 듯한 인상이었거든."

나는 '물의 정령'과 '흙의 정령'의 가호를 얻었지만, 몸에 이렇다 할 변화는 나타나지 않았다.

그러나 리자리아는 아무래도 그 힘에 휘둘리는 느낌이 있었다.

더구나 리자리아처럼 정령의 가호나 정령의 힘을 얻었음에도 제대로 제어하지 못하는 자가 또 없다고 단언할 수는 없다. 그런 자와 마주쳤을 때, 나는 어떻게 해야 할까. 어떻게든 제어하거나 치유 방법을 찾아내고 싶은데…….

"루시엘 님, 다음에 그자와 맞닥뜨린다면……."

라이오넬이 칼집에 손을 댔다.

때마침 시야 한구석에 창백해진 얼굴로 눈이 휘둥그레진 에스티아가 비쳤다.

아무래도 라이오넬 탓에 겁을 먹은 모양이다.

"아니, 그럴 필요는 없어. 물론, 어둠의 정령의 힘을 무의식적으로 쓰는 상대이니 위험한 건 변함이 없지만, 말은 통하니까 어둠의 정령의 힘을 제어할 방법을 찾으면 어떻게든 되겠지."

"그렇다고 해도, 루시엘 님을 제외하면 그자의 힘에 대항할 수 있는 자가 없다는 건 문제가 아닐는지요?"

"그럼 최종수단으로 물체X를 다 함께──."

"알겠습니다. 대화의 길을 찾아보도록 하지요."

다 함께 물체X를 먹고 내성을 키우는 것도 한 가지 방법인데 말이지.

라이오넬은 도망치듯 대화를 끊고서 전 노예들 곁으로 갔다. 에스티아도 어쩐지 안도한 표정으로 케티와 대화를 나누기 시작했다.

그러고 보니 저 두 사람, 사이가 제법 좋아졌네. 거의 에스티아가 케티에게 의지하는 느낌이지만, 그래도 친해질 계기가 생겨서 다행이다.

다만 그 에스티아에게 한 가지 마음에 걸리는 점이 있다. 어쩐지 나를 조금 피하는 것 같은…… 기분이 든다.

그 이유는 에스티아와 합류한 지 시간이 상당히 흘렀는데도 지금껏 단 한 번도 독대해본 적이 없다는 걸 깨달았기 때문이다.

성속성 마법을 지도할 때도 케티나 다른 누군가가 옆에 꼭 있고……. 뭐, 지도를 받을 때는 진지하게 임하고 있고, 다른 사람이 있을 때는 그런 내색을 전혀 내보이지 않으니…….

S급 치유사인 나를 경외해서 그러는 걸까? 아니면…… 단순히

싫어서 피하는 거라면 역시나 실망인데.

 교황님이 파견해주시기도 했고, 모두와도 잘 어울리는 것 같으니 되도록 성도로 돌아간 뒤에도 제대하지 않고 함께 해줬으면 좋겠다.

 다음에는 나를 미워할 것 같은 성치사를 다시는 파견하지 못하도록……. 그런 생각이 머릿속에 떠오르자 나는 떨쳐내고자 휴식을 이만 끝내자고 모두에게 말했다.

 휴식을 마친 뒤 가도를 나아갔다. 말 위에서 보니 도로가 말끔하게 정비되어 걷기 편할 것 같았다. 그러나 슬슬 속도를 높일까 생각하던 차에 또 문제가 생겼다.

 그들이 워낙 지쳤는지 휴식을 취했는데도 몸이 도리어 무거워져서 걷는 속도가 더욱 느려졌다. 더 성가신 점은 체력만의 문제가 아니라는 것이다. 체력은 힐로 회복하면 끝날 일이지만, 그들은 마음이 꺾이기 쉬워진 상태였다. 내가 너무 초조한 나머지 드란에게 그들을 태울 새로운 마차를 준비해달라고 말했을 정도다. 하지만 드란이 그 자리에서 마차를 만들어낸다고 해도, 정작 마차를 끌 말이 없다. 어쩔 수 없이 걸어야만 한다.

 참고로 포레 누와르와 라이오넬이 부리는 배틀 포스는 마차 끌기를 몹시 싫어한다.

 그나저나 이들은 대체 성치사대가 어떤 부대인 줄 알고 나를 따르겠다고 한 걸까. 그저 성치사가 모여 있는 부대라고 생각했다면 몸이 편한 곳이라고 착각해도 이상하진 않다. 하지만 그들은 라이오넬을 비롯한 우리 일행들이 어떻게 활동했는지 이미 보았을 터인데…….

참고로 드워프 왕국에서 함께 나온 치유사들은 전 노예들보다 씩씩하게 걷고 있었지만, 그들도 발걸음도 차츰 더뎌지고 있었다. 그들도 체력의 한계가 찾아온 거다. 아마 여기까지 남몰래 힐을 발동해서 버틴 거겠지. 뭐, 애당초 체력을 단련하는 치유사는 없다는 걸 조르드 씨와 함께 다니면서 배우긴 했지만…….

새삼스레 이단이라고 남들이 뒤에서 쑥덕거리더라도 스승님의 제자로 들어가길 잘했다는 생각이 들었다.

고육지책으로 에어리어 힐을 써가며 그들의 체력을 회복했지만, 이미 걷기 자체에 한계를 느꼈는지 결국 휴식을 여러 번 취해야만 했다.

나는 그들 중에서 성치사대로서 함께 여행을 할 수 있는 자는 없다고 확신하고, 라이오넬에게 그들을 모험가나 수행원이 아닌 평범한 일반인으로 대하라고 지시했다. 이대로 갔다가는 성도에 도착하기도 전에 낙오자가 나올 것 같았다. 내 지시를 들은 라이오넬은 떨떠름한 얼굴로 수긍했다.

길어지는 여정에 스트레스를 느낀 건 우리뿐만이 아니었다. 포레 누와르와 배틀 포스가 틈틈이 그들을 노려보며 압박을 주기 시작했다.

그러나 이미 잔뜩 피폐해진 그들은 둘의 시선을 깨닫지조차 못

했다. 이윽고 포레 누와르와 배틀 포스도 의미가 없다는 걸 알고
는 체념했다.

아마 그들도 이미 성치사대에 들어가고 싶다는 생각은 버렸을
거다. 줄곧 그들 곁에서 걸었던 케티와 케핀이 휴식 시간에도 쉬
지 않고 모의 대련을 하는 광경을 보았으니 더욱더 그럴 것이다.
앞으로 그런 말은 입에도 담지 않으려 하겠지.

그러나 S급 치유사인 내가 호송을 맡은 이상, 그들을 도중에 버
린다는 선택지는 없었다. 다만, 이대로는 언제 도착할지 알 수 없
으므로, 다음 도시에 도착하면 기필코 말을 사자고 속으로 다짐
하며 어떻게 해야 저들을 조금이라도 편하게 해줄 수 있을지를
고민했다. 다만⋯⋯.

역시 치유사를 비롯해 15명이나 한꺼번에 보호 조치한 게 문제
였나⋯⋯.

나는 그런 생각을 끝내 떨쳐내지 못했다.

그날 저녁, 결국 도시에 도착하지 못한 나는 노숙을 결정했다.

내가 오늘은 여기서 야영하자고 말을 꺼내자 그자들이 한계라
는 듯 그 자리에 쓰러져버렸다. 강행군을 시켜 미안한 마음이 들
었다. 오늘은 조금 호화로운 야영식을 차려줘야겠다.

그때 라이오넬이 말했다.

"저들의 문제는 우리가 상상한 것보다 심각한지도 모릅니다.
루시엘 님도 이 상황에 문제가 있다고 생각하지 않으십니까? 이

대로 가면 저들은 루시엘 님이 억지로 강행군을 했다고 생각할지도 모릅니다."

"뭐, 그 문제를 개선하려고 마차를 준비한 거지만. 누가 먼저 가서 마을이나 도시에서 말을 구해 올 수 있으면 좋으련만."

라이오넬의 말을 듣고 나는 어깨를 들먹이며 대답했다.

그러자 케핀이 솔선하여 손을 들었다.

"그럼 제가 먼저 가서 구해 오겠습니다."

"의욕을 내준 건 굉장히 기쁘지만, 성 슈를 공화국에는 인족지상주의가 널리 퍼져있어서 어려울걸……."

"그렇습니까……."

케핀이 아쉬워하며 고개를 숙였다. 케핀에게는 미안하지만, 위험한 사태나 성가신 문제는 되도록 피하고 싶다.

"그럼 뭔가 시키실 일이 생기면 말해주십시오."

"고마워. 그때 부탁할게."

"옙."

"루시엘 님, 그럼 저와 함께 도시로 가시겠습니까?"

"라이오넬과 함께 간다면 말을 구하는 건 문제가 없겠지만, 내가 자리를 비우면 저들이 불안해하지 않을까? ……뭐, 가도를 나아가면 마을이나 도시가 보일 테니 그때까지 버텨봐야지."

사실은 라이오넬이 혼자 다녀오면 끝날 문제이지만, 그는 내곁을 떠났다가 강적과 싸우지 못했던 일을 몹시 아쉬워하는 터라, 썩 내켜 하지 않을 것 같았다.

"알겠습니다. 그럼 저들을 조금 단련시키는 건 어떨까요?"

"저렇게 지치고도 불평 하나 없었는데, 굳이?"

"그렇긴 합니다만, 이대로 성도로 데리고 가봤자 써먹을 데가 전혀 없을 것 같습니다."

치유사들이야 어쨌든, 나머지는 무슨 일을 맡든 처음에는 모험가와 얽히게 될 거다. 어쩌면 라이오넬의 말이 옳을지도 모르겠다.

달리 기술이 있다면야 다른 길도 있겠지만, 성치사대에 들어가고 싶다는 것 빼고는 아무 말도 못 들었으니……. 뭐, 저들 문제는 라이오넬에게 맡기기로 했으니, 원하는 대로 하게 두자.

"잘 부탁해. 난 저녁을 먹은 뒤에 치유사들과 잠시 얘기를 나눠볼까 해."

"예."

라이오넬은 전 노예들에게 야영 준비를 돕도록 지시를 내렸다. 덕분에 야영 준비는 착착 진행되었지만, 저녁을 다 먹자 전 노예들은 잇달아 건전지가 다 된 것처럼 꿈나라로 순식간에 여행을 떠났다.

다만 나는 치유사들에게 물어보고 싶은 게 있었기에 그들을 굳이 불러 모았다.

"졸릴 텐데 이렇게 불러서 미안해. 물어보고 싶은 게 있어서 잠시만 시간을 내줬으면 해."

내가 말하자 네 사람 모두 고개를 끄덕이며 응답했다. 나는 이야기를 시작했다.

"으음, 멜리드 씨와 팡즈 씨는 루브르크 왕국 소속이었고, 나랏 씨와 노르만 씨는 일마시아 제국 소속이었다고 했지?"

""""예.""""

내가 이름을 기억하고 있어 놀랐는지 그들이 이내 웃음을 지었다.

딱 한 번 만났을 뿐인데도 이름을 기억하고 있다면, 내가 그들에게 관심이 있다는 의미가 되니 그들에게 좋은 인상을 심어줄 수 있다.

이건 회사 영업에서도 쓰는 기술인데, 이름 하나로 인간관계를 원만하게 만들 수 있다. 참 재미있지 않은가.

뭐, 사실은 케핀이 그들의 이름을 기록해준 덕분이지만…….

"여러분들이 아는지 모르겠지만, 난 얼마 전까지 자유도시국가 이에니스에 있었어. 그래서 타국의 정세에 관해 잘 모르니 아는 범위에서 알려줬으면 좋겠어."

내가 부탁하자 리더격인 멜리드 씨가 손을 들었다.

"저희도 많은 걸 알지는 못합니다만, 루시엘 님이 알고 싶은 정보가 뭡니까?"

"우선은 루브르크 왕국과 일마시아 제국 내에서 치유사의 위치가 어떤지, 그리고 요금개정 가이드라인과 법안 때문에 어떤 변화가 일어났는지 알고 싶어."

가이드라인이 시행된 뒤로 꽤 많은 치유사가 나를 원망한다는 건 알고 있다. 그러나 타국에서는 변화가 서서히 일어나는 중이고, 치유사의 대우도 그리 극단적이지 않으므로 어떤 상황인지 물어보고 싶었다.

"그렇군요. 그럼 제가 루브르크 왕국에 관해 말씀드리죠……."

"그럼 그 다음에는 이 노르만이 설명하도록 하죠."

"응. 부탁해."

그 뒤로 나는 몇몇 질문을 던지면서 그들에게서 두 나라에 관한 정보를 들었다. 그렇게 밤이 깊어갔다.

이튿날 아침, 하늘을 올려다보니 비가 쏟아져 내릴 것처럼 먹구름이 끼어 있었다. 되도록 서두르자고 말하자 케티나 케핀뿐만 아니라 모두가 어제보다 날래게 움직였다.

나는 위화감에 고개를 갸웃했다.

"더는 약한 마음을 먹지 못하도록 살짝 지도했을 뿐입니다."

라이오넬이 조금 사나운 얼굴로 웃음을 지으며 말했다.

"……뭐, 적당히 하도록 해."

"예."

살짝이라……. 어제와는 전혀 딴판인데, 대체 뭘 한 걸까? 내가 제안한 물체X를 먹여 내성과 연대감을 키운다는 방안은 각하되었는데 말이지…….

한동안 가도를 나아가니 빗방울이 뚝뚝 떨어지기 시작했다.

그러나 때마침 운 좋게도 작은 마을을 발견했다. 우리는 비를 피할 겸 마을로 향했다.

"말을 구할 수 있으면 좋을 텐데……."

"그렇군요."

내가 기원하며 중얼거리자 라이오넬이 웃음을 참으며 대답했다. 뭐지? 재미난 일이라도 있었나?

나는 고개를 갸웃거리려다가 마을에 선발대를 보내지 않았음을 깨달았다.

"아, 에스티아와 케핀이 선발대를 맡아주겠어?"

"옙."

"예."

이번에는 운 좋게 발견했으니 망정이지, 어디에 마을이나 도시가 있는지 미리 정보를 수집해두는 편이 좋을 것 같다.

우리가 마을로 다가가니 마을 입구에 사람들이 모여들기 시작했다.

라이오넬과 뒤에서 마차를 몰고 있는 드란도 알아차렸는지 속도를 서서히 줄었다.

"루시엘 님, 어찌시겠습니까? 우리 인원수가 제법 많아서 경계할 가능성도 있습니다만?"

"이대로 가자. 천천히 나아가면 괜찮을 거야."

"옙."

우리가 마을에 천천히 다가가니 선발로 향했던 에스티아와 케핀이 당혹스러운 표정으로 우리를 맞이했다.

나는 포레 누와르에서 내려 마을 주민들에게 인사했다.

"처음 뵙겠습니다. 전 이 부대의 책임자인 루시엘이라고 합니다. 성도로 향하는 중인데 비가 내려서, 잠시 비를 피할 수 있을지요?"

그러자 인파 속에서 40대로 보이는 남자가 나왔다.

"먼저 온 이 사람들한테서 들었는데, 귀하가 S급 치유사라는 게 사실인가?"

"예. 제 나이가 젊긴 하지만 틀림없이 교황님께 임명받은 S급 치유사입니다."

그러나 대답을 들은 남자는 여전히 의심쩍은 표정을 거두지 않았다. 마음이 불편하다.

결국 라이오넬과 케핀, 마차 안에 있는 케티도 험악한 분위기를 자아내기 시작했다.

"이렇게까지 경계하시다니, 무슨 일이라도 있는 겁니까?"

"얼마 전에 자신을 치유사라 칭하는 자들이 이 마을에 왔기에, 치료를 요청했었네."

"설마 가짜 치유사였던 겁니까?"

"아니, 실제로 회복 마법을 쓸 수 있었네. 그런데 치료를 마치자마자 엄청난 치료비를 요구하더군. 까무러칠 만큼 비싸서 지불할 수 없다고 했더니, 대신에 말을 내놓으라고 했지…….."

"아~ 그럼 경계할 만도 하겠군요. 그자들한테 엄벌을 내릴 테니 특징을 자세히 알려주실 수 있는지요?"

먼저 왔던 치유사들이 나쁜 짓을 저질렀다면 이런 반응이 나오는 게 당연하지.

경찰기관 같은 게 있으면 이런 일에 대응하기 좋겠지만, 큰 도시라면 모를까 마을에 상주시킬 만한 인원은 없을 거다.

"……알겠네. 그보다도 다시 묻겠네만, 갑옷도 그렇고, 당신…… 아니, 귀하는 정말로 S급 치유사인가?"

"예. 틀림없습니다. '에어리어 하이 힐'."

마법진이 나타나 푸르께한 빛이 마을 사람들을 휩쌌다.

"아니?! 어깨와 허리 통증이……! 못 알아뵀습니다, 죄송합니다."

"아, 아뇨, 아뇨. 믿어줬다면 됐습니다. 그나저나 비를 피하고 싶은데 마을에 들어가도 되겠습니까?"

"물론입니다. 어서 들어오시지요."

그렇게 촌장의 집으로 안내를 받았는데, 아무래도 스무 명이 넘는 인원이 한꺼번에 들어가는 건 어려워 보였다. 나는 어쩔 수 없이 말을 빼앗겨 텅 비었다는 마구간으로 다시 안내를 받았다.

"'퓨리피케이션'. 좋아, 이제 냄새는 가셨을 테니 한동안 이곳에서 대기하도록 해. 케티와 에스티아도 이들과 함께 있어."

"'예(냥).'"

나는 촌장의 집으로 돌아가 촌장과 마을 사람들에게 마을에 찾아왔다는 치유사들에 관한 이야기를 들었다. 이야기를 듣다 보니 그 치유사들이 누군지 대충 짐작이 가기 시작했다.

날 원망하는 치유사는 많겠지만, 주민들 설명에 나온 특징을 들어보아, 에스티아와 함께 왔다가 떠나간 그자들이 틀림없었다.

듣자 하니 고새 호위병도 고용한 모양인데, 아마 용병 길드나 어둠의 길드에 속한 자들이겠지.

그 사실을 깨닫자 머리가 조금 지끈거렸다. 그러나 정체를 몰라서 겁을 먹는 것보다는 낫다고 자신을 타이르며 촌장에게 교섭을 시도했다.

"정보를 제공해줘서 고맙습니다. 그자들은 제게 맡겨주세요. 그런데 촌장님…… 그 이야기를 듣고도 이런 부탁을 드려서 대단히 죄송합니다만, 혹시 마을에 남은 말을 저희가 사도 될는지요?"

"말을…… 말입니까?"

"예. 마을 입구에서도 말씀드렸지만, 지금 성도로 가는 길인데 조금 서두르고 싶어서요."

"가격을 얼마쯤 생각하고 계십니까?"

촌장이 조금 굳은 얼굴로 대답했다.

"부르는 대로 값을 치러드리고 싶은 마음이지만, 그럴 여유는 없는지라…… 시장가격의 3배가 어떻겠습니까?"

"3, 3배……?! 정말입니까?"

"예."

촌장이 거래 조건에 만족했는지 고개를 연신 끄덕였다.

나는 촌장이 변심하기 전에 마법 주머니에서 돈을 꺼내 말 6마리를 산 다음, 드란에게 마차 3대를 제작해달라고 부탁했다. 드란은 폴라에게 보조용 골렘을 부르게 한 다음 학교를 짓고 남은 목재를 이용하여 순식간에 마차를 제작했다.

순식간에 마차를 만드는 모습이 마을 사람들에게는 꽤 자극적인 퍼포먼스였는지 가랑비가 내리고 있는데도 다들 신기하다는 듯 그 광경을 바라보았다.

드란은 시종 무뚝뚝한 표정이었지만, 실은 겸연쩍어하는 중이라는 걸 우리는 알고 있었다. 참고로 폴라는 자기와 상관없는 일이라고 말하고는 마차 안으로 돌아갔다.

드란은 폴라가 평소답지 않은 반응을 보여도 아랑곳하지 않고 마차 제작을 마쳤다. 나는 새롭게 만든 마차를 전 노예인 마폴로와 자브론, 그리고 케핀에게 맡겼다.

마침 마폴로와 자브론이 마부를 맡긴 건, 둘이 마부 경험이 있다고 나선 결과였다.

정오 무렵이 되자 촌장의 권유로 점심을 대접을 받았다.

식사를 마쳤을 즈음에는 비가 그쳤기에, 우리는 촌장에게 감사를 표하고서 성도로 이어지는 가도를 달렸다.

마차 덕분에 이동 속도가 확연히 올라가 1시간 만에 무사히 성도 슈를의 외벽에 도착했다.

오랜만에 성도 슈를을 바라보니 적잖이 안도감이 들었다. 그때 라이오넬이 말을 걸어왔다.

"루시엘 님, 저희는 여기서부터 걸어가는 편이 좋을 것 같습니다."

"왜? 이대로 가도 딱히 문제는 없는데."

"평범한 사람을 호위할 때는 그렇겠지만, 루시엘 님은 S급 치유사입니다. 본래는 기사들이 나서서 호위해야 합니다."

"어쨌든 내 수행원들이 내 호위를 맡고 있다는 건 변함없잖아? 애초에 그런 걸 따지려면 나는 마차에 탔어야 하는데?"

"지당하신 말씀입니다다만, 저희가 노예라는 점이 문제입니다. 아마 성도에도 이미 알려져 있을 테지요. 노예들이 호위라는 이유로 말을 타면 불필요한 마찰이 일어날 가능성이 있습니다."

"마찰이라……."

라이오넬의 말도 일리가 있었다. 교황님도 교회 본부가 파벌로 나뉘어 한 몸이 아니라고 말씀하셨고…….

다만 무소속…… 아, 교황님의 파벌이라면 교황님께도 민폐를 끼치는 셈인가.

라이오넬은 내게 직책에 따르는 책임이 있다고 에둘러서 충고한 거였다.

나는 그의 마음 씀씀이에 감사하면서 충고를 따르기로 했다.

성도 슈를에 들어가는 절차를 밟기 위해서 포레 누와르를 제외한 말들을 은자의 마구간에 넣은 뒤 라이오넬 일행은 전 노예들과 함께 도보로 이동했다.

"성변님, 어서 오십시오."

문지기병이 인사를 했다. 그러고 보니 이곳에선 성변이라 불렸었지.

쓸쓸함과 그리움이 뒤섞인, 복잡한 기분에 젖은 나는 문지기병과 잠시 한담을 나누었다.

"고생이 많습니다. 요 1년간 뭔가 바뀐 게 있습니까?"

"달리 강한 마물도 나타나지 않았고, 중대한 사태도 딱히 없었습니다."

"그렇군요. 고마워요."

"아, 한 가지 있습니다. 슬럼가에 발키리 성기사대의 출자로 음식을 정기 배급하는 식당이 생겼습니다."

"발키리 성기사대가요?"

그건 꽤 중대한 일 아닌가?

"예. 다만 말이 슬럼가이지, 실은 성변님께서 지도해주신 대로 주민들이 정기적으로 청소하여, 지금은 제법 깨끗하고 치안도 좋습니다."

"그런가요."

아마 식당은 사지우스 일행이 연 거겠지만, 발키리 성기사대의 출자라니…… 루미나 씨도 큰마음을 먹었네.

그리고 예전에 했던 대청소를 계기로 주민들이 성도를 깨끗하게 유지하는 데 열의를 보여주고 있을 줄은 몰랐다. 나는 마음이 뜨거워졌다.

사지우스 일행에 관한 이야기는 루미나 씨에게 듣기로 하고, 우선은 드워프 왕국에서 보호한 자들을 데려다 줘야겠지.

나는 그들과 함께 곧장 모험가 길드로 향했다.

오랜만에 돌아온 성도는 사람들로 북적거렸다. 눈으로 봤을 뿐이지만, 이전보다도 치안이 더 좋아진 것 같았다.

포레 누와르를 타고서 거리를 활보하고 있으니 주민들이 다가와 말을 걸었다.

"성변님, 돌아오셨습니까?"

"가까운 시일에 '변덕스러운 날' 좀 부탁드립니다!"

"우리 가게 요리를 또 잔뜩 사주세요!"

반가운 목소리에 나도 모르게 표정이 풀어졌다.

"기분이 좋으신 것 같군요."

"사람들이 말을 걸었을 뿐인데 루시엘 님이 싱글벙글 웃다니, 신기하다냥."

"반가워서 그런가, 웃음이 절로 지어지네. 성도에서는 누군가가 내 목숨을 노린 적도 없고, 노력한 만큼 보답을 받을 수 있었으니까."

뭐, 불쾌한 일도 있었고, 나이프로 찔린 적도 있긴 했지만.

그러고 보니 처음에는 두려운 나머지 어깨에 잔뜩 힘을 주고 다녔었지.

멜라토니 모험가 길드가 가장 마음이 편한 건 지금도 변함이 없지만…….

"그러고 보니 주민들이 루시엘 님을 성변이라고 부르는데, 그게 뭡니까?"

"케핀, 그런 건 궁금해할 필요 없……다고 생각해. 아, 여길 꺾으면 모험가 길드야."

소소한 잡담을 나누면서 모험가 길드 앞에 도착한 나는 포레 누와르에서 내렸다.

포레 누와르의 목을 한 번 쓰다듬은 나는 모험가 길드와는 관계가 없는 치유사들에게 포레 누와르를 맡긴 뒤, 전 노예들을 이끌고 모험가 길드로 들어갔다.

포레 누와르는 내가 타고 다니는 걸 온 성도 주민이 알고 있으니, 굳이 강탈을 시도하는 사람은 없을 테지만, 만약의 사태에 대비해둘 필요는 있다. 애당초 그런 일이 있다간 포레 누와르가 가만히 있지 않겠지만.

저녁이라서 그런지 모험가 길드 안은 사람들로 북적거렸다.

모험가들을 나를 보자마자 깜짝 놀라 말을 걸었다. 그러나 배려해주려는 건지 가까이 다가오지는 않았다. 그나저나 아는 얼굴들이 많아서 다행이다. 길드에서 무슨 일을 벌일 생각은 없지만, 이만한 인원이 들어오면 다들 경계하기 마련이니까.

얼굴을 아는 모험가들에게 나는 손을 들어 인사하고서 카운터로 향했다.

"어서 오십시오. 용건을 말씀해주세요."

"이들을 모험가로 등록할 수 있을까요? 무술 스킬은 없지만 대신 마법을 쓸 수 있으니, 가능하다면 등록해주셨으면 합니다."

"어…… 우선은 등록 가능한지부터 측정해보도록 하죠. 그 뒤에 길드 마스터가 판단하실 겁니다."

접수처 직원이 꽤 긴장한 눈치였다. 나는 처음 보는 얼굴인데, 어쩌면 그녀도 내가 누군지 모를지도…….

"당연히 그렇게 해야죠. 그럼 부탁합니다. 그리고 그란츠 씨 계십니까?"

"현재 다른 직원이 부르러 갔는데, 이 시간대에는 식당 쪽이 바빠서 조금 기다리셔야 할지도 모르겠습니다."

길드 마스터의 본업은 대체……?

"알겠습니다. 그럼 이들을 측정해주세요."

"알겠습니다. 그럼 여러분들도 이쪽으로."

접수처 직원이 모험가 등록과 모험가에 관해 설명하기 시작했다.

아, 어쩌면 모험가가 막 되었을 때 흘려들었던 내용이 있을지도 모르겠는데.

문득 그런 생각이 들어서 나도 모르게 접수처 직원의 이야기를 듣고 있자니, 때마침 그란츠 씨가 다가왔다.

"오, 루시엘! 정말로 오랜만이로군."

"예, 오랜만이네요. 그란츠 씨."

"근데, 이렇게 우르르 끌고서 모험가 길드에는 무슨 일인가?"

"실은 사연이 조금 있어서요. 이 인원으로는 교회 본부에 갈 수가 없어서 먼저 들른 겁니다."

"교회 본부보다도 모험가 길드에 먼저 오다니, 여전하구먼."

"하하, 그러게요."

그걸 기뻐하는 걸 보니 그란츠 씨도 여전한 듯하다. 그런데 어쩐지 내가 온 이유와 그란츠 씨가 생각하고 있는 이유가 다른 것 같은데…….

"그러고 보니 요리는 만들고 있나?"

"요즘에는 전혀 하질 못했지만, 스킬은 어느새 취득되었더라고요."

"그런가. 그러고 보니, 이에니스의 대표가 되었다는 소리를 들었는데, 언제 성도로 돌아온 거야?"

"이에니스의 임기가 끝나서 일단 복귀한 거죠. 자신이 얼마나 무력한지 실감하며 몸부림치는 1년이었어요."

"뭐, 나도 길드 마스터를 맡고 있긴 하지만 모르는 게 많아. 세세한 일들은 밀리냐와 미르티에게 죄다 맡겨두고 있고 말이지. 그럼 지금 등록 중인 이들을 제외한 나머지는 수행원들인 건가?"

"예, 이들은 이에니스에서 만난 자들입니다. 제가 신뢰하는 수행원들이지요."

"그렇군. 그런 녀석들은 소중히 해야 하는 법이지. 그리고 뭐, 저자들의 사연이 뭔지는 모르겠다만, 좋다. 모두 받아주마."

"괜찮겠습니까?"

기쁘긴 하지만, 배포가 너무 두둑한 거 아닌가?

"그래. 최근에는 교회와 연줄이 생겨서 종종 모험가 길드에 의뢰가 들어오거든. 이번 일도 그 사업의 일환…… S급 치유사와 관계를 쌓았다고 생각하면 나쁜 일은 아니야. 물론 맡기기만 하지 않고 종종 저들이 어떻게 지내는지 보러 와줄 테지?"

과연. 내가 이번 일을 교회를 통해 의뢰한 것으로 치면 그란츠 씨에게는 이득이 된다는 뜻인가. 그렇지 않다면 그런 속내까지 일일이 말할 필요는 없을 테지.

"예. 앞으로 적어도 며칠 동안은 성도에서 지내게 될 것 같으니 종종 얼굴을 비칠 작정입니다. 그들이 스스로 성장하길 원한다면 스승을 소개해줄까 고려하고 있고요."

"크크크. 그거 재밌군. 그럼 사양하지 않고 맡도록 하지."

"호의에 응하도록 하겠습니다. 그리고 이건 저들의 한 달 치 식량과 숙박 대금입니다."

나는 마법 주머니에서 백금화를 꺼냈다.

"으응……? 그걸 왜 루시엘이 내는 건가?"

"저는 멜라토니에서 많은 분이 잘 대해준 덕분에 성도 슈를에서 필사적으로 노력할 수 있었고, 지금 이 자리까지 올라올 수 있었다고 생각해요. 그러니 저도 다른 사람이 앞으로 나아가기 위한 바통을 넘겨주고 싶습니다."

"역시 넌 좋은 녀석이야. 다만, 남한테 이용당하는 것만은 조심해라?"

"예. 이래 봬도 목숨을 건 거래를 제외하고는 꽤 드라이한 성격이라서 괜찮아요."

"그럼 됐다."

"부탁합니다. 아, 다만 저들은 현재 체력이 없으니 그 부분부터 부탁할게요."

"그런 건 먼저 말해줬어야지……."

그리하여 나는 모험가 등록을 마친 전 노예들을 그란츠 씨에게 소개했다. 그리고 앞으로는 자신의 힘으로 생계를 꾸려나갈 것을 약속받은 뒤에 곤란한 일이 생기거든 그란츠 씨에게 부탁하라고 당부했다.

원래는 이쯤에서 전 노예들과 헤어질 작정이었는데…….

"루시엘 님, 저 마차를 팔아주시면 안 되겠습니까?"

마부를 맡아줬던 마폴로와 자브론이 그런 요청을 했다.

나로서는 그냥 줘도 지장 없었지만, 굳이 그럴 이유도 없었기에 무슨 의도인지 물어보았다.

"약속한 지원은 다 해줬다고 생각하는데, 왜 굳이?"

"저희는 사업을 해볼까 합니다."

"사업?"

"예, 저와 마폴로는 마차를 끄는 것을 좋아합니다. 이참에 객마차의 마부가 되는 것도 나쁘지 않겠다 싶어서요."

"여기로 오는 동안에 오가는 마차가 거의 없지 않았습니까. 괜찮은 사업이 될 것 같아요."

"마부라……."

그들 말대로, 여기로 오는 동안에 엇갈린 마차가 거의 없었다. 평범하게 살면 마을을 멀리 벗어날 일도 없으니 마차가 필요가 없겠지만, 정기적으로 오가는 마차가 있다면 분명 편리할 거다.

그럼 이건 운송업이 되는 건가……. 제법 재밌을지도 모르겠다. 다만 상인처럼 호위를 고용하려면 그만한 돈과 치밀한 사업 계획이 필요할 테니, 생각만큼 간단하지도 않을 거다. 간단한 일이었다면 벌써 누가 하고 있었겠지. 섣불리 결정해서는 안 된다는 걸 여러모로 배우기도 했고…….

"그냥 넘겨주면 의미가 없지. 나름 비싼 마차이기도 하고. 정마차를 얻고 싶다면 가까운 날에 또 얼굴을 비출 테니 사업 계획을 잘 세워서 날 설득해봐."

""감사합니다.""

두 사람의 표정이 확 바뀌는 걸 보니 재밌다. 그러나 아무래도 의욕이 상당히 넘치는 듯하다.

두 사람을 다시금 그란츠 씨에게 부탁했다.

나는 전 노예들에게 감사를 받고서 모험가 길드를 뒤로했다.

*

그 무렵 루시엘이 성도로 귀환했다는 보고를 받은 카트린느는 평소답지 않게 안절부절못했다. 이유는 루시엘이 수행원으로 삼은 라이오넬 때문이었다.

카트린느는 신입 기사 시절, 일마시아 제국의 전귀 장군으로 유명했던 그가 단기필마로 전장을 누비며 적군을 무찌르는 모습을 딱 한 번 본 적이 있었다. 그가 내뿜는 기백은 전장에 나서는 걸 주저하게 할 정도였다.

무술 실력으로 보나 군의 지휘 능력으로 보나 탁월했던 그가, 현재 성 슈를 교회 기사단을 보고서 무슨 평가를 할지, 카트린느는 무척 신경 쓰여 견딜 수가 없었다.

이참에 일그러져버린 기사단을 바로잡을 수 있는 계기가 될 돌멩이를 하나 던져주지 않을까, 하는 기대마저 품고 있었다.

"제국 최강의 전귀 장군을 수행원으로 삼은 S급 치유사라…….. 루시엘 군의 그 특이한 운을 조금 나눠 받을 수는 없으려나…….."

카트린느는 그렇게 중얼거리고서 측근에게 발키리 성기사대로 하여금 모의전을 준비하도록 지시했다.

*

모험가 길드를 나서니 라이오넬이 감개무량한 얼굴로 입을 열었다.

"모험가 길드 사람들과 상당히 친한 것 같군요."

"여기 길드 마스터가 요리 스승님이거든. 성도에 있었을 때 모험가들과 돕고 도움받으면서 지금과 같은 관계를 맺게 되었지."

나는 웃으며 대답하고는 기다리고 있던 치유사들과 함께 교회 본부로 걸어갔다.

교회 본부로 가는 도중에 케핀과 케티에게는 만약의 사태에 대비하고자 숙박시설의 위치 등을 알려줬다. 교회 본부 안에서도 인족지상주의 파벌의 세력이 상당하니, 어떤 사태가 벌어지더라도 대응할 수 있도록 해두려는 생각이었다.

"여기도 정겹네."

내가 무심코 그런 말을 흘렸지만, 모두 긴장한 표정들이었다. 누구 하나 동의하는 이가 없었다.

심지어 교황님을 알현한 적이 있는 에스티아마저 마치 촌사람처럼 교회 본부를 두리번거리고 있었다.

참고로 접수처 아가씨는 둘 다 아는 얼굴이었다. 나는 인사를 간단히 끝마치고서 용건을 말했다.

"카트린느 씨나 그란하르트 씨를 불러주겠습니까?"

"알겠습니다. 잠시만 기다려주십시오."

두 사람이 각자 마통옥으로 통신을 시작했다.

마통옥이 2개가 있다는 사실에 내심 놀라면서 접수처 아가씨가 통신을 마치기를 기다렸다.

"루시엘 님, 잠시만 이쪽에서 대기해주시겠습니까? 카트린느 님과 그란하르트 님 모두 그렇게 말씀하셨습니다."

접수처 아가씨에게 선물을 주는 건 조금 이상한 듯도 싶지만, 빈틈없이 업무를 수행해줘서 감사하다는 마음을 담아 마법 주머니에서 벌꿀 사탕을 꺼내서 건네줬다.

자신이 소속된 조직의 접수처 직원에게도 좋은 인상을 심어주는 건 중요하다고 생각하니까.

""괜찮겠습니까?""

"아, 응. 이에니스에서 벌꿀로 새로운 상품을 개발할까 생각하고 있거든. 괜찮다면 감상평을 들려주지 않겠어?"

""감사합니다.""

두 사람이 기뻐하며 벌꿀 사탕을 입에 머금었다. 얼굴이 순식간에 풀어졌다.

이 세계는 달콤한 음식의 진보가 왜 이리도 뒤처졌는지 이유를 모르겠다.

뭐, 발키리 성기사대뿐만 아니라 일반 여성들에게도 달콤한 음식이 잘 통한다는 건 알았다. 벌꿀 공장을 세운 건 올바른 판단이었다.

나는 마음속으로 주먹을 불끈 쥐었다.

접수처 아가씨에게서 벌꿀 사탕 감상평을 듣고 있으니 카트린느 씨와 그란하르트 씨가 찾아왔다.

나를 본 카트린느 씨가 어째서인지 갑자기 칼자루에 손을 댔지만, 나는 개의치 않고 인사를 강행했다.

"두 분 모두 오랜만입니다. S급 치유사 루시엘, 임무 성과를 보고하고자 교회 본부로 귀환했습니다."

카트린느 씨가 칼자루에서 손을 뗐다.

"루시엘 군, 잘 돌아왔어. 귀환을 환영하고 싶은 심정이지만……당신의 옆에 있는 남자가 누구인지 알고 있어?"

내 옆? 라이오넬을 말하는 건가?

전에 라이오넬과 동행하고 있다고 교황님께 보고했으니 카트린느 씨도 알고 있을 텐데?

"이자들의 신분은 제 노예이긴 하지만, 이미 노예해방조건을 완수했기에 제 수행원으로 대하고 있습니다. 이들에게 문제라도 있습니까?"

"루시엘 군, 알고서 그러는 거지? 저 사람이 그 전귀 장군이라는 걸."

"예. 그러니 우선은 제게 이들을 소개할 기회를 주세요. 아, 그전에 교황님께 말씀드릴 게 있는데, 드워프 왕국에서 보호하여 데려온 타국 소속 치유사들입니다."

내가 말하자 카트린느 씨가 한숨을 내뱉었다.

"루시엘 군?"

"그렇게 미간을 찡그리지 마세요. 알고 있습니다. 그는 일마시아 제국에서 전귀 장군이라 불렸던 라이오넬 전 장군입니다. 이에니스에서 노예로서 팔려 나온 그를 운 좋게 구했습니다."

"그 전귀 장군 말인데, 최근에도 전장에 출현했다는 소문이 나돌던데? 그건 어떻게 된 거지?"

그렇게 말하면서도 카트린느 씨는 이곳에 있는 라이오넬이 진짜임을 확신하고 있는 것 같았다. 그런데 이 물음에 무슨 의미가 있는 걸까? 카트린느 씨의 의도를 모르기에 일단은 정확하게 대답하기로 했다.

"이쪽이 틀림없는 진짜입니다. 전장에 나왔다는 소문은 그저 소문이겠죠. 만약에 일마시아 제국에 아직도 전귀 장군이 있다면 그쪽이 가짜라고 생각해요. 요 1년 동안에 쉬지 않고 절 호위했으니, 그의 실력은 제가 잘 알고 있습니다."

제국은 전귀 장군을 사칭해야 할 필요가 있을지 몰라도, 내 옆에 있는 라이오넬은 그럴 이유도, 의미도 없다.

"아, 참고로 제가 제국과 내통해서 무슨 공작을 시도하려는 건 아니에요."

"그렇게 보고를 받았고, 또한 당신이 그런 모략가가 아니라는 것도 알고 있어."

뭐, 카트린느 씨도 기사이니 전장을 누볐던 라이오넬이 내 수행원이 되었다는 사실에 특별히 느껴지는 바가 있겠지…….

제국과 분쟁이 있었다고 하니 직접 싸운 적은 없더라도 전장에서 본 적은 있을지도 모른다. 음…… 내가 안전하다고 해도 믿지 못할 만도 하군. 그냥 라이오넬 일행을 성도 내 숙소에서 대기시킬 걸 그랬나?

"대화하는 도중에 끼어들어서 미안하지만, 루시엘 님, 치유사들은 어떻게 할 셈입니까?"

바로 그때 카트린느 씨와 함께 마중을 나와준 그란하르트 씨가 끼어들었다.

"그란하르트……."

"송구스럽지만 얘기가 길어질 것 같아서 끼어들었습니다. 루시엘 님의 뒤에 대기하고 있는 치유사들한테 물어보고 싶은 게 조금 있습니다."

"음, 그들을 어떻게 할까요?"

"인원수 문제도 있으니 우선 저 네 사람한테서 얘기를 들어보고 싶은데 협력해주시겠습니까?"

그란하르트 씨의 존댓말은 아직도 익숙하지 않다. 저 사람은 이야기할 때 위압감이 굉장하니까.

"알겠습니다. 그럼 다들 그란하르트 씨를 따라가도록 해. 아, 그리고 이것도."

나는 허가를 내리면서 문제를 일으킨 치유사들에 관해 정리한 서류를 건넸다.

그란하르트 씨는 공손히 받아 고개를 한 번 크게 끄덕이고는 바로 치유사들을 인솔하여 본부 입구에 설치된 마도 엘리베이터를 타고서 사라졌다.

"그나저나 카트린느 씨, 혹시 라이오넬과 일면식이 있습니까?"

"그래. 먼발치에서 몇 번인가 싸우는 모습을 본 적이 있어. 제국의 라이오넬 장군이 말을 타고 전쟁터를 누비며 창을 휘두르는 그 모습은 그야말로 귀신 같았지."

"그렇다고 하는데?"

그 이야기를 들었지만, 라이오넬을 향한 신뢰는 무너지지 않았다.

"그게 제 일이었으니까요. 타국에서 절 살인귀라고 해도 어쩔 수 없지요."

"뭐, 라이오넬은 전투……, 강자와 싸우는 걸 좋아했을 뿐이에
요. 혹시 노예인 그들을 교회 본부 안으로 들인 게 심기를 건드린
겁니까?"

궁금했던 것을 드디어 물어봤다.

"미안해. 이건 개인적인 원한 때문이었어. 교황님께 미리 허락
을 구했을 테니, 내가 반대할 일은 아니지. 게다가 노예는 주인의
소유물이니, 여차하면 루시엘 군이 책임을 지겠지."

"어라? 성 슈를 공화국은 노예제도를 인정하지 않는 거 아닙니
까?"

"그래. 그래서 우리는 그들을 네 수행원으로 간주하고 있어. 그
러니 뭔가 문제라도 벌어진다면 S급 치유사라도 처벌을 면할 수
없을 거야. 조심하도록 해."

개인적인 원한 때문이라고는 했지만, 결국 나를 염려해준 거구
나. 그녀의 서투른 배려심이 여전해서 무심코 웃음이 나왔다.

"뭘 그리 웃고 있는 거니?"

"아뇨, 아뇨. 아, 그리고 여기 있는 두 사람은 수인인데, 파벌
간에 문제가 있을까요?"

"성도에 인족지상주의자가 만연한 건 사실이지만, 딱히 교회
본부에서 그 사상을 조장하고 있는 건 아니니 문제없지 않을까?"

"그거 다행이네요. 그럼 교황님이 계신 곳까지 안내를 부탁드
려도 될까요?"

"어, 그럴 작정인데……."

"실은 오랜만이라서 교황님의 방에 가는 데 시간이 걸릴 것 같아서요."

내가 그렇게 말하며 웃자 분위기가 조금씩 누그러졌다.

"루시엘 군도 성장했구나 싶었는데 그다지 변한 데가 없는 것 같네."

"하하."

"좋아. 수행원들은 밖에서 대기해야 할지도 모르지만, 안내하도록 하지."

"예, 부탁합니다."

우리는 카트린느 씨를 따라서 교황님의 방으로 이동했다.

02 루시엘이 바라는 것

카트린느 씨의 안내를 받으며 교황님의 방으로 향했다. 도중에 기사나 치유사들이 스쳐 지나갈 때마다 나를 향해 고개를 깊숙이 숙였다.

이런 대우는 오랜만이군. 아직 익숙하지 않아서 마음이 편치 않다. 아마도 그들도 그저 S급 치유사라는 직함 앞에 고개를 숙였을 뿐이겠지.

방 앞에 도착하자 카트린느 씨가 문을 노크한 뒤 용건을 말했다.

"교황님, 카트린느입니다. S급 치유사 루시엘 님이 귀환하셨기에 안내하여 모셔왔습니다."

갑자기 카트린느 씨가 내 이름 뒤에 님 자를 붙여서 부르는 바람에 깜짝 놀랐지만, 물어볼 틈 도 없이 교황님의 목소리가 들려왔다.

"들어오너라."

평소처럼 늠름한 목소리가 들리자 카트린느 씨가 교황님의 개인실 문을 열었다.

"실례합니다."

나는 카트린느 씨의 뒤를 따라서 입실했다. 라이오넬을 비롯한 일행들도 별 제지 없이 나를 따라 입실했다.

교황님의 방은 예전과 달라진 점이 없었다. 방 가운데에는 얼굴이 보이지 않도록 칸막이가 설치되어 있었다.

나는 신하의 예를 표하면서 교황님이 입을 열기를 기다렸다.

"루시엘, 오랜만이네요. 타국의 땅인 이에니스에서 성 슈를 교회를 위해서 최선을 다했고, 치유사 길드까지 재건하다니 고마울 따름입니다."

"과분한 말씀입니다. 우왕좌왕하긴 했지만, 뒤에 있는 수행원들과 함께 그럭저럭 극복해낼 수 있었습니다."

교황님이 치하하자 나는 그렇게 대답했다. 그런데 교황님의 말투가 평소에 마통옥으로 대화를 주고받았을 때와 달라서 위화감이 느껴졌다.

"겸손한 점은 변하질 않았구나. 자, 이에니스에서 치유사 길드를 재건하고, 반석 위에 올려놨으니 포상을 내려주고 싶은데 뭐가 좋겠느냐?"

아, 평소 말투로 돌아왔다. 왜 말투가 바뀐 걸까? 라이오넬 일행이 있어서 신경을 써준 걸까? 아니면 다른 의미가 있었던 건가? 그런 생각을 하면서 포상에 관해 생각했다.

보고를 위해서 교회 본부에 오긴 했지만, 그건 어디까지나 명목일 뿐이다. 교황님께는 이미 보고를 올렸다.

아니, 잠깐? 이래서야 마치 포상을 받으려고 온 것 같잖아.

뭐, 내 바람은 레인스타 경과 만났을 때 이미 정해놓았다.

그러나 그 소원을 들어줄지 말지는 교황님의 재량에 달렸다.

"그럼 사양하지 않고 말씀드리겠습니다. 가능하다면 공중 도시국가이자 마법 독립 도시국가인 네르달에 가보고 싶습니다."

"……어째서지?"

"지난번에 미궁을 답파한 일과 관련이 있습니다."

용의 봉인과 정령이 관계되어 있다는 말은 교황님과 카트린느 씨 이외에는 가르쳐줄 수 없다.

물론 용의 봉인 건 이외에 원거리 공격 마법을 익히고 싶다는 사심도 담겨 있지만, 이 역시 조사해보지 않으면 장담할 수가 없어서 말할 수 없다. 또한 레인스타 경과 만났다는 것을 교황님께도 말할 수 없다. 만약에 말할 기회가 있다면 그와 또다시 재회할 수 있음을 알았을 때가 아닐까.

"……당장은 무리지만, 그래도 그걸 포상으로 받고 싶으냐?"

"예. 저도 당장 갈 수 없다는 건 알고 있습니다. 감히 재촉하는 것은 아닙니다만, 되도록 빨리 입국할 수 있도록 조치해주신다면 감사하겠습니다."

"으음, 준비를 마치는 대로 어디에 있든 연락을 하겠다고 약속하도록 하지."

"감사합니다."

"으음, 포상 문제는 무사히 끝났구나. 그나저나 물어보고 싶은 것이 있느니라."

"무엇입니까?"

"미궁 건 말이다."

"미궁 말입니까?"

"이에니스에서 미궁이 갑자기 활성화하여 주변 마물들이 강해졌다고 들었다."

"그건 파악하고 있습니다."

"그래서 답파했더니 원래대로 돌아갔더냐?"

"예."

"으음. 알겠다. 그나저나 앞으로 뭘 할 예정인가?"

맥락도 없이 뜬금없이 화제가 바뀌었다. 미궁 이야기는 나중에 밤이 되면 마통옥으로 다시금 물어보실 것 같다.

"예. 잠시 휴식을 취하고자 생각하고 있습니다. 휴가 중에 멜라토니에 가서 초심으로 돌아가 단련을 해볼까 합니다."

"그대의 무술 스승과 만나려는 거로군."

"예. 그리고 휴가가 끝나는 대로 드워프 왕국에 가서 수행원들의 무구를 회수한 뒤에 허가를 내려주신다면 네르달에, 그게 어렵다면 미궁 도시국가 그란돌에 가려고 합니다."

"과연……. 루시엘이 네르달에 가려면 이 성도에서 출발해야 할 것 같구나."

"그 말씀은 성도뿐만 아니라 다른 곳을 통해서도 네르달에 갈 수 있다는 의미입니까?"

"그렇다. 각국의 주요 도시를 통해 갈 수가 있지. 직업을 변경할 때처럼 특정한 승인이 필요하느니라."

"그렇습니까……. 아, 직업 변경이라고 말씀하셔서 떠올랐는데, 지난번에 치유사 랭크가 X가 되었습니다. 이번에 직업 승격을 부탁드려도 되겠는지요?"

"오오! 역시 루시엘이구나. 치유사를 그토록 승화시킬 줄이야!
루시엘을 제외하고 다들 이 방에서 나가도록 해라."

카트린느 씨와 시녀들이 순순히 고개를 숙이고서 방을 나갔다.
라이오넬 일행도 나를 보고서 고개를 끄덕인 뒤 마찬가지로 밖으
로 나갔다.

문이 닫히자 교황님이 옥좌에서 내려와 이쪽으로 걸어왔다.

역시 아름답긴 하지만, 소녀와 성인 여성의 사이에 걸쳐 있는
인상이다. 어쩐지 레인스타 경과 닮은 것 같기도 하다.

"존안을 뵙게 되어 대단한 영광이옵니다. 직업 변경 건을 잘 부
탁드립니다."

"으음. 1년 전보다 얼굴이 어른스럽게 씩씩해졌구나. 이에니스
건도 그렇고, 록포드를 지켜준 것도 정말로 고맙다."

어라? 평소에 교황님께서 모습을 드러내지 않으셔서 최대한 공
손하게 인사를 드려봤다. 그런데 지적을 할 줄 알았는데 가볍게
흘려버렸네. 아니면 너무 익숙한 인사라서 위화감이 없었다거
나……

"록포드에 수행원의 거주구도 있거든요."

나는 쓴웃음을 지으며 승격에 관해 설명해달라고 부탁했다.

"직업을 승격할 때 제가 무언가를 할 필요가 있습니까?"

"없다. 굳이 말하자면 여러 직업 중에서 되고 싶은 직업을 선택

하면 되느니."

"다른 직업을 선택하더라도 치유 마법을 여전히 사용할 수 있는지요?"

"그건 직업마다 다르겠지. 상황에 따라서는 지금보다 약해질 수도 있다. 하지만 다른 직업을 꼭 선택해야만 하는 건 아니니 너무 겁먹을 것 없다."

"그렇습니까? 그럼 부탁드립니다."

리스크는 그다지 짊어지고 싶지 않아서 그 말에 안도했다.

"그럼 앉아서 눈을 감아라."

"예."

나는 교황님이 시키는 대로 좌선하여 그때를 기다렸다.

교황님이 내 머리에 손을 대고서 영창을 시작했다. 전혀 알아들을 수 없는 말이었다.

"……눈을 떠도 좋다."

체감상 1분쯤 흐른 뒤에 교황님의 목소리가 들렸다.

"승격 가능한 직업들은 어떤 게 있을까요?"

"……정령기사밖에 없더구나. 미안하다만 직업 승격은 당분간 보류하면 안 되겠느냐?"

정령기사는 틀림없이 희귀 직업이니 기뻐할 줄 알았는데, 교황님께서는 전과는 달리 기운이 없어 보였다.

"……정령기사가 되면 성속성 마법을 쓰지 못하게 된다는 말씀입니까?"

"정령 중에 성속성 정령은 없으니 그렇게 되겠지. 현자가 될 줄 알았건만 대단히 아쉽구나……."

"저도 회복 마법을 잃는 건 뼈아프니 개인적으로는 지금 이대로가 좋습니다."

"그러더냐? 어쩌면 정령의 가호 때문인지도 모르겠구나. 현자는 자동으로 승격된다는 얘기를 들은 적이 있으니 무언가 조건이 있을 테야."

어쩌면 용을 해방하고, 모든 속성의 정령에게서 가호를 받는다면 현자가 될 수 있을지도 모르겠네. 그래도 그 과업을 달성하려면 목숨이 몇 개가 있더라도 부족할 것 같다.

그보다도 지금껏 회복 마법을 쓰지 못하게 될 수도 있다는 가능성은 생각도 해보지 않았는데……. 그런 미래가 순간 머릿속을 스쳤다. 나는 막연하지만, 대책을 세워야겠다고 생각했다.

"멜라토니에 있을 거라면 정기 보고는 한 달에 한 번만 해도 된다. 그때 네르달과 교섭이 어떻게 진척되었는지 알려줄 수 있겠지."

"알겠습니다. 아, 맞다. 그란하르트 씨가 심문하고 있는 4명의 치유사 말입니다. 일마시아 제국의 노예 상인이 깊숙이 관여되어 있는 것 같습니다. 만약에 배후가 밝혀진다면 힘을 빌려주십시오."

"흐음. 알겠다. 너무 무리해서는 안 된다."

"예. 앞으로도 평화로운 생활과 노후를 목표로 하면서 교회 본부를 위해 전력을 다하겠습니다."

"……루시엘, 막중한 짐을 짊어지게 해서 정말로 미안하구나. 본녀가 도울 수 있는 일이 있다면 의지하여라."

"고마운 말씀입니다. 앞으로는 일을 화려하게 벌일 예정은 없습니다만, 도움이 필요할 때 가장 먼저 상담을 청하도록 하겠습니다."

"맡겨둬라. 안 그래도 그대 앞으로 각국에서 치유사를 육성해달라는 강연 의뢰와 파견 요청, 왕족이나 귀족들의 사교계에서……, 다시 말해 무도회나 만찬회 등에 참석해달라는 초대장이 날아오고 있지."

"사교계 말입니까?"

"으음, 불과 1년 만에 유명해졌다는 뜻이니라."

"어쩐지 음모에 휘말릴 것 같아서 전혀 기쁘지 않습니다만……."

"그게 유명세라는 것이지. 게다가 향후 활약에 따라서는 혼인 외교에 동원될 가능성도 있다."

"상당히 즐거워 보이시는군요?"

"외교는 피곤하니까. 그 원인인 그대도 조금은 알아둬야 한다. 특히 외교를 맡은 무넬라한테 감사하거라."

"예……."

무넬라 씨. 치료 가이드라인과 법안을 정리하는 데 전력을 다해준, 겉보기에는 악덕 상인처럼 생겼지만, 꽤 수완이 뛰어난 외교관이자 교황님의 오른팔과도 같은 사람이다. 이따가 위로 선물이라도 챙겨드리도록 하자.

"아, 마지막으로 교황님께서 추천해주신 에스티아 말입니다만……."

"으음. 그대와 마찬가지로 정령의 가호……, 아니, 그 위인 총애를 받은 자라서 맡겼느니라."

"총애……? 에스티아가 말입니까?"

"음? 아직 못 들었는가? 에스티아는 '어둠의 정령'의 총애를 받은 자이니라."

"뭐라고요?!"

갑작스러운 폭로에 머릿속이 새하얘졌다.

"자세한 얘기는 본인한테 듣는 게 좋겠지. 그자는 치유사 사건의 피해자로, 제국에 끌려갔던 과거가 있다. 그때 어둠의 정령과 만나 가호를 받았지."

"……윽."

교황님은 틀림없이 고랭크 감정 스킬을 가지고 있으니 틀림없이 정령의 가호도 보일 것이다. 그러니 틀림없겠지.

그런데 리자리아가 들려줬던 과거 이야기와 상황이 너무나도 비슷하다.

"불쌍한 아가씨이긴 하다만, 정령한테서 사랑받고 있지. 최대한 힘이 되어줬으면 좋겠구나."

"에스티아와 대화를 해보겠습니다. 저기, 그녀의 가족…… 부모님이나 자매는?"

"부모는 이미 세상을 떠났고 천애고아라고 들었다."

"그렇습니까……."

나는 교황님의 말을 들으면서 리자리아가 독백처럼 읊조렸던 과거 이야기를 떠올렸다.

혹시 그녀가 말했던 과거는 에스티아의 과거가 아니었을까? 그런 가설이 떠올랐다.

더욱이 돌이켜보니 에스티아와 리자리아는 대면해본 적이 없다. 혹시 드워프 왕국을 다시 방문했을 때 리자리아가 나타나지 않았던 이유는 에스티아, 혹은 어둠의 정령 때문은 아닐까? 그렇게 생각하니 앞뒤가 맞는 것 같은 기분이었다.

"교황님, 그러고 보니 과자류를 좋아하십니까?"

"물론이니라."

"그럼 이걸."

나는 사람들에게 나눠주고 있는 벌꿀 사탕이 담겨 있는 단지를 건넸다.

"혹시 그건……."

"벌꿀 사탕입니다."

"오오~, 역시 벌꿀 사탕이었구나."

교황님이 기쁨을 감추지 않았다.

"기뻐하셔서 다행입니다. 앞으로는 정기적으로 구할 수가 있으니 교황님께도 진상하도록 조치하겠습니다."

"으음, 루시엘은 충성스러운 자로다."

"저 역시 신세를 많이 졌으니까요. 그럼 또 뵙도록 하겠습니다."

"으음."

웃으면서 서로를 보고 있으니 자연스레 손이 앞으로 나갔다. 교황님이 순간 의아해하셨지만 이내 기뻐하며 악수를 해줬다.

교황님의 손은 생각보다 아주 아담했다.

계속 쥐고 있는 건 실례라서 다시금 예를 표한 뒤에 교황님의 방을 나간다.

문을 열고서 밖으로 나갔다. 여러모로 정리해야만 하는 사실들이 많아서 나는 고개를 푹 숙이며 한숨을 내쉬었다. 불현듯 온몸에서 힘이 쫙 풀렸다. 예상했던 것보다 더 긴장했음을 깨달았다.

이런, 이런. 고개를 드니 기묘한 광경이 시야에 들어왔다.

"카트린느 씨, 무슨 일입니까?"

카트린느 씨가 애원하는 듯한 시선으로 라이오넬을 보고 있었다. 대단히 이상한 구도였다.

그리고 입을 먼저 연 쪽은 카트린느 씨가 아니라 라이오넬이었다.

"루시엘 님, 지난번에 만났던 성기사대와의 모의전을 수락해도 되겠는지요?"

대체 왜 이렇게 된 거야? 발키리 성기사대와 모의전을 시키고 싶다고 말을 꺼낸 건 카트린느 씨였으니 수락하더라도 문제는 없지만……

전 제국 장군과 성 슈를 교회 본부 기사단장……. 두 사람이 만나면 이런 전개가 펼쳐지리라 미처 예상하지 못했다.

결국 나는 그 요청을 단호히 거절하지 못하고 수락할 수밖에 없었다.

카트린느 씨의 눈이 진심이었기 때문이다.

다만 절대로 그 누구도 죽게 해서는 안 된다고 신신당부를 한 뒤에 위험한 상황이 벌어질 것 같으면 끼어들겠다는 조건으로 모의전을 수락하기로 했다.

03 모의전

에스티아도 신경이 쓰이긴 했지만, 카트린느 씨와 오랜만에 만났기에 그쪽을 우선하기로 했다. 나는 그녀와 대화를 하면서 미로 같은 복도를 걸어 나갔다. 이윽고 발키리 성기사대 전용 훈련장에 도착했다.

"발키리 성기사대의 훈련장에 왔다는 건 역시……?"

내가 카트린느 씨에게 묻자 그녀가 생긋 웃으며 대답했다.

"맞아. 발키리 성기사대와 모의전을 시킬 거야. 제국의 전귀 장군을 비롯한 루시엘 군의 수행원들, 그리고 네가 얼마나 성장했는지 측정하기에 안성맞춤인 상대잖아?"

말을 보아하니 나도 모의전에 참가해야 하는 모양이었다. 의미심장하게 웃고 있는 카트린느 씨를 보고 있으니…… 도망칠 구멍이 없다.

그러나 나는 딱히 모의전을 하고 싶지 않다. 평소였다면 울며 겨자 먹기로 참가했을 테지만, 지금의 나는 마지막까지 포기하지 않는다.

"곧 저녁 시간이고, 또 묵을 숙소도 찾아야만 하니 훗날로 미루면 안 될까요?"

"모의전을 나중에 또 하고 싶다니 못 본 사이에 늠름해졌네. 게다가 루시엘 군의 일행이라면 노예든 수인이든 뭐든 객실을 확실하게 마련해줄 테니 안심하도록 해."

전혀 안심되지 않는다. 자꾸만 기시감이 느껴지는 이유는 뭘까? 나는 속으로 눈물을 흘리면서 저항을 포기했다.

훈련장에서 발키리 성기사대가 대열을 이루고서 우리를 기다리고 있었다. 아마도 이미 카트린느 씨가 지시를 내려뒀겠지. 그나저나…….

"저 때문에 발키리 성기사대를 정렬하여 대기시켜 둔 건 아니겠죠……?"

"루시엘 군이 수행원으로서 전 전귀 장군을 데리고 왔으니 이 모의전은 필연이야."

카트린느 씨가 그렇게 말하고서 웃었다. 그러고 보니 오늘 카트린느 씨가 솔직하게 웃는 얼굴을 처음 보는 건지도.

뭐, 그보다도 내가 발키리 성기사대 쪽으로 고개를 돌리니 루미나 씨가 경례하고서 입을 열었다.

"루시엘 님, 오랜만입니다. 오늘 모의전을 잘 부탁드립니다."

계급이 역전돼서일까, 아니면 라이오넬을 비롯한 수행원들이 있어서 그런 걸까? 이유는 잘 모르겠지만 딱 하나 말해두고 싶은 것이 있었다.

"루미나 씨, 그리고 다른 여러분들도 마찬가지지만, 여긴 공적인 자리가 아니니 평소처럼 대해주세요. 여러분들이 평소와 달리 존댓말을 쓰니 어쩐지 등골이 오싹한다고요."

"딱히 벌꿀이 필요해서 이러는 건 아냐."

"잘난 척하면 이참에 근성을 철저히 고쳐주려고 했는데."

루미나 씨에 이어서 루시 씨가 웃으며 입을 열었다. 그 뒤에는 저마다 떠들기 시작해서 상황이 수습되지 않았다.

"좀 강해졌어?"

"나랑 리프네아가 쌍검술의 기본을 알려주도록 하겠어요."

"어? 저도 말인가요?"

"당연하죠."

엘리자베스 씨가 리프네아 씨를 내세우며 요즘에 통 훈련하지 않은 쌍검술을 알려주겠다고 했다. 리프네아 씨는 처음 듣는 소리인 것 같지만.

바로 그때 손뼉을 치는 소리가 2번 울렸다.

"반가운 마음은 알겠지만, 시간이 많이 지체되었으니 전투를 당장 개시하도록 하지."

"""예."""

카트린느 씨가 말하자 재잘거렸던 부대원들이 제각기 전투태세로 전환했다.

그러고 보니 나는 그녀들의 진심을 본 적이 없다.

이거 정신을 바짝 차리지 않으면 부상 정도로 끝나지 않을 것 같네.

"우선은 루시엘 군의 주관대로 모의전을 치러도 좋아. 몇 대 몇 정도로 맞붙어야 적당할까?"

"글쎄요? 마법을 쓸 수 있다는 조건이라면 발키리 성기사대 전원과 저를 포함하여 저희 쪽 인원 넷이서 맞붙으면 충분할 것 같습니다."

내가 그리 말하자 발키리 성기사대가 노기로 들끓기 시작했다.

"루시엘 군, 그 발언은 우리, 발키리 성기사대가 약하다는 말처럼 들리는데?"

"그런 뜻이 아니에요. 만약에 여러분들과 일대일로 맞붙는다면 틀림없이 제가 질 겁니다. 하지만 노예라고는 해도, 제 수행원들은 하나같이 상당한 실력자이고, 최고라 부를만한 장비를 쓰고 있습니다. 물론 저희의 전투 스타일도 고려했고요."

내가 단언하자 카트린느 씨가 대담하게 웃으며 입을 열었다.

"루시엘 군, 정말로 10대4로 맞붙어도 되는 거지? 발키리 성기사대는 심장과 목을 베는 것을 제외하면 뭐든지 허용이니 전력으로 임하도록. 루시엘 군도 쉽사리 당해버리면 안 돼."

역시나 내 발언을 듣고서 기사단장인 카트린느 씨도 화가 났던 모양이다. 그러나 미묘하게 착각하고 있는 부분이 있어서 바로 정정했다.

"으음, 죄송합니다만, 카트린느 씨도 포함한 전원을 말하는 겁니다. 그러니까 4대11이죠."

"""뭐?!"""

뭐, 화가 날 테지만, 아마도 이렇게 해야 균형이 맞는다고 생각한다.

라이오넬의 실력을 알고 있으면서도 그렇게 발언한 카트린느 씨야말로 경솔하다고 생각하는데…….

더욱이 잊어버린 것 같은데 내 결계 마법인 에어리어 배리어의 효과도 꽤 향상되었다. 그러니 방심만 하지 않는다면 내가 패배할 일은 없다고 생각한다. 무엇보다도 라이오넬은 물론, 케티도 전혀 주눅 들지 않은 것을 보니 더욱 확신이 들었다.

나는 라이오넬과 케티, 그리고 케핀을 선택했다. 드란을 비롯한 기술반과 아직 실력을 모르는 에스티아는 대기시키기로 했다. 폴라가 골렘을 적절히 운용할 수 있을지 의심스럽고…….

자, 드디어 모의전이다. 라이오넬과 케티는 문제가 없겠지.

"케핀, 우리도 힘내자."

"옙."

"그래서 무기는 어떻게 할까요?"

"급소를 당하거나 머리가 날아가지만 않는다면 루시엘 군이 치료할 수 있지?"

"예. 즉사만 아니라면 문제없습니다. 혹시 실전을 상정한 모의전입니까?"

"그래. 그렇게 해야 피차 긴장감이 생길 테고 도움도 될 거 아냐?"

라이오넬을 비롯한 일행들을 쳐다보니 다들 웃으며 고개를 끄덕였다.

"알겠습니다. 그럼 무기에 베인 사람은 퇴장하도록 해주세요."

"알겠어."

"전투는 언제 개시할까요?"

"중앙에서 양쪽이 30보 거리를 띄운 시점에 시작하도록 하지."

"알겠습니다."

모의전을 치르기 위해서 양 팀이 중앙에 모였다. 카트린느 씨가 신호를 내리자 전투가 개시되었다.

내가 곧바로 영창 파기로 에어리어 배리어를 발동하자 라이오넬이 내 앞에 섰다. 케티와 케핀은 유격을 하고자 달려 나갔다.

발키리 성기사대는 케티와 케핀을 요격하기 위해서 5명을 보냈다. 나머지 6명은 나와 라이오넬을 향해 달려왔다.

"방어를 우선할까요? 아니면 힘으로 눌러버릴까요?"

"눈으로는 상대 능력이 얼마나 되는지 단언할 수가 없으니 반격을 할까 해. 화염 대검을 쓰면 바로 끝낼 수 있을 것 같지만, 자칫 학살극이 벌어질 수도 있으니까."

"알겠습니다."

발키리 성기사대는 단숨에 이쪽으로 쳐들어오는 작전인 듯하다. 루미나 씨, 사란 씨, 마일라 씨, 베아리체 씨, 캐시 씨가 각 방면에서 라이오넬에게 공격을 가했다.

라이오넬은 한걸음 물러서서 대형 방패와 대검을 휘둘렀다. 그 공격에 맞은 기사들이 순식간에 날아가버렸다.

그 틈을 노리듯 루미나 씨가 검으로 재차 라이오넬을 찔렀다. 그러나 나는 상처가 깊어지지 않도록 바로 힐을 썼다. 그러고는 라이오넬에게 에어리어 배리어를 거듭 발동했다.

유격을 나가 있는 케티와 케핀에게도 같은 타이밍에 에어리어 배리어와 힐을 발동했다.

눈에 보이는 거리라면 회복 마법을 걸어줄 수가 있다. 그 광경을 본 루미나 씨를 비롯한 기사들이 놀라워하며 거리를 벌렸다.

우리는 다치더라도 바로 치유할 수 있으니 운동능력이 떨어지지 않는다.

물론 그 근원인 나를 쓰러뜨린다면 끝날 테지만 라이오넬이 용납하지 않는다.

제아무리 상대가 빠르다고 해도 라이오넬은 몸을 날려서 나를 지켜주고 있고, 나 역시 치명상을 입지 않도록 그에게 회복 마법을 걸어준다.

서로를 신뢰하지 않는다면 성립되지 않는 연계로 상대의 전의를 조금씩 깎아냈다.

케티는 일격필살이 아닌 카운터 공격을 중시하고 있다. 공격을 피하면서 생채기만 입히는 수준의 공격을 확실하게 적중시켜나갔다. 그렇게 함으로써 발키리 성가시대에게 확실하면서도 서서히 대미지를 축적해 나갔다.

케핀도 인술(忍術)을 전개하여 안개처럼 사라져서 적군끼리 오인 공격을 유도하거나, 공격이 적중되었다고 상대방이 믿은 순간에 폭발을 일으켜 시간을 벌면서 케티가 지원 공격을 해주기를 기다렸다.

그리고 상대방의 역량이 서서히 드러나자 승부는 단숨에 가속되었다.

역시나 이대로는 어렵겠다고 판단했는지 공격을 맞고 날아간 사란 씨와 케핀 곁에 있던 엘리자베스 씨가 나를 표적으로 삼고는 우회하여 후방에서 공격을 시도했다.

"순수한 공격력은 아니지만, 하는 수 없나……."

나는 오른손으로 들고 있던 환상 지팡이를 환상검으로 바꾼 뒤 마력을 주입했다. 그러고는 마법 주머니에서 꺼낸 방패를 왼손으로 들어 사란 씨와 엘리자베스 씨의 공격을 받아냈다. 급소를 막아내면서 두 사람의 검에 환상검을 댔다.

그러자 두 사람의 칼날이 내 환상검에 닿자마자 부러져 떨어졌다.

나는 아연실색하는 두 사람의 틈을 찔렀다. 우선 쌍검을 쓰는 엘리자베스 씨부터 발로 차서 날려버린 뒤에 몸을 회전시키면서 방패로 사란 씨를 가격했다.

무기가 파괴되어 놀라서 틈을 내보인 두 사람은 이로써 전투불능이 되었다.

엘리자베스 씨와 사란 씨는 환상검의 성능을 모른 채 돌격해온 것이 패인이었지. 방심하지 말고 라이오넬을 비롯한 수행원들을 회복시키자.

대적하기가 까다로웠던 엘리자베스 씨가 전투에서 빠지자 케핀은 상처를 입었는데도 처음 보는 인술로 공격에 나섰다.

케티는 한 번도 공격을 맞지 않았다. 리프네아 씨, 마르르카 씨, 루시 씨를 농락하면서 붉은 선혈로 물들여 나갔다.

"라이오넬, 이대로 전투가 종료될 때까지 방어 위주로 갈까? 아니면 가세하러 갈까?"

"그렇군요……. 루시엘 님은 한 사람씩 상대하여 쓰러뜨려 주시겠습니까?"

"알겠어."

라이오넬은 공격을 받아내면서 캐시 씨를 이쪽으로 날려버렸다.

나는 다친 캐시 씨와 그녀를 지키려는 쿠이나 씨에게 환상검을 들었다.

"그 검은 반칙. 이 무기는 정말로 비싼 거니까 부수지 마."

무기를 걱정하는 캐시 씨의 모습에 나는 무심코 웃음이 나올 뻔했다.

"그럼 항복을 선언해주세요. 선언한 뒤에는 엘리자베스 씨와 사란 씨 곁으로."

"알겠어. 그 무기 때문에 항복할게."

말수가 적은 쿠이나 씨가 무기의 성능 차 때문이라며 패배를 선언했다.

그래도 나는 처음으로 두 사람을 이겼다는 사실에 기뻐했다.

그러는 사이에 케티와 케핀이 부상으로 운동능력이 떨어진 발키리 성기사단 대원들을 쓰러뜨려 나갔다.

모두가 항복해버렸고, 남은 사람은 루미나 씨 한 사람이었다.

"너무 철벽이야. 터무니없어."

루미나 씨는 그렇게 중얼거리고서 자신이 선보일 수 있는 최고의 공격인 연격을 펼쳤다. 그러나 라이오넬은 모든 공격을 대형 방패로 손쉽게 막아냈다.

"루시엘 님의 에어리어 배리어는 보통이 아니니까."

"잊어버리지는 않았지만, 이 정도까지 수준을 끌어올릴 줄이야……."

"그래서 루시엘 님은 재밌지. 그보다도 이쪽에만 정신을 팔고 있어도 되는 건가?"

라이오넬이 대검을 휘두르자 루미나 씨가 피했다. 그러고는 라이오넬의 목에 검을 대려고 하다가 움직임이 멎었다.

아니, 정확하게 말하자면 저지당했다.

케티와 케핀이 어느새 뒤로 다가가 루미나 씨의 목 앞으로 두 칼날을 교차시킨 것이다.

"휴우~, 좋은 수행원을 뒀네, 루시엘 군. 설마 우리가 소수 인원한테 질 줄이야……. 아무래도 방심한 모양이다."

루미나 씨가 칭찬하면서 엄청나게 분한 표정을 지었다.

"감사합니다. 그럼 이번에는 저희가 이긴 것으로 하고, 다들 회복시켜 드릴게요."

"잘 부탁해."

"카트린느 씨?"

"어……, 승자는 루시엘 군과 그 수행원들."

우리가 카트린느 씨 쪽으로 고개를 돌리자 그녀는 웃으며 고개를 끄덕인 뒤에 승자를 선언했다.

네이밍 센스가 없다고 생각하면서 나는 에어리어 힐을 마법진 영창으로 발동시켜 다친 사람들을 치료해나갔다.

모의전을 무사히 마쳐서 안도했다. 오늘 일정은 이것으로 끝났구나, 하고 생각했다.

그러나 현실은 역시나 무정했다.

"그럼 루시엘 군도 레벨이 오른 것 같으니 나와 개인 모의전을 벌여서 그 실력을 측정해보도록 하자."

"예? 싫은데요."

"우리는 루시엘 군의 무기가 엄청나다는 사실밖에 모르잖아. 진짜 실력을 알아야 기사단의 호위가 필요한지 아닌지 알 수 있지 않겠어?"

"아뇨, 기사단이 제 호위를 맡을 기회는 없잖아요?"

"꼭 그렇다고는 할 수만은 없어."

"화풀이를 하려는 건 아니고?"

"자, 서로 죽도록 싸워보자고."

그 뒤에 무슨 말을 하든 카트린느 씨는 들어주지 않았다.

발키리 성기사대 대원들까지 가세하여 도저히 달아날 수가 없었다. 다른 날에 다시 싸우기로 약속한 뒤에야 간신히 해방될 수 있었다.

"……어려울 때 도와줬던 사람의 부탁은 이토록 거절하기 어려운 건가?"

내가 중얼거린 말에 반응을 보인 사람은 없었다. 그러나 라이오넬과 카트린느 씨가 대화를 나누는 모습과 수인인 케티와 케핀을 괄시하지 않고 다 함께 즐겁게 대화를 나누는 모습을 보니 아무렴 어떤가 싶었다.

참고로 폴라와 리시안이 구석에서 골렘을 불러낸 바람에 발키리 성기사대 전용 훈련장이 또다시 소란스러워졌다는 것을 덧붙여두겠다.

그리고 그 이튿날 아침에 모의전이 터무니없는 규모로 발전하게 되는데, 그 당시 나는 알 턱이 없었다.

04 미행

    루미나 씨가 이끄는 발키리 성기사대와 모의전을 끝마친 우리는 카트린느 씨를 포함하여 다 함께 식당으로 향했다.

    주방에서는 반가운 데이트 상대인 식당 아주머니…… 로자 씨가 분주히 일하고 있었다.

    "로자 씨, 안녕하세요."

    내가 말을 건네자 로자 씨가 고개를 들더니 웃으며 맞이해줬다.

    "어머, 루시엘 님, 오랜만이네. 교회 본부에 돌아온 거니?"

    "예, 잠시요. 그나저나 여전히 식당은 조용하네요."

    "식사하는 시간만큼은 떠들썩하면 좋을 텐데…… 뭐, 옛날부터 이랬지만."

    "제가 특이한 거였죠. 앗, 밥은 늘 그렇듯 고봉으로 부탁해도 될까요?"

    "물론이지. 잠깐만 기다려줘."

    로자 씨가 주방 안으로 들어갔다.

    그와 동시에 내 뒤에서 카트린느 씨의 목소리가 들려왔다.

    "루시엘 군은 여전히 로자 씨랑 사이가 좋구나."

    "뭐, 그렇죠. 오히려 이게 보통이라고요. 교회 본부에서는 위계 때문에 신분은 다르긴 하지만, 같은 사람이니 최소한의 예절은 필요하다고 생각해요. 또한 신세를 진 상대라면 더더욱요. 무엇

보다도 화기애애한 편이 즐거우니까요. 일도, 식사도, 인생도 시시한 것보다는 즐거운 편이 낫지 않나요?"

내가 웃으면서 대답하자 카트린느 씨와 루미나 씨도 웃어줬다. 라이오넬 및 수행원들 쪽으로 시선을 돌리니 발키리 성기사대 대원들과 다양한 화제로 이야기꽃을 피우고 있어서 흐뭇했다.

사지우스 일행을 호송했을 때를 포함하여 두 번째 만남이긴 하지만 죽이 잘 맞는 듯하여 다행이다. 인족지상주의자가 접촉할까 우려했는데 그런 일은 없었다. 그렇다면 안심하고 교회 본부에서 생활할 수 있을 듯하다.

그나저나 모의전을 마치고서 저들이 나누는 잡담을 들어보니 예전에 만났을 때는 제국의 전 장군이나 다른 종족과 스스럼없이 대화할 기회가 없었기에 긴장했다고 한다. 그래서 이 기회를 순수하게 기대하고 있었단다.

그러는 사이에 로자 씨가 말을 걸었다.

"자, 많이 기다렸지? 부족하다면 한 그릇 더 퍼줄 테니까."

"감사합니다."

나는 웃으면서 로자 씨에게서 음식을 받아 다 함께 앉을 수 있는 커다란 탁자로 이동했다.

내 정면에는 카트린느 씨와 루미나 씨가 앉았다. 그리고 사이를 조금 띄우고서 모두가 앉았다.

노예라고는 해도 내 수행원이라서 그런 건지, 아니면 모의전 때 압도되어서 그런 건지 발키리 성기사대 대원들은 라이오넬 일행과 동석하는 것에 거부감이 없는 듯했다.

　그보다도 이런저런 질문 세례를 받고서 라이오넬 일행이 약간 당혹스러워하면서도 즐겁게 대답해주는 모습이 재밌었다.

　"그나저나 불과 1년하고도 수개월 동안 떨어졌을 뿐인데 성도가 그리워질 줄이야."

　"그래도 루시엘 군은 이에니스에서 자유를 만끽했다고 들었다. 그 벌꿀 건도 그렇고."

　루미나 씨에게서 벌꿀 물욕 센서가 느껴졌다. 그렇게나 절실하다면 괜스레 장난을 치고 싶어지는데. 그나저나 그토록 많이 건네줬는데도 부족했나? 나중에 더 줘야겠다.

　"뭐, 솔직히 여러 사람이 도와준 덕분에 성공을 거둘 수 있었고, 자유롭게 지낼 수 있었어요. 처음에는 불안하기만 했으니까요."

　"여러 사람이라……. 루시엘 군한테는 인복이 있는지도 모르겠네."

　"그래도 그건 루시엘 군이었기에 맺을 수 있었던 인연이라고 생각해."

　카트린느 씨는 라이오넬 일행을 보고서 감상을 들려주는 느낌이었다. 그러나 루미나 씨는 나를 보면서 그렇게 말해줘서 어쩐지 낯간지러웠다.

　"감사합니다. 아, 다른 얘기이긴 한데 성도에서 치료 가이드라인과 법안이 실행된 뒤에 뭔가 변화가 있었습니까? 주관적인 의견도 좋으니 무언가가 조금이라도 달라졌다면 알려주실 수 없을까요?"

"난 교회 본부에서 나간 적이 없지만, 보고를 받아보니 치유원을 운영하는 치유사들은 그다지 달가워하지 않는 것 같아. 그것도 타국의 치유사보다도 성 슈를 공화국 내에서 활동하는 치유사가 더."

"그런가요……."

역시나 데리고 온 4명의 치유사에게서 들었던 이야기와 비슷하네.

성 슈를 공화국 내에서는 성도에서 멀리 떨어질수록 치유원의 문을 닫는 치유사가 늘고 있다고 들었다.

다만 반대로 타국의 치유사들은 이 나라만큼 우대를 받고 있지 않아서 치료를 받으러 찾아오는 환자가 많아져서 번성하고 있단다.

우대받는 치유사라는 신분을 이용하여 제멋대로 굴었던 대가를 받은 셈이지.

그 방아쇠를 당긴 건 나이긴 하지만…….

과거에는 기사단이 조사를 나가기 전에 그 정보를 입수하기 쉬웠기 때문에 현재 성도에서 멀리 떨어진 곳에 있는 치유원들이 문을 닫는 거겠지. 나쁜 짓을 얼마나 많이 저질렀을지 상상이 된다.

뭐, 틀림없이 원망하고 있겠지…….

"주눅들 거 없어. 게다가 새로이 치유사가 된 자들은 루시엘 군이 걸었던 길을 모방하듯 마력이 고갈될 때까지 매일 회복 마법을 쓰고 있는 모양이야. 그래서 예년보다 스킬 레벨이 높은 치유사들이 늘어났다는 보고도 올라오고 있어."

"그건 기쁜 일이군요."

"우리도 원정지에서 가격 설정 가이드라인과 법안 때문에 불평불만을 종종 듣곤 했지. 하지만 불평하는 사람들 대부분은 치유사로서 수년 이상 근무했던 자들이야. 오히려 고맙다고 하는 사람의 숫자가 더 많아. 교회 지부가 있는 지역에서는 범죄도 상당히 줄어들었다고 하고."

"범죄와 무슨 관계가?"

치안을 개선하는 조치는 없었을 텐데?

"치료 가격이 설정되어서 치료받는 공포가 조금 누그러들었지. 주로 모험가들의 스트레스가 줄어들었을 거야. 예전에는 그 스트레스를 배출하고자 강도질이나 도적질을 하면서까지 돈을 벌려고 했던 자들도 있었다고 하니까. 그런 자들이 줄어든 게 요인이었다고 해. 타국에 소속된 잘 아는 치유사도 그렇게 말했고."

"다행이다. 생각했던 것보다 요금 개정안과 가이드라인이 잘 녹아든 것 같아서 안심했습니다. 실패했다면 또다시 새로운 수단을 생각해야만 하니까요. 교황님께서도 전혀 말씀이 없으셔서 조금 불안하기도 했어요."

나는 쓴웃음을 지으며 음식을 입에 넣었다.

"가이드라인에 관한 이야기는 교황님이나 대사교님들뿐만 아니라 나도 듣고 있으니 안심해도 좋아. 그보다 이에니스에 가서 사무 업무에 시달렸다고 들었는데 단련은 계속했겠지?"

"그건 안전하게 살기 위한 노력이었거든요. 게다가 수행원들이 모의전을 좋아해서 단련을 빼먹은 날은 거의 없었어요."

내가 그렇게 대답한 순간 카트린느 씨와 루미나 씨가 진지한 얼굴로 라이오넬 일행에 관해 물었다.

"자, 본론으로 들어갈게. 라이오넬 장군이 어째서 수행원이 되었는지 자세히 듣고 싶어. 애당초 제국 최강의 장군이 어떻게 배신을 당해야 노예로 전락할 수 있는 거야?"

사실 카트린느 씨는 라이오넬을 제법 동경하고 있는 것 같은데 내 착각일까? 아니면 기사단장으로서 제국의 전 장군을 보면서 남다른 감회를 느낀 걸까? 그나저나 라이오넬이 수행원이 된 경위는 두 사람 모두 알고 있을 텐데, 자세한 이야기는 듣지 못했나? 아니면 주위에서 귀를 쫑긋 세우고 있는 사람들에게 들려주고 싶은 건가?

"보고는 올렸으니 아마 알고 계시리라 생각하지만, 노예 상인이 라이오넬 일행을 노예로 팔고 있었던 건 사실이고, 사자고 마음을 먹게 된 이유는 부상을 치료해주면 호위를 맡아줄 것 같아서였어요. 이건 루미나 씨한테도 얘기했죠?"

"그래. 카트린느 님께도 말씀드리기는 했지만……."

믿지 않은 건가? 아니, 교황님께서도 말씀하셨을 테니 역시나 주위 사람들에게 들려주기 위해서겠지. 뭐, 소문 때문에 완전히 믿지 못했을지도 모르고. 그나저나 카트린느 씨는 라이오넬을 완전무결한 초인쯤으로 상상하고 있겠지?

"둘 다 전귀 장군을 전장에서 본 적이 없으니 그렇게 말할 수 있는 거야. 전장에서 이름을 떨친 일마시아 제국의 영웅이라고. 장군이 없었다면 일마시아 제국이 주변 국가들을 이토록 빨리 먹지는 못했을 거라고 평가할 정도로. 루시엘 군은 그 사실을 정말로 알고 있어요?"

나이를 따져보면 루미나 씨보다는 카트린느 씨가 라이오넬에 관해 더 자세히 알고 있으려나?

그나저나 제국의 영웅이었던 라이오넬이라. 상상은 되지 않지만, 상대방의 눈에는 절망을 뿌리고 다니는 귀신처럼 보였을 법도 하다. 나도 회복 마법을 쓸 줄 몰랐다면 여러 번이나 아찔한 상황을 겪었을 테니까.

보통 사람이 아니라는 건 알고 있지만, 실제로 전귀처럼 싸우는 모습을 본 적이 있는 사람이 활약상을 들려주니 새삼스레 그 실력이 실감 나네.

"믿기지 않을지도 모르겠지만, 정말로 에스티아를 제외하고는 전부 노예 상인한테서 산 겁니다. 특히 라이오넬은 두 다리를 움직이지 못하는 상태였고요. 그래서 그런 과거가 있었다는 건 알지만, 현재 그는 저의 든든한 수석 수행원입니다."

"그러니까 그게 믿기지 않는다는 거야. 천하의 라이오넬 장군이 다리 힘줄이 끊기다니."

전장에서 활약하던 라이오넬을 알고 있다면 그렇게 생각하겠지.

직접 만나본 지금도 기량이 전혀 떨어지지 않았고. 그나저나 카트린느 씨는 라이오넬이 노예였다는 사실보다도 어째서 노예가 되었는지가 더 궁금한 것 같네. 다만 배신을 당했다고만 말해봤자 납득할 것 같지 않다. 그렇다고 라이오넬에게 그 이야기를 하게 시키는 건 잔인한 처사일 테고. 어떻게 할지 고민하고 있으니 루미나 씨가 입을 열었다.

"그런데 애당초 어째서 이에니스에 도착하자마자 노예를 구하려고 했지? 성치사대의 인원수가 부족하다고 생각했어?"

"보고받은 바에 따르면 슬럼가에 있는 치유사 길드가 쇠락했고, 또한 습격을 받아서라고 했지?"

두 사람 모두 군인 말투와 친근한 말투를 혼용하고 있는 걸 보니 혼란스러운가 보다.

조금만 더 부드럽게 이야기해준다면 재밌을 텐데……. 그렇게 생각하면서 이야기를 계속했다.

"상상 이상으로 치안이 나빴어요. 그리고 이에니스에 도착하자마자 당시 이에니스의 대표가 우리 일행의 목숨을 노려서 전력을 증강해야겠다고 결단을 내렸죠. 그런 판단을 내린 자신을 칭찬해주고 싶네요."

"순풍에 돛을 단 것처럼 일이 술술 잘 풀린 줄로 알았는데, 처음에는 그렇게나 위험했다고?"

"예. 뭐, 하지만 전력을 늘리기 위해서 언젠가는 노예를 사자는 판단을 내렸을 것 같긴 해요. 성치사대를 불철주야 잠도 안 재우고 경계를 시킬 수도 없는 노릇이고, 저를 호위해줄 사람도 필요하겠다고 느꼈거든요."

아까부터 계속 설명만 하는 것 같다. 이 기회를 이용하여 이에니스를 부흥시키는 과정이 얼마나 힘들었는지 알려주도록 하자. 특히 주위에서 귀를 쫑긋 세우고 있는 사람들에게. 그나저나 상부에 보고하기 위해서 듣고 있을 테지만, 기사들과 치유사들의 시선이 옛날과 달리 묘하게 뜻미지근한 듯하다.

"어떻게 노예를 골랐지?"

루미나 씨가 질문하자 시선을 되돌리고서 설명했다.

"제 위압감을 태연하게 흘려 넘길 수 있는 사람들을 고른 뒤에 저와 함께하길 바라는 사람이 없는지 물어보고서 샀습니다."

"그건 이해했는데 어떻게 신뢰를 얻었지?"

"운 좋게도 제가 회복 마법으로 다시 싸울 수 있도록 해줬더니 호위를 맡겠다고 했습니다."

"그건 정말로 운이 좋았네."

"노예도 똑같은 사람……. 당연한 말이긴 하지만 그 사실을 잊어서는 안 되겠지."

루미나 씨가 무언가를 곱씹듯이 나직이 중얼거렸다.

"예. 노예가 아닌 수행원으로 일해 줄 것 같아서 샀고, 또한 그렇게 대하려고 노력했습니다."

내가 그들을 노예로서도, 수행원으로서도 어설프게 대하고 있다고 라이오넬 및 수행원들이 지적했다는 사실은 카트린느 씨나 루미나 씨에게는 함구해두자.

"그렇구나. 이제 타국에 갔다 와 보니 성 슈를 공화국이 치유사들의 총본산이라는 걸 깨달았겠지?"

"우대받고 있다는 건 알았습니다. 처음에 도착한 도시가 멜라토니라서, 그리고 루미나 씨와 운 좋게 만날 수 있어서 정말로 다행입니다. 만약에 이에니스였다면 치유사로의 인생이 막혔을 테니까요. 앞으로 이에니스도 멜라토니처럼 치유사에게 상냥한 도시로 변모할 겁니다. 그렇게 생각하니 어쩐지 보람이 느껴지네요."

"그래."

"후훗, 맞아. 그러고 보니 내일 모의전 말인데, 루시엘 군의 수행원들과도 개인전을 해도 될까?"

응? 어쩐지 화제가 확 바뀌었네. 카트린느 씨는 우리의 역량을 확인해두고 싶은 건가? 뭐, 기사단장으로서 올바른 판단이라고 생각한다. 나는 특별히 긍정도, 부정도 하지 않은 채 라이오넬 일행에게 물어봤다.

"라이오넬, 케티, 케핀. 모의전을 받아들여도 되겠어?"

"루시엘 님이 바라신다면. 뭐, 개인적으로는 멜라토니에서 선풍과의 싸움을 앞두고 전초전을 치를 수 있어서 대단히 고마운 제안이긴 합니다."

라이오넬이 대표로 말했다. 실력이 있어서인지 불만을 토로하지는 않았다.

케티와 케핀도 조용히 고개를 끄덕였다. 세 사람의 참전이 결정되자마자 카트린느 씨와 루미나 씨의 눈빛이 순간 반짝거린 것을 나는 놓치지 않았다.

오늘 치른 모의전은 단체전이긴 했지만, 우리가 완승해서 두 사람의 승부욕에 불을 지폈는지도 모른다. 우리는 교회 본부에 며칠 동안 머물기로 했다.

참고로 드란 일행은 모의전에 참가할 생각이 없는지 시장조사를 하러 나간다고 했다.

나도 가능하다면 따라가고 싶은데……. 뭐, 드란 일행은 이제 노예도 아니니 편리한 도구를 제작해주는 편이 나로서도 더 요긴하다.

"아, 그리고 보니 그란하르트 씨한테 넘겨준 서신에도 적어놨는데, 드워프 왕국에서 돌아오는 길에 자신을 치유사대라 자칭하는 자들이 회복 마법을 억지로 쓰고는 마을 사람들한테서 말을 강탈한 사건이 발생했습니다."

"루시엘 군, 그런 얘기는 빨리해야지."

"아뇨, 그런 일은 그란하르트 씨가 담당하는 줄 알고……. 게다가 카트린느 씨의 임팩트가 너무 강해서……. 무심코 그란하르트 씨한테 서신을 넘긴 거거든요."

"루시엘 군……. 뭐, 좋아. 그나저나 어벙한 건 여전하네. 어쩐지 안심했어. 그리고 지금은 기사단도 악덕 치유사들을 적발하는 일에 힘을 기울이고 있어. 차근차근 범위를 넓혀나가고 있긴 하지만."

"그랬군요. 그럼 나중에 상세한 내용을 정리하여 카트린느 씨한테도 보고서를 올려야겠네요."

"알겠어."

"맞다. 범죄자라고 하니 떠올랐는데, 이따가 루시엘 군 일행과 얽혔다는 도적들에 관해 할 얘기가 있다."

루미나 씨가 부자연스러운 투로 말했다. 아마도 사지우스 일행을 말하는 거겠지. 카트린느 씨에게 보고서를 올린 뒤에 루미나 씨의 개인실에 가겠다고 했다.

"아, 그러고 보니 루시엘 군의 개인실 말인데, 아직 새로운 방을 마련하질 못했어. 서둘러 준비하는 편이 나을까?"

"아뇨, 교회 본부에는 어차피 길어봤자 며칠 동안만 머물 생각이니 예전에 쓰던 방이면 충분해요."

"루시엘 군이라면 그렇게 말할 줄 알았지."

"하핫."

어쩐지 꾀에 넘어갔다기보다는 유도된 것 같은 기분이다. 뭐, 정말로 넓은 방을 배정해주더라도 아깝다는 생각만 들 뿐이니 딱히 문제는 없지만, 솔직히 말해주면 좋을 텐데.

잠시 뒤 저녁 식사를 끝마쳤다. 나는 개인실로, 라이오넬 및 수행원들은 객실로 이동하게 되었다.

그나저나 예전에 쓰던 개인실을 그대로 놔두다니 대단한 구실이네. 이런 방식은 기억해두는 편이 좋을지도 모르겠네. 뭐, 당분간은 써먹을 기회가 없겠지만.

자, 카트린느 씨에게 보고서를 올리러 가볼까. 요금 개정 가이드라인과 법안에 관해 개인적으로 느낀 점도 추가해두도록 하자.

기사단장실에서 카트린느 씨에게 보고서를 넘긴 뒤 내일 예정된 모의전에 관해 잠시 의논을 나눴다. 용무를 끝마친 뒤에 이번에는 루미나 씨의 개인실로 향했다.

이 방 예전에도 온 적이 있다. 여전히 최소한의 집기들만 놓여 있었다.

그런데 곰곰이 살펴보니 집기들 모두가 상당히 공들여 제작되었음을 느낄 수 있었다.

예전에는 너무 긴장해서 눈에 들어오지 않았던 건가? 아니면 보는 눈이 없었던 건가? 과거의 나에게 쓴웃음을 지으며 루미나 씨가 끓여준 홍차를 함께 마셨다.

"그나저나 도적들이란 사지우스 일행을 말하는 거죠?"

"맞아."

"루미나 씨를 비롯한 발키리 성기사대가 출자하여 슬럼가에 세웠다는, 종종 배급도 한다는 식당……과 관련이 있습니까?"

"벌써 알고 있었나?"

"예. 문지기가 알려줬습니다. 뭐, 도적들의 처우 문제를 루미나 씨한테 모두 넘겼으니 아무 문제 없습니다."

다만 무슨 일이 벌어졌을 때 루미나 씨를 비롯한 발키리 성기사대가 책임을 져야만 한다는 점이 걱정이다.

"고맙다."

"그런데 실례가 안 된다면 어째서 사지우스 일행을 도왔는지 물어봐도 됩니까?"

"그자……, 사지우스가 도적이 된 이유는 과거의 나 때문이니까. 그렇게 알고 넘어가면 안 될까?"

서글퍼하는 루미나 씨에게 더는 물어볼 수가 없었다.

"아뇨, 알려줘서 고맙습니다. 그리고 다음에 사지우스의 가게에 가도 되겠습니까?"

"물론이야."

오늘 나는 루미나 씨의 과거를 살짝 엿봤다. 그녀는 처음부터 강한 사람이 아니었고 차근차근 강해졌다는 걸 느낄 수 있었다.

그리고 홍차를 끓여줘서 고맙다고 인사한 뒤에 루미나 씨의 개인실을 뒤로했다.

시간이 꽤 늦어버렸나? 그래도 조금 찌뿌둥하니 시련의 미궁에서 시간을 보낼까…….

아, 그러고 보니 포레 누와르를 비롯한 말들을 은자의 마구간에 넣어뒀었지.

며칠 동안은 얀바스 씨가 말들을 돌봐주게 될 테니 한 번 가볼까.

그렇게 마음먹고서 나는 발키리 성기사대의 훈련장으로 걸어갔다.

처음에 걸었을 때는 미궁처럼 느껴졌던 마구간으로 이어지는 길을 기억을 더듬으며 나아갔다.

성기사대 훈련장을 얼마 남겨두지 않은 지점에 이르렀을 때 저 앞에 있는 에스티아를 발견했다.

에스티아는 대체 뭘 하는 거지?

아니, 그보다도 교황님께서 말씀해주셨던 이야기가 맞는지 확인해봐야지.

솔직히 내키지는 않았지만 모르면 안 될 것 같았다. 그리고 슬슬 그녀와 마주해야만 할 것 같은 느낌이었다.

나는 에스티아와 대화를 하기 위해서 그녀를 쫓아갔다. 그런데 그녀는 발키리 성기사대 훈련장이 아닌 나도 몰랐던 마구간 정식 출입구로 가고 있었다.

"에스티아가 마구간에? ……혹시 포레 누와르를 만나러 왔나?"

그동안 에스티아가 포레 누와르에게 무언가 말을 하는 모습을 본 적이 있기에 이번에도 그런 줄 알고 그녀를 쫓아갔다. 왜냐면 현재 포레 누와르는 은자의 마구간 안에 있기 때문이다. 뭐, 그저 단순히 말을 좋아해서 그런지도 모른다. 그러나 어둠의 정령의 총애를 받았다는 사실을 새로이 듣기도 했으니 말을 걸기 위해서 그녀를 쫓아 마구간 출입문을 열었다.

밤이라서 그런지 등불이 최소한으로만 밝혀져 있어 마구간 내부는 어둑했다. 그러나 시야는 충분히 확보되었다.

응시하면서 나아가니 에스티아의 모습이 눈에 띄었다. 마방(馬房)을 하나씩 들여다보고 있는 듯했다.

관리자인 얀바스 씨를 비롯해 아무도 없는 것 같다. 단순히 말을 찾고 있는 걸까? 아니면 포레 누와르? 의문이 잇달아 들었지만 마방을 다 들여다본 에스티아가 실망한 표정으로 이쪽으로 발걸음을 돌렸다.

나는 황급히 비어 있는 마방 안으로 몸을 숨겼다.

왜 숨은 거지?

내가 있다는 걸 모르는지 에스티아가 마방을 나갔다. 나는 에스티아를 뒤쫓으려다가 그전에 모든 마방을 들여다봤다. 모든 말들이 잠들어 있었다.

"에스티아가 잠재운 건가? 이게 암흑의 정령의 힘이야? 그나저나 말들이 상당히 편해 보이기는 하네."

재우는 것에 무슨 의미가 있는 걸까? 그런 생각을 하고 있으니 휴게소에서 얀바스 씨와 두 사육사가 자는 모습을 발견했다.

"설마 에스티아가 재웠나?"

나는 리커버를 발동하여 얀바스 씨를 깨웠다.

"후아~암? 어라, 루시엘 님 아닙니까?"

"안녕, 얀바스 씨. 근무 중에 주무시고 계셨던 겁니까?"

"제가 자고 있었습니까?"

"예. 기억 안 납니까?"

"아뿔싸! 이봐, 다들 일어나."

얀바스 씨가 두 사육사를 깨워 마방을 들여다보러 갔다.

에스티아가 재운 건지, 아니면 암흑의 정령이 그렇게 시킨 건지……. 의식적으로 저지른 짓인지, 무의식적으로 저지른 짓인지.

조금만 더 살펴본 뒤에 교황님께 보고하기로 하자.

그리고 보니 마통옥으로 리자리아에 관해 말씀드렸는데, 그 이야기는 전혀 하지 않으셨네. 에스티아의 행동을 보고하러 가는 김에 함께 물어보도록 할까?

결국 그런 생각들이 머릿속에 떠올라서 집중할 수가 없었다. 시련의 미궁으로 갈 마음이 싹 사라져서 얀바스 씨와 잠시 대화를 나눈 뒤 개인실로 돌아가기로 했다.

그리고 개인실로 돌아온 나는 솔직히 놀랐다.

왜냐면 내 방 앞에서 에스티아가 기다리고 있었기 때문이다.

"에스티아?"

"아, 루시엘 님."

"안녕. 무슨 용건이라도?"

내가 말을 걸자 에스티아가 조금 당혹스러워하며 입을 열었다.

"루시엘 님, 부탁이 있습니다. 부디 그 말과 다시 한번 만나게 해주실 수 없나요?"

"……포레 누와르를 말하는 거야?"

"예. 루시엘 님이 타고 다니는 검은 말이요."

에스티아는 그렇게 말하고서 고개를 숙였다.

"이유를 물어봐도 될까?"

"그건……."

대답하기가 대단히 껄끄러운가 보다. 이것이 지금 나와 에스티아의 거리겠지.

나는 각오를 굳히고서 그녀의 영역에 조금만 더 다가가 보기로
했다.

"솔직하게 말할게. 난 널 경계하고 있어."

"예?"

에스티아가 고개를 들고서 정말로 놀란 표정을 지었다.

저게 연기라면 나는 거짓말을 간파해낼 줄 모르는 거겠지.

그건 그것대로 한심한데…….

"지금부터 그 이유를 제대로 설명할게. 다만 난 네가 아니라 암
흑의 정령의 힘을 경계하는 거라는 걸 알아줘."

"……."

에스티아는 놀라워하면서도 한편으로는 겁을 집어먹은 표정을
지었다. 나는 무시하고서 이야기를 계속했다.

"에스티아한테는 말하지 않았는데, 실은 드워프 왕국에서 암흑
의 정령의 힘이 자기 몸에 깃들어 있다고 주장하는 자와 만났어."

"예?"

"그자는 그 힘을 써서 사람의 기억을 조작할 수 있는 것 같았어.
그리고 기척을 지우고서 은밀히 행동하는 게 특기인 것 같았고."

"기억을 조작하다니 그런……."

에스티아의 기색을 살펴보니 역시나 기억 조작이 가능하다는
걸 확신했다.

"게다가 아까 교황님께서 에스티아를 추천하신 이유도 들었어.
그때 과거 이야기도 잠깐 해주셨지. 그런데 그 과거가 마치 그자

의 과거를 거울에 비춘 것처럼 흡사했어."

"설마 그럴 수가……."

"방금도 마구간에서 널 봤지. 얀바스 씨와 사육사, 말들을 재운 것 같아서 솔직히 어떻게 대해야 좋을지 마음속으로 갈등하고 있어."

암흑의 정령이 궁지에 빠진 에스티아를 구해줬다고 해도 그 힘이 나쁜 쪽으로 사용되고 있다면 결단을 내릴 수밖에 없다.

의식적인 행동이었는지, 아니면 무의식적으로 발동되었는지에 따라서 어떻게 대응할지 크게 달라지겠지.

아마도 교회 본부에서 대응이 가능한 사람은 다른 정령의 가호를 얻었고, 상태 이상에도 걸리지 않는 나뿐이겠지. 무엇보다도 성치사대로서 에스티아를 받아들인 책임이 있다.

그렇게 각오를 굳혔을 때…….

"……하아~, 루시엘이라고 했던가? 그대한테도 나의 가호를 줄 테니 언니를 만나게 해다오."

에스티아가 예상 밖의 반응을 보였다.

"뭐라고……?! 넌 누구야? 에스티아가 아니군?"

"이미 어렴풋하게 눈치채지 않았나? 난 인족을 신용하지 않지만, 언니와는 만나고 싶다. 그래서 하는 수 없이 에스티아의 몸을 빌려서 그대와 대화하는 거지."

에스티아의 몸에서 새어 나오는 심상치 않은 압박감이 나를 엄습했다.

"어둠의 정령이 사람의 신체에 빙의할 수 있을 줄이야……. 정령이 그 몸에 깃들었는데 에스티아는 괜찮아?"

"오호. 에스티아를 걱정할 줄이야. 이미 알고 있지 않나? [물론 난 에스티아를 좋아하니 위험에 처하게 놔두진 않는다.]"

에스티아의 몸에 빙의해서인지 중간부터 목소리가 겹쳐서 들리기 시작했다.

"목적…… 그 언니란 누굴 말하는 거지? 그리고 그 힘으로 뭘 꾸미고 있는 거야?"

"[그대는 질문만 해대는구나. 우선 에스티아는 위험하지 않다. 그리고 마구간으로 갔을 때는 낯가림이 심한 이 아이가 안심하고서 목적지로 갈 수 있도록 맞닥뜨렸던 자들을 재웠을 뿐이다. 딱히 위해를 가하지는 않았어.]"

"정령의 척도로는 사소한 일인지도 모르지만, 직무를 수행하고 있는 인족을 재우는 건 방해 행위야. 그 사실이 발각된다면 에스티아가 궁지에 내몰릴 수도 있다는 걸 정말로 몰랐던 거야?"

"[알겠다, 알겠어. 내 목적은 언니와 만나 사죄하는 것. 부디 언니와 만날 수 있게 해다오.]"

에스티아의 몸에 빙의한 어둠의 정령이 인족인 나에게 고개를 숙였다.

그 행동에서 정령들이 늘 드러내는 자존심이 느껴지지 않았다. 생각보다 온순한 반응이 돌아와서 조금 맥이 빠졌다.

다만 문제는 아까부터 어둠의 정령이 언니라고 부르는 존재다.

그런데 짐작 가는 바가 한 가지밖에 없는데, 그건 너무나도…….

"어둠의 정령, 혹시 포레 누와르가 언니인가?"

"[그렇다. 그러니 부탁한다.]"

나는 만약을 대비하고자 무영창으로 생추어리 서클, 디스펠, 리커버를 에스티아에게 발동했다.

그러나…….

"[내가 사악한 존재인지 아닌지 가늠하려고 시도할 줄이야. 어지간히도 사려가 깊구나.]"

에스티아에게 빙의하고 있는 어둠의 정령이 대담하게 웃었다.

"전혀 안 통하잖아…….."

"[어둠의 정령이라고 해서 흔히 착각하는데, 난 사악한 존재가 아니다.]"

"……그런 것 같네."

"[그럼 언니와 만나게 해다오.]"

"다짐을 받아봤자 소용없겠지만, 정령으로서 포레 누와르한테 해를 가하지 않겠다고 맹세할 수 있어?"

"[내가…… 내가 언니한테 그런 짓을 할 리가 없잖느냐. 맹세한다.]"

한순간이긴 하지만 인간 같은 감정을 드러낸 어둠의 정령을 믿고서 나는 은자의 열쇠를 꺼냈다. 현재 이곳이 복도이긴 하지만 개의치 않고 문을 열었다.

"이 안에서 얘기하도록 해. 포레 누와르가 자기 발로 나가려고 하지 않는 한……."

내가 말을 마치기 전에 은자의 마구간에서 포레 누와르가 나와서 에스티아의 몸을 날려버렸다.

"포레 누와르, 진정해. 에스티아의 몸과 어둠의 정령은 별개잖아?"

내가 머리를 쓰다듬으며 달래자 포레 누와르는 더는 난동을 부리지 않았다.

"으윽."

지금 에스티아의 의식이 돌아왔다면 모르겠지만, 어둠의 정령의 의식이 되돌아온 거라면 포레 누와르가 또다시 에스티아를 공격할 것 같아서 포레 누와르를 타이른 뒤에 에스티아의 몸에 힐을 걸었다. 그러자 어둠의 정령이 에스티아와 의식을 교대하는 것을 거부하고자 버티고 있는지 상당히 피폐해져 있다는 걸 한눈에 알 수 있었다.

그러나 그 순간 검은빛이 에스티아의 몸을 휘감았다. 포레 누와르도 그에 호응하듯 하얀빛을 휘감았다. 에스티아와 포레 누와르는 서로를 응시한 채로 꼼짝도 하지 않았다.

아마도 교신하고 있는 거겠지.

그나저나 여태껏 포레 누와르는 에스티아와 접촉하면서 공격이나 위협을 가한 적은 없었는데…….

혹시 나에게 포레 누와르의 정체를 알려줬기에 화가 난 걸까? 나는 두 빛을 그저 지켜볼 수밖에 없었다.

이윽고 두 빛이 서로의 몸으로 되돌아갔다.

"그대, 감사한다. 그리고 에스티아를 맡기겠다. 힘이 되돌아왔을 때 힘이 되어줄 거다."

"잠깐만, 리자리아는 어떻게 되었는지 알려줬으면 좋겠어."

"그자에게 가호를 준 적은 없다. 아마도 불쌍한 인체 실험의 피해자겠지. 그 사람을 구해내는 건 어려울 거다."

그렇게 말한 순간 실이 끊어진 인형처럼 에스티아가 나를 향해 쓰러졌다.

포레 누와르도 평소에는 싫어하는 은자의 마구간 안으로 들어갔다.

"산 넘어 산이라더니……."

잠이 든 에스티아를 안은 채로 일으켜 업었다. 도무지 종잡을 수 없는 상황에 머리를 싸쥐고 싶은 심정이었다.

그러나 이대로는 불필요한 의심을 받을지도 모른다. 일단 수행원들의 방을 관리하는 그란하르트 씨에게 맡기도록 하자. 사정 청취는 그 사람의 일이다.

그러나 막상 그란하르트 씨를 찾아가니 너무 바빠 보여 그녀를 맡기기 미안했다. 나는 하는 수 없이 객실이 어딘지 물어서 그녀를 방까지 옮겼다.

그 뒤에 어둠의 정령이 맞닥뜨린 자들을 재웠다고 했던 말이 떠올라 그대로 객실에서 마구간으로 향했다.

어둠의 정령의 힘을 똑똑히 보여주듯이 20명쯤 되는 교회 관계자들이 제자리에서 잠들어 있었다. 나는 그들을 모두 깨우고 서야 비로소 개인실로 돌아올 수 있었다. 생각할 일이 많았지만, 일단 오늘은 침대에 몸을 맡기고 천사의 베개의 힘을 빌려 숙면을 했다.

*

　루시엘이 잠자리에 들었을 즈음, 카트린느는 기사단장실에서 홀로 고민하고 있었다.

　교회 본부 안에서도 최강이라 칭송받는 발키리 성기사대가 루시엘 일행에게 패배했다. 물론 루시엘은 교회 본부가 자랑하는 S급 치유사이고, 그의 수행원은 한때 제국 최강의 장군이었던 자다. 변명이라면 얼마든지 세울 수 있지만, 두 배가 넘는 인원으로 맞붙었는데도 패배했다. 이건 성 슈를 공화국을 지키는 기사단이 약하다는 의미나 마찬가지였다.

　그래서 카트린느는 어느 정도의 차이가 있는지 직접 느끼기 위해 치유사인 루시엘의 실력을 재보기로 했고, 루시엘은 믿기지 않을 만큼 뛰어난 기량을 보여주었다. 기사단과의 역량 차이가 명백했다.

　카트린느는 기사단이 조금이라도 강해질 계기를 찾기 위해서 루시엘에게 모의전을 부탁했다.

　"우리 기사단은 레벨이나 스테이터스가 아닌 실전경험에서 밀리고 있어. 모의전을 치르면서 그 약점을 조금이라도 일깨울 수 있다면…….”

카트린느는 기사단을 옳은 방향으로 이끌기 위해서 무엇이 필요한지 고민하며 밤을 지새웠다.

05 전투의 마음가짐

오랜만에 개인실에서 천사의 베개를 베고 잔 덕분인지 숙면할 수 있었다.

바깥을 보니 아직 해가 뜨기 전이었다. 평소보다 일찍 눈을 뜬 모양이었다.

"오랜만에 여기서 자서 몸이 옛 시간에 반응한 건가? 아니면 포레 누와르와 정령 때문에 생각이 많아져서 그런가……? 판단이 서질 않네."

나는 옛날 습관대로 스트레칭을 하면서 오늘 예정된 모의전에 관해 생각하기로 했다.

어제는 예전에 발키리 성기사대와 싸웠을 때보다 내 레벨이 올라가서 신체 능력이 확연히 향상된 덕분에 엘리자베스 씨와 사란 씨를 억지로라도 쓰러뜨릴 수가 있었다.

그러나 오늘은 신체 레벨과 기술 등 모든 것이 더 월등한 카트린느 씨나 루미나 씨를 상대해야만 한다. 무언가 수단을 생각해야만 한다.

좋아, 포레 누와르와 에스티아 문제는 나중에 느긋하게 생각하기로 하자.

아, 그래도 마구간으로 보낼지 말지 포레 누와르에게 물어봐야지. 포레 누와르와 한 번 대화를 나눠볼까……? 어둠의 정령을 통하면 대화도 가능할지도.

그 뒤에는 결국 모의전이 아닌 포레 누와르와 에스티아를 생각하면서 스트레칭을 했다.

뺨을 때리며 마음을 다잡은 뒤에 나는 발키리 성기사대 훈련장으로 얼굴을 내비쳤다.

해가 서서히 떠오르기 시작했다. 환해진 훈련장에 카트린느 씨가 있었다.

"카트린느 씨, 좋은 아침입니다. 일찍 나오셨네요."

"루시엘 군, 좋은 아침. 오늘 그 전귀 장군과 맞붙을 수 있다고 생각하니 기뻐서."

어딘가의 소녀처럼 들뜬 카트린느 씨를 보면서 역시 라이오넬은 인기가 많다는 걸 실감했다. 어쩐지 카트린느 씨의 반응이 어제와 딴판인 거 같은데…… 그러나 라이오넬에게는 나리아가 있으니 충고만은 해두었다.

"라이오넬은 만만치 않아요."

"기대되는걸. 적어도 죽을 일은 없으니 내 한계까지 도전해볼 작정이야. 피가 들끓는 게 느껴져. 혹시 괜찮다면 가볍게 붙어보지 않겠어?"

내 착각이었다. 카트린느 씨는 그저 전투에 굶주렸을 뿐이었다.

강한 사람 = 전투광. 강자와 싸우는 걸 좋아하는 사람이 결국에는 강해진다── 그것이 이 세계의 이치일지도 모른다.

"괜찮긴 한데, 적당히 봐주면서 해주세요."

95

"그래. 아, 루시엘 군도 원하는 무기를 써도 좋아. 그 검도 괜찮고 말이야."

"쓰시는 무기가 망가질지도 모르는데요?"

"그런 것도 다 상정해두고서 전투에 임하는 거야. 문제없어."

아무래도 자신이 있는 듯하다. 아직 싸워본 적은 없지만, 가상스승으로서 싸워보도록 해볼까.

"……그렇습니까. 그럼 갑니다."

자신만만해하는 카트린느 씨를 가볍게 놀래줄 요량으로 단숨에 접근하여 환상검을 휘둘렀다.

"오호~, 꽤 빠르네. 하지만 그게 다야."

어제는 쓰지 않았던 신체 강화를 써서 단숨에 거리를 좁혔지만, 그녀는 내가 휘두르는 검을 종이 한 장 차이로 피했다.

"계속해서 갑니다."

나는 성룡의 창을 꺼내 오랜만에 이검창술로 일격필살을 연거푸 퍼부었다.

요 1년 만에 한 손으로도 창을 능숙하게 다룰 수 있게 되었다. 내 전투방식도 조금씩 변화하고 있다.

"굉장히 성장했구나. 이제 루미나가 아니면 일대일로는 어려울지도 모르겠어."

"그렇게 말씀해주시니 기쁘긴 한데, 정작 지금은 공격이 하나도 먹히지 않네요. 역시 기사단장이군요."

"그야 그렇지. 하지만 이 정도는 루시엘 군이 데리고 온 수행원들도 모두 할 수 있지?"

"……어린애 취급을 하는 거라면 그렇죠."

어제 치른 모의전으로 실력은 이미 대강 파악했을 거다.

역시 카트린느 씨는 의심할 여지 없는 강자다.

"하지만 카트린느 씨를 자극할 만한 상대는 교회 본부에 없겠군요."

"옛날에는 많았어. 목표로 삼을 만한 사람도 잔뜩 있었지. 하지만 지금은 봐주면서 해야 하거든. 나는 루시엘 군이 진짜 강자들을 데리고 와줘서 고마울 지경이야."

카트린느 씨는 과거를 그리워하듯 중얼거린 뒤에 쓸쓸함과 기쁨이 뒤섞인 표정을 지었다. 시련의 미궁이 아니었다면 카트린느 씨가 중책을 맡을 일도 없었겠지. 그래도 카트린느 씨가 지금의 발키리 성기사대를 발탁해냈으니 더욱 자랑스러워해도 좋으련만.

"그렇습니까? 그럼 재개할게요."

나는 그렇게 말한 뒤 공격을 재개했다.

"몇 년 뒤에는 카트린느 씨가 이기고 싶어 해도 이길 수가 없는 군단을 만들 테니 기다려주세요."

"이럴 때는 보통 자신이 강해지겠다는 소릴 하지 않아?"

"저는 어디까지나 후위에 서는 치유사거든요."

몸을 비스듬히 기울인 채로 왼손으로 쥔 성룡의 창을 앞으로 내질렀다. 그러나 카트린느 씨의 카운터 공격이 품속으로……, 그대로 밀어차기를 맞고서 날아가버렸다.

"크헉."

나는 어떻게든 자세를 추스르려고 했지만, 이미 카트린느 씨의 검 끝이 내 목 바로 앞에서 멈췄다.

"……항복입니다."

"제법 날카로운 공격이었지만 전투 경험이 얕아서인지, 아니면 언제든지 회복 마법으로 회복할 수 있다며 방심해서인지, 아직도 빈틈이 많아."

나는 그 말을 듣고서 흠칫 놀랐다.

어느 정도 무모한 공격이나 부상을 허용하는 전투 스타일을 확립할 수 있었던 이유는 분명 회복 마법 때문이다. 그런데 설마 그 때문에 전투방식이 잡스러워져서 빈틈이 생겨났다는 건가?

이래 봬도 조금은 강해졌다고 자부하고 있다. 그런데도 카트린느 씨의 눈에는 무의미하게 다치기만 하는 방식으로 보인다는 건가…….

만약에 회복 마법을 쓸 수 없는 상황에 부닥치면…… 이대로는 스승님이 하나도 성장하질 않았다며 어린애 취급을 할 거다. 한심한 모습을 보일지도 모른다.

"어떻게 하면 더 강해질 수 있을까요?"

"루시엘 군을 지켜줄 수 있는 존재가 늘 있다면 지금처럼 싸워도 좋아. 그러나 루시엘 군이 선두에 서서 싸우게 되면 공방(攻防)의 비중을 7대3 정도로 조정해야 해. 아니면 쉽게 이길 상대한테도 베일 거야."

"공방의 비중이라……. 다시 한번 부탁드려도 될까요?"

"강해지는 것만큼은 탐욕스럽네. 물론 좋아."

카트린느 씨가 온화하게 웃으며 자세를 취했다.

그 뒤에 내가 가볍게 10연패를 했을 즈음에 아침 시간이 되어 모의전을 마무리했다.

"벌써 시간이 이렇게……, 앗."

어느새 발키리 성기사대 대원들이 새벽 훈련을 보고 있었다.

"용케도 좌절하지 않았네."

"역시 치유사 중 최고의 전투광입니다."

"그렇게까지 덤벼들 수 있다니 굉장해."

나는 전투광 의혹을 부정하면서 다 함께 식당으로 이동했다.

식당 입구에서 라이오넬 일행과 에스티아가 나를 기다리고 있었다.

"다들 좋은 아침. 교회 객실에서 푹 잤어?"

내가 인사하자 라이오넬과 케티는 개운한 표정으로 대답했지만, 케핀은 표정이 조금 딱딱했다.

"쾌적하다고는 할 수 없지만, 수면은 확실히 취했습니다."

"잘 잤다냥."

"전 별로 못 잤습니다. 부드러운 침대가 영 불편해서요."

케핀은 이에니스에 있었을 적부터 부드러운 침대에서는 잠을 잘 자지 못했었다.

"케핀, 이제 좀 익숙해질 때도 되지 않았어? 앞으로도 침대에서 잘 일이 많을 텐데 그러다가는 피곤을 못 푼다고."

"요즘에는 차라리 바닥에서 자는 게 낫겠다 싶습니다."

"……딱딱한 침대에서 부드러운 침대로 서서히 바꿔나가자."

"개량해도 좋다면 내가 해줌세."

"도울게…….."

"그러니 개조하기 위해서 마석을…….."

"아니, 그 작업은 마석이 필요 없잖아…….."

말은 그렇게 했지만, 나는 쓴웃음을 지으며 폴라와 리시안에게 마석을 건넸다.

이거 교회 안에 있는 시련의 미궁에서 마석을 모아둬야 하려나.

"루시엘 님, 어젯밤에는 죄송했습니다."

나는 고개를 숙이고 있는 에스티아를 보며 대답했다.

"개의치 마. 에스티아, 몸은 이제 괜찮아?"

"예. 어제 그 일 말입니다만…….."

"그 일은 이따가 얘기하지. 오늘은 어떻게 할래?"

"예. 어떤 분한테 보고를 해야 해서, 보고를 마친 뒤에 합류하도록 하겠습니다."

"알겠어."

"……루시엘 군, 그녀는 일단 교황님의 직속이야."

"카트린느 씨도 에스티아의 사정을 아는 겁니까?"

"응. 정령마법검사라는 희소 직업이라는 것부터 상부가 그녀

를 루시엘 군에게 붙였다는 것까지 말이야. 레인스타 경이 정령
사였으니까, 그녀가 루시엘 군의 도움이 될지도 모른다고 판단
했겠지."

아, 내가 생각이 짧았군.

라이오넬 일행에게는 아직 에스티아의 직업이 정령마법검사라
는 것을 설명하지 않았다. 모두가 있는 자리에서는 물어볼 내용
이 아니었다.

뭐, 라이오넬 일행이 정령을 꼭 나쁘게만 보고 있다고 단언할
수는 없나.

가만…… 교황님은 레인스타 경의 자식이니, 정령과 만난 적이
있을지도 모르겠네. 아니, 분명 만난 적이 있으실 거다.

"……일단 아침밥이나 먹자."

나는 그 말을 겨우 하고서 식당으로 들어갔다.

"로자 씨, 좋은 아침입니다."

"어머, 루시엘 님, 좋은 아침입니다."

"이번에 수행원들의 옷을 사러 가려고 생각하고 있는데, 그 안
네 씨라고 했던가요? 그분 가게에 동행해줄 수 있겠습니까?"

"안나의 가게라면 이제 함께 가지 않아도 된다고 생각하는데,
혹시 위치를 잊어버렸어요?"

"아뇨, 그런 건 아니에요."

시종 생글생글 웃으며 이야기를 하는 로자 씨에게 적극적으로
부탁해보기로 했다.

빈말이라도 옷 센스가 좋다고 할 수 없다는 건 3년 전에 이미 확인했기 때문이다.

"사복이 촌스럽다는 말은 이제 듣고 싶지 않습니다."

사실 사복을 입을 일이 거의 없고, 정화 마법이 있으니 옷을 갈아입을 필요도 없다. 다만 남들 앞에 서야만 하는 위치이기에 그런 점도 신경 써야만 한다.

"?! 아, 알겠으니까, 어서 고개를 들어요."

내가 고개를 숙이자 로자 씨가 황급히 고개를 들라고 했다. 힐끔 봤더니 승낙을 해줬다.

"그럼 또 가게에 갈 때 말씀드리도록 하겠습니다."

"예, 예, 알겠으니 이제 고개를 들어주세요."

"하핫, 조심할게요. 그럼 곱빼기로 부탁드려요."

"……어쩐지 지치네. 식사는 조금만 기다려주세요."

나는 웃으면서 식사를 부탁했다. 로자 씨가 한숨을 내뱉으며 안쪽으로 들어갔다.

"루시엘 군, 옷에 흥미가 있나?"

나에게 말을 건 사람은 어른스러운 루미나 씨였다.

"남들만큼은요. 앞으로 타국에 가야 할 때 필요할 가능성도 있고, 나중에 마법을 부여해줄 기술자 수행원들도 있어서."

"그렇구나. ……그나저나 루시엘 군은 블랑주 공국을 알고 있나?"

"예. 이에니스 동쪽에 있는 나라죠."

그리고 인족지상주의를 내세우는 나라이기도 하다.

가르바 씨의 정보에 따르면 그다지 좋은 소문이 나도는 나라는 아닌 듯하다.

"만약에…… 만약에 그곳에 갈 기회가 있으면 말이지. 국내 정세를 조사해주면 안 될까?"

"그건 상관없습니다. 만약에 기회가 생긴다면 조사해볼게요."

루미나 씨의 기색이 평소와는 다른 것 같다. 그러나 나는 이유는 묻지 않고 그저 승낙하기로 했다.

때마침 로자 씨가 식사를 가져왔다. 감사 인사를 하고서 자리로 향했다.

오늘 예정된 모의전 이야기를 하면서 식사 시간을 신나게 보냈다. 아까 전까지 표정이 어두웠던 루미나 씨도 즐거워하는 듯했다.

식사를 끝마친 뒤에 루미나 씨의 변화를 조금 신경 쓰면서 우리는 에스티아와 헤어져 훈련장으로 향했다.

06 제국, 마족, 인권

발키리 성기사대 훈련장에 도착한 우리는 곧장 몸을 풀려다가 제지당했다.

"루시엘 군, 오늘은 저기 있는 대훈련장에서 모의전을 치를 거야."

카트린느 씨가 웃으며 대훈련장을 가리킨 순간 불길한 예감이 들어서 바로 따졌다.

"이 정도 인원이라면 여기서도 충분할 것 같은데요? 그럼 안 되는 겁니까?"

"이 정도 인원으로 모의전을 치를 작정이라면야 개인전이든 단체전이든 문제는 없겠지. 하지만 대규모 지휘를 경험해보면 장차 루시엘 군한테 도움이 될 거야."

"그만한 규모의 군대를 지휘할 일은 평생 없을 것 같습니다."

그런 상황이 오는 건 절대로 피하고 싶다. 왜냐면 군대를 이용하여 전투를 벌이는 것은 적을 죽이러 가는 것이나 마찬가지이기 때문이다.

과거에 이에니스나 드워프 왕국에서 사람들이 죽어가는 광경을 지켜본 아픈 기억이 있다.

이제 그런 건 사양하고 싶다.

애당초 나는 소규모 인원을 지휘하는 게 고작인 사람이다. 설령 라이오넬이 지휘를 맡더라도 이만한 규모의 전투에는 전혀 매력을 느끼지 않을 테고 의욕도 보이지 않을 것이다.

불길한 예감이 그대로 적중했나? 그렇게 생각하고 있으니 카트린느 씨가 그런 제안을 한 이유를 말하기 시작했다.

"역시 안 되나……. 루시엘 군이라면 그렇게 말할 줄 알았어. 다만…… 어제 어디서 얘기를 들었는지 다른 성기사대와 신관기사대도 죽을 위험이 없다면 자기들도 라이오넬 전 장군한테 지도를 받고 싶다고 부탁을 하더라고."

"부탁을 덥석 받아들이지 마세요. 소수 인원으로 모의전을 치르는 것이야 도적이 습격했을 때의 대책으로 이해할 수 있겠지만, 기사단 전체를 상대할 일은 앞으로 없을 테니까요. 뭐, 각 기사대가 싸우고 싶다고 의욕을 보이는 것만은 높이 사지만요."

카트린느 씨가 의외로 선선히 배후를 실토했다. 그러나 그런 대규모의 전투를 지휘할 기회 따윈 나에게는 평생 없을 것이다. 애당초 그럴 필요성을 느낄 수가 없었다.

"……정말로 안 되겠어?"

"그렇게 조르듯이 바라보신들 송구스럽지만 거절하겠습니다. 어제도 말했지만, 라이오넬은 수행원입니다. 절 위한다는 명목으로 억지로 어려운 부탁을 떠밀지 마세요. 적어도 사전에 논의 정도는 했으면 좋겠네요."

라이오넬에게 지시하면 하기야 할 테지만, 그의 본질은 장군보다 무인에 가깝다. 강자와 싸우는 것은 기뻐해도 약자를 괴롭히는 것은 고통스러워하겠지.

물론 제자는 다른 문제지만…….

그나저나 내가 거절하자 카트린느 씨를 비롯한 발키리 성기사대 대원들이 놀라워했다. 내가 거절하리라고는 예상하지 못했던 모양이다. 뭐, 나 혼자였다면 그대로 분위기에 휩쓸려 동의했을 테지만, 라이오넬을 비롯해 우리 일행이 휘말린다면 별개의 이야기다.

"루시엘 군, 미안해."

낙담한 표정을 보니 어쩐지 의욕을 날려버린 것 같아서 미안했다. 교회 본부에 있었을 적에 카트린느 씨에게 진 신세가 있으니, 수행원들에겐 미안하지만, 오늘은 내가 양보해야 할지도 모르겠다.

기사단장에 임명되었을 때의 카트린느 씨는 패기가 넘치는 이미지였다. 그야말로 기사단을 이끈다는 분위기가 느껴졌다. 아무리 부탁을 받았더라도 쉽사리 수락할 만한 사람이 아닐 텐데, 기사단이나 카트린느 씨에게 무언가 변화가 있었던 걸까? ……살짝 속내를 떠볼까? 우선은 카트린느 씨의 마음을 조금 풀어줘야겠다.

"으~음, 알겠습니다. 카트린느 기사단장님의 마음을 헤아려 개인 리그전 정도는 승낙하지요."

"정말?"

"솔직히 라이오넬은 카트린느 기사단장님만한, 혹은 그 이상의 지휘력과 실력을 갖추고 있다고 생각합니다. 라이오넬이 지휘하는 모습을 보며 체감하는 것만으로도 기사단 전체의 수준이 향상될 테죠. 그러나 저희는 전력을 키우려면 개인전을 치르는 편이 더 좋습니다. 이 조건을 발키리 성기사대 모두가 납득한다면 곧장 대훈련장으로 가도록 하죠."

"루시엘 군…… 고마워. 라이오넬 전 장군, 한 수 배우도록 하겠습니다."

"루시엘 님의 명령이니……."

라이오넬은 포커페이스를 유지하고 있지만, 케티는 어쩐지 언짢은 듯했다. 그나저나 기사단이 다 모이다니, 평소에도 이런 연습이 있는 건가?

"그전에 딱 하나 묻고 싶은 게 있는데, 어째서 제게 기사단 규모의 지휘를 시켜보려고 한 겁니까?"

만약에 전쟁이 다가오고 있다면, 위기가 닥쳐오고 있다면 초조해할 만도 하겠지.

카트린느 씨가 기사단장으로 복귀하긴 했지만, 실전을 오랫동안 치르지 못한 공백이 있다. 그걸 채우고자 라이오넬의 지휘를 배우고 싶어 한다면 이해가 가지만…….

"물론 일마시아 제국도 경계하고 있지만, 우리가 가장 경계하고 있는 건 마족이야. 게다가 루시엘 군, 너 때문이기도 해."

마족이라고 해본들 본 적이 없어서 뭐라 말할 수 없었다. 그러나 제국보다 더 흉흉한 느낌이 드는 건 틀림없다.

그러나 마왕은 약 40년 뒤에 부활한다고 했으니 마족도 그와 비슷한 시기에 움직이지 않을까? 아니면 내가 모르는 정보가 있는 걸까?

그리고 내가 부대 지휘를 맡는 미래……는 전혀 상상할 수가 없는데.

"만약에 마족이 출몰할 가능성이 있어서 전투에 대비하고자 경험치를 쌓고 싶다는 이유라면 이해가 됩니다. 그래도 설령 제가 군대의 구심점이 된다고 해도 굳이 지휘 공부는 할 필요 없지 않나요?"

"루시엘 군은 사람들의 희망이 되는 존재야."

"희망이요?"

……그럴만한 일을 한 자각이 없는데.

혹시 미궁을 답파해서 그런 걸까? 아니면 학교 등을 건립한 적이 있어서? 혹은 S급 치유사이면서 성변이라 불릴 정도로 회복 마법으로 입지를 단단히 굳혀놔서 그런 걸까? 판단이 서질 않는다.

그래서 나는 카트린느 씨의 말을 기다렸다.

"루시엘 군의 회복 마법과 결계 마법을 말하는 거야. 다들 그 마법이 있는 한 죽지 않을 거라 믿는 거지. 물론 예외는 있을 테지만, 그래도 루시엘 군이 그 두 마법을 구사해주면 병사들의 사기가 급격하게 치솟아. 상승군단(常勝軍團)을 만들어낼 수도 있어."

상승군단을 이끄느냐 마느냐 문제 이전에 치유사로서 군단에 꼭 들어가야만 하는 사태가 벌어진다면 도주를 고려하고 싶다.

부대를 이끌게 된다면 내가 내리는 판단이 대단히 막중해진다. 그건 사양이다.

"약자는 카리스마를 가진 자를 원해. 옛날부터 마왕이 출현했을 때는 용사를 원했고, 사악한 적이 쳐들어왔을 때는 영웅을 원해왔지. 게다가 루시엘 군은 이미 영웅이라 일컬을 만한 직함을 손에 넣었어."

"S급 치유사 밀입니까?"

"그래. 민중을 위해서 치료 가격제도를 손봤고, 처음으로 인족으로서 이에니스의 대표가 되었어. 그리고 용살자가 된 것도 영향이 크지."

S급 치유사가 된 뒤로 좋았던 적이 없……는 것은 아니지만, 어쩐지 교황님께서 이 일에 관여하고 있는 것 같은 느낌이 어렴풋하게 드는 이유는 뭘까? 그보다도 어떻게 주민들까지 그걸 아는 거지?

"어떻게 주민들이 용살자나 이에니스의 대표가 되었다는 사실까지 아는 겁니까?"

"교황님의 허가를 받아서 루시엘 군의 공을 치유사 길드 내에 널리 알렸어. 뭐, 모험가 길드에서도 한때 그 이야기가 나돌았으니까 이미 아는 사람은 다 알고 있었지만."

나는 대체 어디로 가야 안식을 얻을 수 있을까?

"……은둔 생활을 보내고 싶다."

"후후후. 정말 그런 게 가능하다고 생각하는 건 아니겠지?"

카트린느 씨가 요염하게 웃으며 의미심장한 말을 하고서 나를 쳐다봤다. 나는 놀란 마음으로 목소리를 쥐어 짜냈다.

"안 됩니까?"

"마왕의 위협이 없어질 때까지는 안 돼. 애당초 어디에 숨든 우리가 수색하여 찾아낸 뒤에 교회 본부로 끌고 가서 훈련을 시킬 테니 그리 알아둬."

용사가 태어나야만 마왕의 위협이 사라질 테니 앞으로 수십 년이나 더 기다려야 하잖아?

"제게 인권은 없습니까?"

"물론 있지. 그런데 이러니저러니 해도 화룡에다가 토룡의 봉인까지 해방했잖아? 교황님께서 기뻐하시는 얼굴을 오랜만에 봤어~. 루시엘 군, 고마워."

"큭……. 그냥 어쩌다 보니 풀린 건데요? 게다가 그건 제 질문의 답이 아니에요."

"네가 운명을 직시하는 한 네 인권은 무사할 거야. 물론 여행도 계속할 수 있어. 게다가 그 귀찮은 서류 작업도 할 필요가 없고, 귀족 사교계의 끈질긴 초청도 막아줄 테지."

여러 곳에서 도움을 받은 건 사실이지만, 이 상황에서 의무를 방패로 내세우다니, 대답하기가 궁하다.

"이건 그야말로 목줄이 채워진 자유라고 할 수 있겠군요?"

"맞아. 그래도 이 세상에서 완전한 자유를 누릴 수 있는 사람이 있을까? 나 역시……."

도중에 말끝을 흐리고서 눈을 내리뜬 카트린느 씨가 조금 서글 프게 보였다.

"만약에 루시엘 군이 그 은혜로운 목줄을 버린다면 분명 아무 도 저지하지 못하겠지. 하지만 루시엘 군이 온갖 난관에 농락당 하면서도 끝내 극복해냈던 레인스타 경처럼 되었으면 좋겠다고 바라는 사람들이 많다는 것도 알아둬."

"하아~, 알겠습니다."

"그럼 가자."

카트린느 씨가 웃으며 내 팔을 붙잡고는 대훈련장으로 끌고 갔 다. 그곳에서는 모든 기사단이 대열을 이룬 채 대기하고 있었다.

그리하여 나…… 우리와 성 슈를 교회 기사단원들이 치르는 모 의전의 막이 올라갔다.

07 3년 만의 설욕전

　결론부터 말하자면 기사단과의 모의전에서 험한 꼴을 봤다.

　맨 처음에는 우리와 기사단의 모의전이 아닌 라이오넬과 카트린느 씨의 모의전이 치러졌다.

　날을 세우지 않은 무기를 쓰기로 하자 라이오넬은 화염 대검과 비슷한 대검과 대형 방패를 택했다. 방어를 굳건히 하면서 일격을 노리려는 작전인 듯하다.

　한편 카트린느 씨는 기사단장답게 표준 한손검과 소형 방패를 택했다.

　두 사람이 전투 준비를 끝마치자 모의전이 시작되었다.

　결과부터 말하자면 라이오넬이 승리했다.

　카트린느 씨는 거북이처럼 방어를 단단히 굳힌 라이오넬을 상대로 속도를 살린 치고 빠지기 전략을 택했다.

　상대가 나였다면 순식간에 당해버렸을 공격이 여러 번 오갔다. 그러나 그녀의 속도는 라이오넬이 포착할 수 있을 만한 수준이었고, 그녀의 공격력은 라이오넬이 받아낼 만한 수준이었다.

　처음에는 기세를 살려 난격을 펼치는 카트린느 씨가 우세한 듯 보였다.

　그러나 라이오넬은 간격과 타이밍을 재다가 대검이 아닌 대형 방패로 카트린느 씨를 날려버렸다. 그러고는 단숨에 간격을 좁힌 뒤 대검의 넓은 면으로 추가타를 날려서 결판을 냈다.

라이오넬 승리하여 분위기가 껄끄러워질 줄 알았다. 그러나 기사단은 두 사람의 전투를 보고서 달아올랐는지 의외로 순순히 결과를 받아들였다. 솔직히 기뻤다.

나는 결판이 난 대결장으로 달려가서 두 사람에게 미들 힐을 걸면서 감상평을 듣기로 했다.

"카트린느 씨, 괜찮습니까?"

"고마워. 통증도 금세 가셨어."

"라이오넬은?"

"문제없습니다. 대부분 방패로 막아냈으니까요."

라이오넬의 간결한 대답이 약간 마음에 조금 걸렸다. 아무래도 나와 같은 생각을 품은 모양이다. 나중에 물어봐야겠다.

"카트린느 씨, 이번 싸움으로 얻은 게 뭐 없나요?"

"……루시엘 군은 치사해."

"예? 치사하다니요?"

"라이오넬 장군, 모든 기사와 싸워달라고 할 수 없지만, 적어도 각 대장(隊長)과 모의전을 해주실 수 없겠습니까?"

"……루시엘 님이 바라신다면."

"루시엘 군, 신뢰받고 있구나."

라이오넬의 태도를 눈치채지 못한 건지, 아니면 눈치챘으면서도 일부러 언급하지 않는 것인지, 카트린느 씨의 속내를 모르겠다. 그러나 오늘만은 라이오넬이 참아줬으면 좋겠다.

"예. 저도 신뢰하고 있으니까요. 라이오넬뿐만 아니라 다른 수행원들과도 동지이자 동료이자 가족 같은 관계를 맺을 수 있도록 노력하고 있거든요."

카트린느 씨의 말을 듣고서 입에서 그런 말들이 자연스럽게 나왔다. 나는 라이오넬을 비롯한 수행원들을 완전히 신뢰하고 있으며 신용하고 있음을 깨달았다.

"부러워, 정말로."

라이오넬의 강력함을 본 기사들이 고요해졌다. 그러나 카트린느 씨와 라이오넬의 실력차를 따져본 나는 이미 이렇게 될 걸 알고 있었다.

카트린느 씨가 라이오넬과 겨루려면 블로드 스승님 수준은 되어야 하는데, 그런 실력자는 좀처럼 없다.

뭐, 기사단을 이끄는 사람이 단기필마로 전투를 벌일 일은 거의 없을 테지만. 보통은 그런 상황이 오기 전에 그전에 숫자로 밀어붙이던가, 전략을 세울 거다.

그러나 카트린느 씨의 실력도 상당한 수준급이었다는 걸 옆에서 지켜봤기에 알 수 있었다.

카트린느 씨는 특출난 데가 없고, 특화된 장기를 살려서 공격하지도 않는다. 그러나 기본에 충실하며 공방의 균형이 적절할 뿐만 아니라 전체적인 능력이 높다.

그래서 몸을 내던지며 공격하는 나는 카트린느 씨를 이길 수 없었겠지.

뭐, 라이오넬처럼 방어에 초점을 맞춘 전투 방식을 취하는 상대에게는 결정타를 날리기가 어려울 것 같으니 상성의 문제도 있을 테지만…….

그나저나 전투방식은 알면 알수록 참 심오하구나~.

우리 성치사대 이야기를 하자면 케티는 강력한 공격이 없는 대신 속도를 살린 히트 앤드 런 스타일이다. 케핀은 상대의 의표를 찔러 확실한 승리를 노리는 방법을 꾸준히 모색하고 있어서 전술의 폭이 넓다.

유일하게 나만 상시 회복을 하면서 결계 마법으로 방어력을 올리며 전투를 벌이는데, 무기를 제외하면 타인보다 뛰어난 점이 없었다. 뭐, 언젠가는 성장할 테니 긍정적으로 생각하자.

라이오넬과 카트린느 씨의 모의전이 끝난 뒤 기사단원들은 누구와 싸울지 인원을 나누었다. 라이오넬은 대장급, 케티는 부대장급, 케핀은 대원급과 전투하기로 했다.

참고로 카트린느 씨는 나와 함께 심판을 맡기로 했다.

"라이오넬과 싸워서 뭔가 얻은 게 있었습니까? 전 카트린느 씨가 왜 패배했는지 이해하긴 했는데……."

"그거 잘됐네. 솔직히 이길 수 있을 것 같다는 생각이 떠오르질 않았어."

"상성도 라이오넬이 더 유리한 것 같았고……. 뭐, 제 생각으로는 어떻게 싸워서 이기냐는 것보다는 애당초 전투가 벌어지지 않도록 미리 방지하는 게 더 최선이라고 생각하지만……."

"그건 모두가 원하는 바겠지만, 그렇게 흘러가지 않는 게 현실이야, 루시엘 군."

뒤에서 목소리가 들려 돌아보니 루미나 씨가 있었다.

그러자 카트린느 씨가 라이오넬이 싸우는 모습을 더 보고 싶다며 떠나갔다.

"명령이 떨어지면 기사단은 전장으로 향해야만 해. 그리고 반드시 전과를 올려야 하지."

"과연……."

"하지만 지금의 기사단은 열세를 타파하고 전황을 뒤집을 만한 힘이 없어. 그러니 개개인의 역량을 끌어올리는 수밖에 없지."

그래서 이런 훈련을 하는 건가? 그러나 개인의 역량을 따지자면 루미나 씨가 있다……고 말하려다가 멈췄다.

문득 기사단이 침체한 이유라고나 할까, 카트린느 씨가 왜 패기가 없는지 짐작이 갔다.

나는 생각이 드러나지 않도록 말을 얼버무렸다.

"그렇겠죠……. 열세를 타파하려면 그만큼 강력한 전투력이나 탁월한 전략이 필요하니까요."

"그렇지……. 루시엘 군, 아까 카트린느 님이 하셨던 말씀 말인데, 너무 언짢게 생각하지 않았으면 좋겠어."

"네? 별로 기분 나쁘지 않았어요."

"루시엘 군의 능력과 카리스마가 사람들을 이끌 수 있다는 카트린느 님의 말씀은 교회 본부를 염두에 두고 하신 말씀이었어."

교황님은 보통 밖으로 나오질 않으시니까. S급 치유사로서 구심력이 되어줬으면 좋겠다는 소리였겠지. 나는 교황파의 필두로 보일 테고.

"전혀 마음에 담아두고 있지 않아요. 어차피 마족과 싸우게 되면 전장으로 달려갈 수밖에 없죠. 회복 마법이 있으면 사망자가 늘어나는 걸 막을 수 있으니까요. 하지만 지금 카트린느 씨는 굳이 초조해할 필요가 없는 문제로 초조해하고 있는 것 같은데요?"

"기사단으로 복귀한 카트린느 님이 여전히 기량이 뛰어나고, 군대를 적확하게 지휘할 수 있다는 건 의심할 여지가 없어. 그러나 S급 치유사가 된 루시엘 군처럼 압도적인 위업을 달성한 것도 아니고, 영웅이라 할 만한 수행원이 있는 것도 아니니, 루시엘 군과 비교하면 카리스마가 부족하지. 성속성 마법처럼 교회의 상징이라 할 만한 힘이 있는 것도 아니고 말이야……. 그러니 그런 생각을 하는 거지."

"그건……."

기사단장으로 복귀했을 때, 단원들에게 그토록 환영받은 카트린느 씨가 자신감을 잃은 이유가 나 때문이었다니…….

조금 미안하게 생각하면서도 나 역시 시끌벅적한 삶에서 해방되어 평온한 삶을 보내고 싶은데도 운명에 농락당하고 있건만…… 하고 생각했다.

그저 회복 마법으로 많은 사람을 구해냈고, 용을 쓰러뜨릴 만큼 전투력도 상승했기에 민중이 나를 주목하고 있다. 교회가 권위를 되찾는 데 더할 나위 없이 유용한 존재라는 건 알겠지만, 내 삶이 점점 억압받는 것 같은 기분이다.

이러다가 만약에 힘을 잃으면 어떻게 될까? 이제는 불안하기 짝이 없다. 뭐, 그래서 언제 그런 날이 닥쳐오더라도 살아갈 수 있도록 할 수 있는 일을 차근차근할 수밖에 없겠지만······.

"착각하길 원치 않으니 말해두겠어. 딱히 널 나무라는 건 아냐. 오히려 루시엘 군한테만 무거운 짐을 짊어지게 해서 대단히 미안하다고 생각해."

"루미나 씨."

"그러니 조금이라도 루시엘 군의 무거운 짐을 나눠서 짊어지고 싶어. 카트린느 님도 분명 같은 생각이시겠지. 그 마음만은 전해두고 싶었다."

솔직히 그렇게까지 생각해주고 있을 줄은 몰랐다.

"자신감을 잃은 경험은 저도 겪은 적이 있었어요. 제가 바라는 건 평온하게 살아가면서 어려운 사람을 구해내는 것뿐이에요. 마족이나 제국군과의 전쟁을 바라고 있지는 않습니다."

정신을 차려보니 어느새 약한 소리를 내뱉고 말았다.

"그건 누구나 마찬가지다. 루시엘 군은 그래도 결과를 남겨왔어. 18살 때 S급 치유사가 되었고, 20살 때는 용살자가 되었으며 이에니스의 대표가 되었지. 말해두겠지만 나 역시 루시엘 군을 동경하고 있으니까."

"동경한다니 너무 과찬이네요."

"그렇지도 않아. 어젯밤도 루시엘 군에 관한 화제로 떠들썩했거든. S급 치유사이자 루시엘 상회(商會)의 회장이고 훌륭한 실력뿐만 아니라 잘 생기기까지 했으니 자기 사람으로 만들면 그야말로 횡재라고……."

"횡재라니……, 핫핫핫."

"루시엘 군, 저기."

"발키리 성기사대에서도 그런 얘기가 나오는군요."

설마 발키리 성기사대에서 인기를 끄는 날이 올 줄이야……. 하지만 나를 대하는 분위기는 전혀 바뀌지 않았다. 아마 날 동생처럼 여기고 있을 테지.

실제로 오늘 보고서 느낀 건데, 그녀들이 나를 보는 눈은 남동생의 성장을 지켜보는 누나 같았다. 다만 그건 나도 마찬가지이니 뭐라 할 말이 없다.

기쁘지만 기쁘지 않은, 뭔가 복잡한 감정이 내 마음속에 싹트는데…….

다만 내 착각일지도 모르지만, 뭔가 루미나 씨가 나를 의지하는 것 같은 기분이 들어서 그만큼 분발하자는 마음이 생겼다.

"그러고 보니 루미나 씨는 라이오넬과의 모의전에 참가하지 않습니까?"

"난 루시엘 군과 오랜만에 싸우고 싶어서 특별히 카트린느 님께 부탁했지."

"저랑요? 전 결계 마법이나 회복 마법을 아낌없이 사용할 건데요?”

“물론이지. 루시엘 군을 방어가 단단한 록터틀이라고 생각하고 싸우겠어.”

“적어도 사람으로 해주세요.”

나는 쓴웃음을 지으며 수행원 셋의 전투를 지켜보았다.

“대장과 부대장은 어느 정도 실력 차가 있나요?”

“부대마다 다르긴 하지만……, 저렇게까지 일방적으로 패배할 줄은.”

말문이 막힐 만도 하겠지.

라이오넬은 전투를 시작하고 1분 동안은 공격을 하도록 내버려 둔 뒤에 1분이 딱 지나면 상대를 쓰러뜨리고서 조언하기를 반복하고 있었다. 그 결과, 약 15분 만에 루미나 씨를 제외한 모든 대장이 라이오넬에게 쓰러지고 말았다.

“교회 본부의 기사단이 전의를 상실했는데, 정말 이래도 되는 겁니까?”

“우리가 중앙으로 가면 그것만으로도 이 분위기가 바뀔 거다. 전투가 끝날 테고, 모두 우릴 주목할 테고…….”

“그럼 당장 시작하죠. 더 지체하는 건 시간 낭비입니다. 아, 그리고 루미나 씨와 모의전을 마친 뒤에 이번에는 다른 발키리 성기사대와 전투 훈련을 하도록 하죠.”

“그렇게 말해주니 기쁘다.”

그리하여 나와 루미나 씨가 중앙으로 가서 마주 보며 대치하자

기사단원들이 공간을 만들어줬다.

"그 전투 스타일로 싸워도 괜찮겠나?"

어제와 마찬가지로 창과 검의 이검창술 스타일을 취하자 루미나 씨가 그런 말을 했다.

나는 옛날에 루미나 씨에게 지적받았던 기억을 떠올리면서 대답했다.

"후후, 제 스타일은 한 가지가 아니거든요."

"그래."

루미나 씨는 납득하지 않았을 것이다. 하지만 나도 조금은 성장한 모습을 보여주기 위해서 최선을 다할 생각이다.

3년 만에 찾아온 설욕전에 내 심장이 세차게 뛰기 시작했다.

라이오넬을 비롯한 세 사람도 전투를 끝마쳤다. 나와 루미나 씨는 카트린느 씨의 개시 신호를 기다렸다. 그리고 그때가 드디어 찾아왔다.

"시작!"

카트린느 씨의 목소리가 들리자마자 나는 무영창으로 프로텍트 배리어를 펼치면서 마력을 체내에 순환시켜 신체를 강화했다. 그러고는 땅을 박차며 그녀와의 거리를 좁혔다.

루미나 씨도 마찬가지로 거리를 좁혀왔다. 그러나 곧 그녀의 얼굴이 놀라움으로 물들었다.

내가 곧장 루미나 씨에게 창을 던졌기 때문이다.

"큭!"

루미나 씨는 창을 무난하게 피했지만, 자세가 무너지는 걸 피할 수 없었다.

　나는 그 틈을 놓치지 않고 마법 주머니에서 방패를 꺼내 왼손으로 들면서 한손검을 루미나 씨를 향해 휘둘렀다. 그러나 루미나 씨도 지지 않고 방패로 내 공격을 막아냈다.

　환상검의 성능이라면 이 방패조차 가뿐히 가를 테지만, 아무래도 여기서 그렇게까지 할 수는 없었다.

　"전투 스타일 이야기를 했을 때부터 이미 작전을 걸고 있었구나. 놀랐다."

　"기발한 계책이라도 써야 상대가 될 테니까요. 자칫하면 순살인데, 수행원들을 위해서라도 끈기를 보여줘야 않겠습니까?"

　"그래? 하지만 근접전은 내가 유리할 텐데?"

　루미나 씨가 엄청난 기세로 자세를 낮추며 치고 들어왔다.

　그러나 나는 망설이지 않고 검을 휘둘렀다.

　그 공격을 굴러 피한 루미나 씨의 얼굴에 초조한 기색이 번졌다.

　"설마 이것도 공격을 유도하기 위한 전략이었을 줄이야……. 대체 어떤 훈련을 해온 거지?"

　"케티는 루미나 씨보다 빠르고, 케핀은 아무 조짐도 없이 이동하거나, 통나무와 바꿔치기도 하니 속도를 살리는 방식만으로는 쉽사리 당하고 말죠."

　뭐, 카트린느 씨와 싸우는 방식이 비슷하다는 이유도 있긴 하지만, 그래도 이 방식은 루미나 씨가 더 강한 것 같기도 한데…….

나는 즐겁게 웃고서 검을 휘두르려고 했다…… 바로 그때였다.

"엑셀 부스트."

희미한 목소리가 들린 순간 나는 어느새 하늘을 올려다본 채로 쓰러져 있었다.

"어?"

영문을 전혀 모르겠다.

케티보다도 빠르다는 그런 수준이 아니었다.

루미나 씨가 나를 넘어뜨린 모양이다.

완패였다.

"이게 내 전력이다. 루시엘 군이 성장하고 있듯이 나도 조금은 성장하고 있지."

나는 이내 일어서서 루미나 씨에게 다가갔다.

"작은 소리이긴 했지만 들렸습니다. 액셀 부스트는 대체 어떤 마법인가요? 게다가 영창을 하지 않았는데, 그럼 영창 파기도 습득한 거군요."

"?! ……그 얘기는 단둘이 있을 때 알려줄 테니 지금은 잠자코 있지 않겠나?"

루미나 씨가 평소답지 않게 놀란 표정을 지으며 그렇게 말했다.

하지만 방금 전투를 치르면서 직감적으로 알고 말았다.

기사단장은 카트린느 씨이지만, 실질적인 최강자는 루미나 씨라고.

지금 수행원들이 눈빛을 반짝이며 루미나 씨를 주목하는 모습만 봐도 알 수 있다.

내일부터 며칠 동안은 라이오넬과 케티가 루미나 씨와 모의전을 하고 싶다고 할 것 같다. 나도 언젠가 설욕해야겠다.

그리고 이 싸움으로 기사단이 처음으로 나(일단 교회 관계자이긴 하지만)에게서 승리를 거두었기에 기사들의 기력이 회복되었다. 그 덕분에 훈련이 정오가 지나서까지 이어졌다.

08 기사단의 문제

모의전 훈련을 끝마치고 오후부터는 제각기 맡은 직무로 복귀할 줄 알았는데…… 그걸 달갑게 여기지 않은 기사대가 나타났다.

어디선가 우리가 발키리 성기사대와 오후에도 훈련할 예정이라는 이야기가 새어나갔는지 그 이야기를 들은 다른 대장들이 카트린느 씨에게 항의했다.

다만 나는 그 일에 관여하지 않고 라이오넬을 비롯한 수행원들을 치하하기로 했다.

"모의전과 지도를 하느라 고생했어. 그나저나 교회 기사단은 어땠어?"

내 물음에 가장 먼저 대답한 사람은 심각한 표정을 짓고 있는 라이오넬이었다.

"솔직히 이 정도까지 엉망일 줄은 몰랐습니다. 발키리 성기사대 수준은 아니어도 성치사대의 기사들 수준은 될 줄 알았습니다."

"즉?"

"전선에 있던 시절의 저라면 틀림없이 이 땅도 일마시아 제국의 영토로 바꿀 수 있었을 테지요. 뭐, 두 나라는 동맹이라는 쐐기가 단단히 박혀 있으니 공론(空論)이긴 합니다만."

레인스타 경이 없었다면 성 슈를 공화국은 일마시아 제국에 먹혔을까……. 뭐, 실제로 전쟁을 벌이려고 해도 결계가 있어서 라이오넬의 말처럼 공론일 테지만. 그게 성 슈를 공화국이 노예 전투병을 두지 않는 이유이기도 하고.

"괜찮았던 점은?"

"……모험가나 주변 국가들의 민중이 루시엘 님의 정책인 치유사의 요금 개정을 지지하여 시행 중이라는 것이 그나마 위안이겠지요. 그들이 성 슈를 공화국을 지지하게 함으로써 공격하고 싶어도 건들 수 없는 상황을 만들어낸 게 중요합니다."

거기서 또 내가 나와?

나도 모르는 사이에 아무래도 제국이 원망할 만한 일을 저지른 모양이다.

이제 제국에는 절대로 가고 싶지 않네. 자칫 잘못 들어갔다가는 암살당할 것 같다.

"나도 그렇게 생각한다냥. 여기선 기사단에도 루시엘 님 같은 치유사가 방어에 가담하고 있을 줄 알았다냥. 라이오넬 님이 공격을 진언하지 않아서 다행이라고 생각하지만, 숨겨 놓은 비밀병기라도 없다면 성도는 함락되어 멸망할 거다냥."

케티도 무서운 소리를 했다. 저 두 사람의 분석 능력은 대단히 뛰어나니까 무시할 수 없다.

다만 치유사가 전장에 나가게 되면 적들이 맨 먼저 노릴 테니 기사와의 연계가 아주 중요한데…….

"여기 있는 기사들보다 이에니스에 왔던 성치사대가 더 강했습니다."

케핀도 그렇게 말했다.

"성치사대는 스승님한테서 단련을 받았기도 했지만, 원체 향상심이 강했거든."

그리고 라이오넬이 개선책을 말했다.

"으음. 기사단원들이 루시엘 님이 흔히 쓰는 에어리어 배리어나 미들 힐 등 마법을 배우거나, 치유사를 부대에 합류시켜 원호하지 않는 한 이대로는 위험하겠군요."

라이오넬은 그렇게 단언하고서 먼눈으로 하늘을 올려다봤다.

*

카트린느 씨가 각 부대장과 대화를 나누는 가운데, 각 부대원이 식당으로 우르르 몰려갔다.

우리는 식사를 급하게 하고 싶지 않았기에 맨 마지막에 천천히 먹겠다고 했다.

그러자 모의전에서 참패한 기사단원들이 라이오넬을 비롯한 수행원들에게 의견을 구하기 시작했다.

교회 본부에 인족지상주의자가 늘어났다고 들었는데, 기사들은 케티와 케핀에게도 경의를 품고서 대하고 있었다. 걱정과 달리 두 사람이 차별당하는 일은 없었다.

어쩌면 인족지상주의자가 늘어났다는 정보 조작이 있는지도 모르겠다. 이럴 줄 알았다면 가르바 씨에게 정보를 가려내는 기술을 배워둘 걸 그랬다.

결국 식당이 빌 때까지 나는 희망하는 기사들에게 에어리어 배리어를 발동하여 그 효과를 시험하면서 라이오넬을 비롯한 수행원들의 의견을 참고하여 스스로 노력해달라고 당부했다.

다만 치유사의 파워 레벨링에 관한 설명은 피했다.

레벨링을 빌미로 치유사들이 무분별하게 전장에 마구 끌려 나갔다간 비참한 상황이 벌어질 테니까.

중요할 때 회복 마법을 쓸 수 없게 되거나, 혼자 싸워야 하는 상황이 생기면 그 치유사의 인생은 끝장이나 마찬가지다.

치유사들에게 그런 위험을 감당하게 하는 것이 올바른 일인지 나로서는 판단할 수가 없었다.

모험가 파티에 회복 마법을 쓸 수 있는 치유사를 넣어 단련하는 방법도 있지만, 스테이터스 상승도 개인 차이가 있기에 아마 게임처럼 원하는 대로 오르지는 않으리라.

더욱이 초반에는 잘 풀리더라도, 상대하는 마물이 강력하다면 모험가들은 치유사를 팀에 넣는 걸 주저할 거다. 그렇게 되면 또 다시 막히게 된다.

그것이 이 세계의 현실이라고 생각하고 있으니 새삼스레 이 세계가 위험하다는 걸 다시 인식했다. 뭐, 기사단 기사들도 강해지고 싶은 의욕은 있는 모양이니 카트린느 씨의 수완을 기대하는 수밖에.

잠시 뒤 우리가 점심을 먹으러 식당으로 가자 카트린느 씨가 기다리고 있었다.

결국 오후 훈련 예정이 변경되었다. 발키리 성기사대와의 모의전이 아니라 종합연습을 진행한다는 모양이다.

카트린느 씨가 부대장들의 항의에 굴복했다는 의미였다.

"그래서 종합연습을 보면서 부족한 부분을 라이오넬 장군이 총평해줬으면 해. 루시엘 군, 허락해줄래?"

교회 본부에 막 복귀한 우리에게 너무 의지하는 거 아닌가……. 의지하는 건 기쁘지만, 기사단으로서 그게 옳은 일인지 의문스럽다. 물론 나도 조르드 씨나 라이오넬 일행에게 의지해왔으니 남 말을 할 처지는 아니지만, 카트린느 씨가 의지할 사람을 잘못 택한 것 같은 기분이다. 이런 일은 각 부대장과 논의하면 되지 않나? 아무래도 카트린느 씨는 스스로 다그치면서까지 고생하고 있는지도 모르겠다.

루미나 씨의 말을 떠올리면서 조금만 타협하기로 했다.

"연습을 보고서 조언을 해달라는 말씀인가요?"

나는 에두르지 않고 똑바로 물어보았다.

"그래. 다들 조금이라도 강해지고 싶다는 마음이 있으니 나로서는 도와주고 싶어."

내가 교회 본부에 있던 몇 년 동안에 고작 3번밖에 하지 않았던 종합연습을 하필 오늘 하는 건가……. 뭐, 상관없지만, 그들이 목적을 확실히 공유할 수 있기를 바랄 뿐이다.

라이오넬에게 연습을 보이고서 조언을 구하고 싶다는 마음은 이해가 가지만, 그래도 카트린느 씨는 한 번 휴직하기는 했어도 기사단장을 맡았었던 사람이다. 루미나 씨도 지도력이 뛰어나다고 평가했고, 라이오넬도 이를 부정하지 않았다. 그런데 복귀하고 1년이 지나도록 휘하의 부대장들이 통제되지 않는다니……. 아니, 이번 일은 나 때문일지도 모르겠지만, 정작 나는 실감이 나지 않아서 마음이 복잡하다.

뭐, 미궁 공략에 실패하여 한 번 붕괴 상태에 빠졌다고 했으니 재건하는 시간도 필요했을 테고, 카트린느 씨보다 경험이 풍부한 인물이 교회에 없다는 것도 발목을 잡았을 거다.

그러다 보니 카트린느 씨도 라이오넬같이 뛰어난 이에게 조언을 구하고 싶은 거겠지.

다만 내가 생각하기에 이 상황은 그다지 바람직하지 않다. 카트린느 씨가 라이오넬에게 조언을 구하는 건 기사들의 성장을 이루어 낼 수 있을지 모르지만, 대신 기사단장의 체면을 잃을 수도 있다. 더구나 부대를 제대로 통솔하지 못한다는 인상을 남기는 건 위험하다.

나는 조금 고민하다가 새로운 제안을 해보았다.

"좋습니다. 라이오넬에게 조언을 부탁하지요. 단, 조건이 있습니다. 저희는 이 연습에 참여하지 않고 위에서 관찰만 하겠습니다. 거기서 라이오넬을 비롯한 제 수행원들이 부족한 부분을 지적하면 그걸 정리하여 보고서로 넘겨드리도록 하지요."

"······알겠습니다. 잘 부탁합니다."

카트린느 씨가 고개를 숙인 뒤 씩씩하게 식당에서 나갔다.

카트린느 씨가 식당에서 완전히 사라졌을 때 라이오넬이 입을 열었다.

"연습에 끼지 않아도 괜찮겠습니까?"

"아무래도 내가 보기엔 카트린느 씨가 자신감을 많이 잃은 것 같아. 이런 상황에서 라이오넬이 반복해서 연습을 지휘한다면 우리가 성도를 비운 사이에 카트린느 씨가 기사단장으로서 능력이 부족하다는 힐책을 받아 해임될지도 몰라."

"그만큼 능력이 부족하다고 생각하지는 않습니다만?"

"나도 그렇게 생각해. 다만 카트린느 씨는 요 몇 년간 눈에 띌 만한 실적이 없었으니까, 위에서는 그렇게 생각할 수도 있지. 카트린느 씨가 실각당해 은퇴하거나 하는 상황은 나도 원치 않으니까. 뭐, 만약을 위해서야."

나는 그토록 매달리는 카트린느 씨를 본 적이 없었다.

요 1년 동안에 무슨 일이 있었던 건지 무척 궁금하다. 다만 그런 걸 물어볼 상황이 아닌 것 같으니······.

"내가 보기엔 실각당하거나 할 일은 없을 것 같다냥. 다만 지휘를 맡을 인물을 찾고 있다는 건 올바른 판단일지도 모른다냥."

"무슨 소리야?"

"지휘관인 자기 생각을 실행해줄 인물이 필요한 겁니다. 다만 그러기 위해서는 기사들이 인정할만한 실적이나 결과, 그리고 그

들을 이끌 수 있는 강한 구심력과 카리스마가 필요하다……고 생
각합니다."

"케핀도 꽤 잘 아는 것 같은데……."

"정보 수집은 케핀의 특기다냥."

"즉 카트린느 씨의 통솔력이 기사단 전체에 두루 미치지 못한단
말인가……."

수인의 감이 아니라 분석을 통해 도출해낸 대답인 것 같았다.
저 두 사람의 첩보 능력에 감탄하면서 자세한 이야기를 듣기로
했다.

"예를 들어 라이오넬 님이 장군으로서 제국군을 이끌었을 적에
는 선두에 서서 각 부대에 지시를 내리기도 하고, 열세에 몰리면
후미에 서서 적군을 막아내기도 했다냥."

화살과 마법이 빗발치는 상황에 라이오넬이 마상창으로 돌진
하면서 접근해오는 적들을 날려버리는 광경이 쉽게 상상되었다.

"단 한 명의 병사도 죽게 하지 않겠다는 강한 의지를 가진 루시
엘 님한테서는 저와 같은, 아니, 저보다 더 강한 신념이 느껴질
테지요. 그것이 휘하에 있는 자들의 사기를 끌어 올리는 겁니다.
지금도 작은 부대는 문제없이 지휘를 맡으실 수 있으니, 그 사기
를 널리 전파할 수 있도록 훈련한다면 큰 부대의 지휘도 맡을 수
있다고 생각합니다."

"어……? 다들 언젠가 내가 교회 기사단의 지휘를 맡는 날이 온
다고 생각하는 거야?"

내가 세 사람에게 묻자 예상……하지 않은 대답이 돌아왔다.

"흐름에 휩쓸린다면 그렇게 되겠지요."

"루시엘 님이 혼자서 답을 내야만 할 때는 이미 무언가에 휘말려 있는 경우가 많았다냥."

"아까 종합연습을 견학하겠다고 결정한 것을 보고 솔직히 성장했다고 생각했습니다."

모두 나를 낮게 평가하고 있었다. 그건 그것대로 분하긴 하지만 사실이라서 꾹 삼켰다.

"무책임하게 들릴 테지만, 난 이곳에 얽매이고 싶지 않아. 한시라도 빨리 멜라토니로 가고 싶다고."

"그렇다면 오늘 저녁 식사를 마치자마자 교회 본부를 나가야겠군요."

라이오넬처럼 빠른 결단을 내리는 것도 중요하지만, 그건 내가 내릴 수 있는 판단이 아니다.

"조언해줘서 고마워. 하지만 아직 성도에서 처리해야 할 일이 몇 가지 있어. 바로 움직이는 건 위험하기도 하고. 그러니까 일주일 뒤에 멜라토니로 가자. 다행히도 말들이 은자의 마구간에서 아직 나오지 않았으니 괜찮을 테고."

"……이런 상황에서는 바로 떠나야만 하는 거다냥. 루시엘 님은 꼭 희한한 때에 의리를 중시한다냥."

"그게 루시엘 님의 장점이겠지요."

"저희는 루시엘 님의 수행원이니 함께 하도록 하겠습니다."

케티는 쓴웃음을 지었고, 케핀은 긍정해줬으며, 라이오넬은 체념했다.

우리는 옛날에 카트린느 씨가 안내해줬던, 대훈련장을 둘러볼 수 있는 좌석으로 이동해 종합연습을 지켜보기로 했다.

대훈련장에서는 신관기사와 성기사들이 두 패로 나뉘어 부대전을 치를 준비를 하고 있었다.

신관기사는 카트린느 씨가, 성기사는 대장 중에서 가장 젊은 루미나 씨가 지휘를 맡았다.

이윽고 두 부대가 격돌했다.

각 부대는 4개 대로 구성되어 있었는데, 신관기사 쪽이 머릿수가 두 배 더 많았다.

부채처럼 반원형으로 진을 펼친 카트린느 씨가 이끄는 신관기사대와 날카로운 V자 모양으로 진을 펼친 루미나 씨가 이끄는 성기사대의 공방이 시작되었다.

"어떻게 될 것 같아?"

"숫자는 신관기사가 유리합니다만, 역량은 성기사가 더 우수하니 각 지휘관의 지휘역량에 따라 결판이 나겠지요."

"나도 그렇게 생각한다냥……. 그리고 알아낸 것이 하나 있다냥. 이번 연습은 루시엘 님이 회복 마법을 걸어주리라 기대하고서 벌이고 있는 것 같다냥."

라이오넬에 이어서 케티의 말을 들으니 정신이 현실로 되돌아오는 것 같은 느낌이었다.

아무래도 기사들도 회복 마법만은 인정하고 있는 모양이네.

"정면에서 충돌한다면 성기사대가 이깁니다. 전력 차이가 그만큼 큽니다."

"그래도 난 카트린느 씨가 이끄는 신관기사대가 이기거나⋯⋯ 혹은 무승부로 끝날 것 같아."

내가 중얼거리자 세 사람은 놀라워하다가 이내 희한하다는 표정으로 이쪽을 쳐다봤다.

"어째서 그리 생각하는 거냐?"

"루미나 씨는 카트린느 씨를 동경하고 있어. 아마 카트린느 씨가 패배한다면 기사단의 사기에 문제가 생긴다는 점도 알고 있겠지. 그래서인지 성기사대 쪽에서 패기가 느껴지지 않아."

위에서 보니 잘 알겠다. 기사단이 꽤 썩어 있는 듯했다.

"제대로 보고 있는 것 같군요. 분명 정면에서 충돌하면 성기사대가 이길 테지요. 그러나 처음부터 일부 성기사들한테서 의욕이 전혀 느껴지지 않았으니 그렇게 결판이 나지 않을까 싶습니다."

"그게 무슨 소리야?"

나는 라이오넬의 말이 마음에 걸렸다.

"패배를 예견하고 있어서인지, 아니면 다른 이유가 있어서인지는 모르겠으나 이 훈련에는 진지함이 부족합니다. 저런 상대와 맞붙는다면 지휘 경험이 없는 루시엘 님이라도 무난하게 이기지 않을까 싶군요."

"그렇구나……. 아니, 세 사람 모두 결과가 어떻게 될지 알고 있었지? 내가 그렇게 느낀 건 위에서 봤기 때문이고. 현장에서 봤다면 다르게 보였을 테지. 그저 느낌만으로 결론을 내렸으니 아직도 정진할 필요가 있다는 건가……."

"모든 건 이제부터 무엇을 경험하느냐에 달렸지요."

라이오넬이 미소를 지으며 말했다. 그러나 나는 그 미래를 전혀 상상할 수 없었다.

우리가 예상한 대로 신관기사대와 성기사대의 종합연습은 신관기사대의 승리로 막을 내렸다.

09 시련의 미궁의 이변

저녁 식사 시간까지는 어제와 마찬가지로 모두와 함께 보냈다. 그러나 자리를 파한 뒤에는 홀로 시련의 미궁으로 향했다.

마도 엘리베이터를 가동하는 카드를 문제없이 사용할 수 있다는 사실에 안도하면서 미궁 입구로 나아갔다.

미궁 내부에서 냄새가 조금 나는 것 같기도……? 좋았어, 물체X를 마셔 기합을 불어넣은 뒤에 돌입하자.

어차피 요즘에 레벨도 전혀 올라가지 않고, 앞으로 다른 곳에 갈 예정도 없으니…….

나는 머릿속으로 잠시 푸념하면서 오랜만에 물체X를 꺼내 맥주잔에 부은 뒤 마셨다.

오랜만에 느끼는 강렬한 맛에 의식이 멀어질 것 같은 아찔한 감각을 느꼈다. 한쪽 무릎이 땅바닥에 털썩 닿았을 때 가까스로 의식이 깨어났다.

"……더럽게 맛이 없을 뿐만 아니라 의식까지 날아갈 뻔하다니……. 나도 꽤 약해졌네."

나는 혼잣말을 중얼거린 뒤 매점을 지나 시련의 미궁으로 이어지는 문을 열었다.

시련의 미궁을 걷기 시작하자마자 구울을 발견했다. 힐로 쓰러뜨려 마석을 주웠다. 그러나 이때 중대한 사실을 깨달았다.

"어째서 1계층에 구울이 있지?"

원래라면 20계층을 넘어야만 나타나는 마물이 느닷없이 1계층에 출몰한 것이다.

"처음부터 이렇다니, 어쩐지 불길한 예감이……."

계층을 내려갈 때마다 마물의 숫자가 늘어났다. 그 마물들을 쓰러뜨리면서 나아가다가 잠시 뒤 나는 10계층의 보스방 앞에 도착했다.

"저 안에 마물들이 대량으로 있다면 미궁이 틀림없이 다시 활성화되었다는 뜻이겠지."

나는 보스방의 문을 열어 가운데로 나아갔다.

방 가운데에 도착하니 어둑했던 보스방 전체가 서서히 밝아지기 시작했다. 시야를 확보할 수 있을 정도로 환해지자 마물이 나타났다.

"처음에 여길 방문했을 때보다 적은……건가?"

정화 마법을 발동하자 전투는 금세 끝났다.

문득 죽음의 기억…… 정확하게는 죽을 뻔했던 과거 기억이 되살아나서 몸이 떨렸다.

"당시에는 마법도 쓸 수 없는 데다가 지금보다도 신체 능력이 떨어진 상태에서 갇혀버렸지."

……정말로 용케도 안 죽었네. 보스를 겨우 쓰러뜨리긴 했지만, 조금이라도 이상한 행동이나 생각을 했더라면 벌써 저세상에 갔을 것이다.

나는 마석을 회수했다. 보스는 부활하지 않았다는 사실에 안도하며 앞으로 나아가기로 했다.

"여기도 그런가……."

더 아래 계층에서나 나타나는 마물이 왜 여기 있는지 모르겠다.

내가 아는 상식으로는 미궁을 답파한 순간부터 미궁의 힘이 쇠퇴해야 한다.

아니면 방치하면 또다시 서서히 힘을 되찾아가는 걸까? 나는 생각을 정리하지 못한 채 일단 미궁을 계속해서 내려가기로 했다.

성속성 정화 마법을 건 환상 지팡이를 휘두르자 언데드들이 고통스러워할 겨를도 없이 마석으로 변했다. 당연하다는 생각도 들긴 하지만, 그 사실에 대단히 안도했다.

화룡이 있던 미심의 미궁에서는 모험가가 함정인 마석을 건드리는 바람에 미궁을 활성화했다는 걸 알고 있다.

그러나 이 시련의 미궁은 교회 관계자 이외에는 아무도 들어갈 수가 없는 곳이다. 또한 강력한 정신 내성이 없는 한 답파하기란 어렵다.

그렇다면 미궁을 활성화한 인물은 이 미궁에 들어갈 수 있으며 정신 내성이 높고, 전투력도 그럭저럭 높은 자일 텐데…….

"설마 에스티아……, 아니."

어둠의 정령의 힘을 사용했을 가능성도 생각해볼 수 있겠지만, 어둠의 정령은 에스티아를 마음에 들어 하는 눈치였다.

그렇다면 역시나 마석을 방치한 것이 원인일 가능성이 크다.

어떻게든 단서를 찾기 위해서 미궁을 나아갔다. 그러나 두드러지는 정보를 얻지 못한 채 탐색을 종료할 시간이 되어버렸다.

"더 여유를 갖고서 탐색하지 않으면 어렵겠는걸."

참고로 30계층에 있는 보스방에도 보스는 없었다.

나는 그 사실에 안도했다. 그리고 미궁이 활성화되었을지도 모를 이 상황을 교황님께도 알려드리는 편이 좋겠다고 판단했다.

이튿날 아침, 아침 식사를 끝마친 나는 라이오넬을 및 수행원들에게 대기하라고 말한 뒤에 교황님의 개인실을 찾았다.

"사람들을 물리쳐주셔서 감사합니다."

나는 신하의 예를 표하면서 감사 인사를 했다.

"신경 쓸 거 없느니라. 더욱이 그대가 이곳에 왔다는 건 심상치 않은 일이 벌어졌다는 뜻이겠지?"

천 너머에 있는 교황님에게 어제 봤던 시련의 미궁의 내부 상황을 알리고, 에스티아에 관해 조사해달라고 부탁할 셈이다.

"감사합니다. 실은 시련의 미궁이 활성화되기 시작……한 것 같은 징조가 있습니다."

"뭐라?! 시련의 미궁이 활성화되다니…… 무슨 짐작 가는 바라도?"

교황님이 저토록 놀란 걸 보니 내가 처음 보고한 모양이다.

교황님도 미궁이 재활성화 되면 어떤 일이 벌어질지 잘 모르시는 듯했다.

나는 어제 있었던 일을 설명했다.

"어제 시련의 미궁에 들어가 보니 원래 더 깊은 곳에 있어야 할 마물이 돌아다니고 있었습니다. 그래서 미궁이 활성화되었을 가능성을 염두에 두고서 미궁을 나아갔습니다."

"그래서 어땠더냐?"

"이리저리 살펴보았습니다만, 사실 아직은 잘 모르겠습니다. 다만 화룡이 있었던 이에니스의 미심의 미궁도 답파한 뒤에 다시 활성화된 적이 있었습니다."

"원인이 무엇이었느냐?"

"미궁 최심부에 커다란 마석으로 된 덫이 있었는데, 그걸 만지면 사신한테 신호가 가는 건지, 살아 있는 모험가들이 그 자리에서 언데드로 변해버렸습니다."

"그렇다면 시련의 미궁의 최심부에 누군가가 들어갔다는 의미가 아닌가? 과연, 루시엘은 그렇게 추측하고 있는 게로군?"

"예. 최근까지 시련의 미궁에 들어갔던 제 후임 퇴마사나 레벨을 올리기 위해서 들어갔던 기사가 수상하지 않나 싶습니다. 그리고 미궁에 출현한 마물들을 솎아내지 않고 그대로 방치한 것 역시 원인 중 하나가 아닐까 싶습니다."

처음에는 어둠의 정령 때문일지도 모른다고 생각했지만, 에스티아가 그토록 위험한 짓을 저지를 것 같지는 않았다.

뭐, 어둠의 정령에게 빙의되었다면 미궁 안에 감도는 부취(腐臭)도 아무렇지 않을지도 모르고, 어둠의 파동 때문에 미궁이 활성화되었을 가능성도 생각할 수는 있지만, 지금은 어둠의 정령이 사악한 존재가 아니라는 걸 알고 있다.

그녀에 관한 건 나중에 교황님에게 물어보기로 하자.

"과연……. 그래서 또 미궁에 들어갔더냐?"

"예. 저는 이 미궁과 상성이 좋은지라."

"수행원들한테는 어떻게 설명할 작정이더냐?"

교황님의 말을 듣고서 교회 본부 안에 미궁이 있다는 사실을 비밀로 하기로 하면서 맺었던 서약이 떠올랐다. 미궁의 존재는 내 수행원일지라도 알려줄 수 없다. 나는 입에 손을 대고서 한동안 생각해봤다.

"교황님께서 특별한 임무를 내리셨다고 한 뒤에 기사단과 함께 훈련하도록 지시해두겠습니다."

"그런가. 귀국하자마자 부탁만 하는 것 같아 미안하다만, 부탁하겠다."

"예. ……그리고 다른 이야깁니다만, 에스티아와 대화를 나눠봤습니다. 어둠의 정령과도."

"그랬더냐……. 혹 어둠의 정령 때문에 그녀를 의심하는 줄 알았는데, 그게 아니었구나. 다행이도다."

"아뇨, 그렇지 않습니다. 그저 의심하기 전에 한 번은 믿어보기로 했을 뿐입니다."

"역시 루시엘이구나. 좋다. 그란하르트를 시켜 루시엘의 후임 퇴마사를 조사토록 조치하마."

"부탁드립니다. 참고로 교황님의 직업이 무엇인지 여쭈어도 될는지요?"

"본녀는 정령소환사이니라. 물론 정령왕의 가호도 있지. 다만 본녀는 그대의 운명의 사람이 아니라 그대의 운명의 사람을 선정하는 역할을 맡고 있느니."

순간 교황님이 내 아내 후보인 줄 착각했다.

내 가슴이 두근거린 것은 비밀이다.

교황님의 말을 듣고서 가슴이 뛴 것인지, 아니면 어제부터 다시 물체X를 마시기 시작해서 그런 것인지는 알 수 없었지만.

그러나 교황님이 그런 역할이라는 사실은 놀라웠다. 그와 동시에 교황님이 어째서 최종결정권을 가진 건지 위화감이 들었다. 그러나 이 질문은 여기서 꺼낼 내용이 아니었다. 나는 가슴속에만 담아두기로 하고서 원래 질문을 이어갔다.

"……교황님께서 정령왕의 가호를 갖고 계신 건 즉, '정령의 가호를 받은 무녀의 전임자'라는 의미로 해석해도 될는지요?"

토룡이 언급했던 '서로 끌리는 가호를 지닌 자'……. 그렇게 보면 교황님도 그 안에 포함되지만, 아무래도 조금 다른 듯했다.

"오호. 무녀에 관한 이야기를 들었더냐? 그렇다고도 할 수 있겠지. 정령왕의 가호는 정령사가 아니면 계승할 수가 없으니라. 루시엘이 전직할 수 있는 직업 중에 정령기사가 떠올랐을 때는 역시나 놀랐지. 알려주고 싶은 게 많지만, 정령들의 뜻에 반하는지라 말해줄 수가 없구나."

그럼 내가 정령기사가 되면 정령왕의 가호를 받게 되는 걸까…….

　　그래도 꼭 직업을 변경해야만 가호를 사용할 수 있는 건가? 다른 비밀이 있을 것 같은 기분이 드는데.

　　"지난번에 제 승격을 연기하셨는데, 그 일과 어떤 관계가 있는 겁니까?"

　　"그렇긴 하지만 꼭 그 이유 때문만은 아니다. 승격하면 성속성 마법을 쓰지 못하게 되는 것도 사실이니 말이지. 정령기사는 정령 마법밖에 쓰지 못한다."

　　"그렇다면 역시 이대로가 좋습니다."

　　내 정체성이라고 해야 할까? 죽지 않기 위해서 성속성 마법은 필수 스킬이다.

　　이 세계에 온 뒤로 회복 마법이 없었다면 몇 번이나 죽었을지 알 수가 없으니까.

　　"으음, 뜻을 바꾸지 않겠다는 거로구나. 그보다도 얘기를 본론으로 되돌려도 되겠느냐?"

　　"예."

　　교황님이 온화하게 웃으며 말하기 시작했다.

　　"정령왕의 가호를 가진 본녀는 정령의 가호를 가진 자들의 대략적인 위치를 알 수 있으니라. 더욱이 가까우면 가까울수록 정밀도가 올라가지."

　　"어둠의 정령이 에스티아한테 빙의하더라도 알 수 있습니까?"

"뭐냐? 어둠의 정령이 에스티아한테 빙의할 수 있다는 것도 알고 있었더냐. 모습을 드러냈다는 말은 들었는데, 설마 빙의한 채로 그대와 만났다니 정말이지 낯가림이 너무 심하구나."

교황님은 아시는 것이 아주 많으신 모양이다. 역시나 레인스타 경의 딸답다고 해야 할까.

"에스티아를 교회 본부로 부른 이유는 본녀가 보고 있는 것을 어둠의 정령한테도 알려주기 위해서였느니라. 그러니 어둠의 정령이 빙의하든, 어둠의 정령 마법을 쓰든 에스티아를 추적할 수 있으니 숨어봤자 소용없으니라."

어떤 의미에서 교황님은 정령 레이더라고 할 수 있으려나.

그러나 리자리아의 존재는 모르는 듯하다. 지금은 이야기하지 않도록 하자.

어둠이 정령은 인체 실험이 있었다고 말했다. 섣불리 이야기했다가는 교황님이 큰 충격을 받을 것 같다.

교황님과 이야기를 나누면서 어둠의 정령을 향한 의심이 제법 사라졌지만, 최악의 상황이 머릿속에서 떠올랐다.

"……어둠의 정령의 힘으로 유혹, 유도, 예속시킨다면 알 수 있습니까?"

"그건 알 수가 없으니라. 만약에 그런 일이 벌어진다면 큰일이지. 어떤 대책을 세웠다는 사실조차도 망각해버릴 테니까. 뭐, 어둠의 정령은 절대로 나쁜 짓을 하지 않는다. 에스티아의 성품도 그러하고, 포레 누와르 건도 있으니."

직감적으로 포레 누와르와 어둠의 정령의 관계를 물어봤자 알려주지 않으리라 느꼈다. 그러나 리자리아를 대비하기 위한 대책을 조금이라도 생각해두고 싶었기에 조금만 더 파고들기로 했다.

"그렇군요. 얼마 전에 마족에 관해 살짝 들었는데, 마족 중에 어둠의 정령의 힘과 비슷한 마법을 구사할 줄 아는 자가 있다면 대책을 마련해두고 싶습니다. 뭐, 이건 종족과 관계없이 암속성 마법 대책이긴 합니다만……."

"망각이나 혼란 등 정신 이상을 일으키는 마물이 있으니 그런 마족이 있을지도 모르겠구나. 뭐, 내성이 있는 루시엘이나 정령의 가호를 가진 자라면 문제가 없다고 생각한다만……."

"실은 에스티아와 마찬가지로 어둠의 정령의 힘과 비슷한 힘을 지닌 자와 만난 적이 있습니다."

"뭐라고……? 그래서 그자는?"

"교회 본부로 데리고 오려고 했는데 그대로 모습을 감췄습니다."

"그런가……. 암속성 마법을 연구하고 있는 자가 있으니 그자를 통해 알아보마."

다행이다. 어쩌면 리자리아를 구해낼 수 있을지도 모른다.

"잘 부탁드립니다."

"음."

"그래서 답례라고 하기에는 뭐합니다만, 교황님, 은자의 열쇠로 은자의 마구간에 들어갈 수가 있는데, 실은 지금 포레 누와르가 그 안에 있습니다. 이리로 데리고 나올 수가 있는데 한 번 만

나보시겠습니까?"

"뭣이?! 참말이더냐!! 포레 누와르와 만나게 해다오."

아이처럼 즐거워하는 교황님의 얼굴에서는 아까 보였던 비장감이 전혀 느껴지지 않았다. 천진난만이라는 단어와 잘 어울리는 표정을 짓고 있었다.

내가 은자의 열쇠를 돌리자 교황님이 마구간을 향해 외쳤다.

"포레 누와르!!"

그 목소리가 들렸는지 이내 은자의 마구간에서 포레 누와르가 나왔다.

어쩐지 평소의 포레 누와르와는 달랐다. 기뻐하며 교황님께 다가가더니 그 뺨을 핥기 시작했다.

내 머리를 깨물던 때와 달리 정말로 기뻐하는 듯하다……. 내 머리를 깨물던 때와 달리.

"간지럽구나. 포레 누와르, 보고 싶었느니라."

뭐, 교황님이 즐거워하시는 것 같으니 상관없나.

교황님은 포레 누와르의 목을 끌어안고서 이야기를 시작했다. 그러나 내 귀에는 들리지 않는 소리인가 보다. 그저께 포레 누와르와 어둠의 정령이 발광하며 교신하는 느낌과는 달랐다.

그 뒤로 한동안 교황님과 포레 누와르는 대화를 계속했다.

그리고 대화를 마치자 교황님이 포레 누와르를 맡고 싶다고 요청했다.

"한동안 포레 누와르를 데리고 있어도 되겠느냐?"

생각할 것도 없이 승낙했다. 포레 누와르도 그걸 바라는 기색이었으니까.

"포레 누와르도 원하는 것 같으니 나중에 또 들르도록 하겠습니다. 그리고 은자의 열쇠는 제가 갖고 있겠습니다."

"고맙구나. 그리고 시녀들을 안으로 들여다오. 루시엘은 에스티아한테 가줬으면 좋겠다. 지금 그란하르트의 개인실에 있느니라."

개인실이라면 그 고문방 말입니까?

불길한 예감밖에 들지 않았지만, 나는 교황님의 개인실을 나온 뒤에 시녀들에게 포레 누와르가 안에 있다는 사실을 전하고서 그란하르트 씨의 개인실로 향했다.

10 또다시 시련의 미궁으로

그란하르트 씨의 방에 도착한 나는 문을 노크했다.

그러나 노크하는 소리를 듣지 못했는지 안에서 아무런 반응이 없다.

그러나 어쩐지 방 안에서 내가 이곳을 떠나기를 기다리고 있는 듯한 묘한 긴장감이 전해져왔다.

잠시 뒤 문을 다시금 두드리고서 이번에는 안쪽에 대고서 말했다.

"루시엘입니다. 그란하르트 씨, 혹은 에스티아가 있다면 밖으로 나와주세요."

목소리를 듣고서 노크한 사람이 나라는 걸 알았는지 안에서 풍기는 분위기가 바뀐 듯했다. 그리고 곧 방문이 열렸다.

문을 연 사람은 에스티아였다.

안을 보니 그란하르트 씨가 책상 위에 얼굴을 묻은 채 엎어져 있었다.

아무래도 자는 모양이었다.

나는 그 상황을 보고서 에스티아에게 물었다.

"이건 무슨 상황이지?"

"[저 남자의 말투가 너무나도 불손해서 무심코 재우고 말았다.]"

에스티아 본인이 아니라 느닷없이 에스티아의 몸에 빙의한 어둠의 정령과 이야기하게 될 줄은 몰랐다. 그러나 애써 태연한 척 어둠의 정령에게 물었다.

"어째서 아침부터 에스티아의 몸에 빙의했는지 알려줘."

"[저 남자가 꼬치꼬치 캐묻는데, 에스티아가 우물거릴 때마다 그 부분을 중점적으로 파고들더군. 이건 사정청취가 아니라 용의자를 찾기 위한 취조였다.]"

상당히 화가 난 기색이었다. 그런데 그란하르트 씨가 어째서 에스티아에게 사정청취를 하는 걸까? 교황님의 직속인데.

그야 그란하르트 씨는 딱딱한 사람인데다가 질문이라고 던진 말이 죄다 심문처럼 들리기는 하지만…….

묘하게 고압적인 태도를 취하니 에스티아가 놀랐을 수는 있겠군.

그래도 직무에 충실한 사람이다.

"그란하르트 씨가 뭘 물었는지는 모르겠지만, 그래서 잠재운 건가?"

"[압박이 느껴지는 공간에서 취조를 받는 에스티아의 심정을 한 번 헤아려봐라. 에스티아가 몇 번이나 방에서 달아나려고 생각했는지 아느냐?]"

"뭘 물어봤는데?"

"[전제가 달라. 질문을 받은 게 아니라 그대에 관해 물어봤다.]"

"어?"

그러자 지금까지 느껴졌던 압박감이 옅어졌다.

"으음, 루시엘 님의 진짜 모습을 알 수 없어서……."

"에스티아 씨?"

"예."

"뭘 물어보고 싶었던 거야?"

"루시엘 님의 평판입니다. 나쁜 짓을 저질러서 높은 자리에 올라갔다느니, 노예제조기라느니……. 하지만 전혀 그런 사람처럼 보이질 않아서. 그래도 겉으로는 착해 보이더라도 치유사는 돈으로……."

과연……. 이제야 이해가 되었다. 에스티아가 어째서 나와 거리를 뒀었는지, 그리고 어째서 내가 그녀를 신용할지 망설였는지도.

"궁금한 게 있다면 물어보도록 해. 말해줄게. 그리고 그란하르트 씨는 성 슈를 교회에 충의를 다 바치는 사람이니 그런 걸 묻는다면 불손분자로 오해받을 수 있으니 주의하고."

"죄송합니다."

그란하르트 씨도 그 점을 캐물었을 테니 에스티아가 도망치고 싶어질 만도 하겠지.

자, 그란하르트 씨는—— 나는 거기에서 생각을 멈추었다.

내 후임 퇴마사가 누군지 물어보려고 했지만, 지금 깨우면 일이 귀찮아질 것 같다. 우선 에스티아를 우선하도록 하자.

"뭐, 좋아. 그럼 따라와."

"어딜 가는 건가요?"

에스티아가 서서히 불안해하는 표정을 짓더니 이쪽을 쳐다보기 시작했다.

"교황님이 계신 곳."

"[대체 무슨 생각을 하고 있나? 내가 한 짓을 고자질이라고 할 셈이냐? 설마 언니한테서 떼어두기 위해서…… 이 인족 녀석아, 언니한테 반한 것이냐? 아니면 에스티아한테 반했나? 아니면…… 설마 나한테 반했을 리는 없고.]"

음…… 뭐, 포레 누와르를 좋아한다는 건 인정하지. 그런데 그 뒤에 나온 이야기들은 뭐야? 너무 황당하잖아.

그래도 어쩐지 어둠의 정령이 교황님을 두려워하는 것 같았다.

거기까지 생각하고서 나는 에둘러서 말할 자신이 없어서 심호흡한 뒤에 냉정하게 대답했다.

"지금까지의 행동을 돌이켜봤을 때 내가 에스티아나 네게 반할 만한 요소가 있었어?"

"[없었던가?]"

"……정령의 가치관과 사람의 가치관은 다르다는 걸 인식해줘."

정신적으로 지친 나는 잠을 자는 그란하르트 씨를 은밀히 부러워하면서 메모를 남겼다.

"나중에 사정청취를 받더라도 압박감이 느껴지는 공간에서는 하지 않을 테니 안심해. 자, 가자."

"[정말로 말이 잘 통하는군. 역시 실은 내게 반한 거 맞지?]"

어둠의 정령의 말에 적당히 대꾸하면서 우리는 다시 교황님의 방으로 돌아갔다.

"[정말로 교황의 방에 왔구나. 그나저나 정령으로서 찰나의 시간이긴 했지만, 즐거움을 공유할 수 있었던 인족이 있었다. 여길 오니…… 그리운 추억이 새록새록 되살아나는군.]"

예전에도 왔는데? 에스티아가 주체적으로 움직일 때는 어둠의 정령은 바깥 상황을 모르는 건가? 아니, 그렇다면 무슨 일이 벌어졌을 때 갑자기 밖으로 나와서 대응할 수는 없겠지.

더욱이 어둠의 정령이 말하는 인족은 레인스타 경을 가리키는 걸까?

의문이 들었지만, 에스티아에게 빙의하고 있는 어둠의 정령은 온화하게 웃고 있었다.

그런 생각을 하는 사이에 교황님의 개인실 앞에 도착했다.

"루시엘입니다. 에스티아를 데리고 왔습니다."

나는 노크하고서 말했다.

"들어와라."

대답을 듣고서 문을 열었다. 시녀들이 교황님의 방에서 나왔고 우리는 교대하듯이 안으로 들어갔다.

교황님의 옆에 말…… 나는 사정을 알고 있지만, 사정을 모르는 시녀들의 눈에는 꽤 초현실적인 광경으로 비쳤을 테지.

시녀들의 심중을 헤아려보니 불안감에 휩싸였다. 그러나 마음을 다잡고서 내가 신하의 예를 취하려고 하자……, 에스티아가 교황님 앞으로 걸어갔다.

위험할지도 모른다고 판단한 나는 당장 에스티아를 막아섰다.

그러나 교황님은 내 어깨에 손을 대고는 스스로 에스티아의 앞에 서고서 웃었다.

"오랜만이야. 어둠짱."

"[하아~, 그 울보 폴나가 어엿한 교황님이 되었을 줄이야.]"

에스티아의 몸에 빙의해서인지 평범하게 갈다르디아의 공통언어로 대화를 나누고 있었다.

아니면 내가 있어서일까? 그런데 대화를 들어보니 에스티아를 파견한 사람은 교황님인데도 상당히 오랜만에 만난 것 같은 느낌이네. 에스티아를 파견했을 때 교황님이 어둠의 정령과 만났을 거라고 짐작했는데 누군가가 곁에 있어서 밖으로 나오지 않았던 걸까?

"역시 아는 사이였군요."

"물론이지. 난 모든 정령과 면식이 있다. 다만 당시에는 본녀한테 힘이 없어서……."

"[남자가 과거를 자꾸 들추려고 하면 미움받는 법이야.]"

"부르르."

정말이야……. 포레 누와르도 그렇게 말한 것 같은 기분이 들었다.

아는 사이인지 물어봤을 뿐인데 이런 대답이 돌아오다니. 나는 앞으로 벽이 되리라 결심했다.

"[그나저나 인사나 하려고 루시엘을 내게 보냈을 리는 없겠지?]"

"만나고 싶었던 건 거짓말이 아니니라. 불려온 이유는 루시엘한테서 들어다오."

교황님은 목소리가 신비로운데도 오랫동안 말하면 무슨 영문인지 귀엽게 느껴진다. 그런 생각을 하면서 미궁 이야기를 했다.

"우선 이 교회에 미궁이 있다는 건 알고 있지?"

"[교회 본부에 미궁? ……알현의 방으로 쓰던 시설에서 어둠의 파동이 느껴지긴 하는군.]"

어둠의 정령이 눈을 한 번 감고서 이내 시련의 미궁이 어디 있는지를 알아냈다.

"그렇다. 그 미궁은 50년쯤 전에 생긴 것인데, 그 때문에 교회 본부는 취약해졌느니라. 허나 수년 전에 루시엘이 단독으로 답파한 덕분에 수많은 동포의 장례를 치러줄 수가 있었지."

교황님이 기뻐하며 말하자 어둠의 정령이 이쪽을 쳐다봤다.

"운 좋게도 미궁에서 언데드 마물만 출현한 덕분이야."

내가 말하자 에스티아에게 빙의한 어둠의 정령이 고개를 끄덕이면서 뭐라 중얼거리기 시작했다.

"[어둠의 파동이 강해. 악마 계열이나 언데드 계열 마물이 출몰하고 있겠지. 저기를 혼자서 답파했다면 자랑스럽게 여겨도 좋아. 예부터 미궁을 답파한 자는 위업을 달성했다고 칭송받아왔으니까.]"

"고마워."

"[그나저나 본론이 뭐냐?]"

의아해하는 어둠의 정령을 보다가 교황님 쪽으로 시선을 돌리니 그녀가 고개를 끄덕였다.

"어제 오랜만에 미궁에 들어갔어. 그런데 미궁이 다시 활성화된 것처럼 강한 마물이 출현했지. 뭔가 짐작 가는 바 없어?"

"[없어. 그리고 나와는 관계없다. 에스티아가 위험해질 줄 알면서도 그런 짓을 저지를 수는 없으니까.]"

"그래. 어둠의 정령이 미궁에 들어가는 바람에 활성화되었을지도 모른다고 잠시 생각했지만, 이제 그 생각은 버렸어."

"[이제 생각하지 마라. 암속성 마법이라고 하면 마왕이나 쓸 것 같은 이미지가 있긴 하지만, 어둠의 정령은 사악한 기운을 뿌리는 짓 따윈 하지 않아…….]"

분노가 아닌 슬픔. 그런 마음의 외침을 억누르는 듯한 목소리가 들렸다.

"미안해. 몰랐다고는 해도 언짢게 했어."

"[됐다. 옛날부터 인족 사이에서 그렇게 취급받아왔으니 어쩔 수 없지. 레인스타와 폴나의 어머니……, 그리고 폴나만은 언제나 내 편이 되어주었으니.]"

어둠의 정령이 아까처럼 부드러운 표정을 지었다. 그 얼굴을 보니 교황님의 부모님인 레인스타 경과 하이 엘프 여성이 어둠의 정령에게는 대단히 상냥한 존재였음을 엿볼 수 있었다.

"어둠짱, 최근에 사람을 조종한 적 있나?"

"[나와 에스티아의 기억을 지우거나, 잠재운 적은 있긴 하지. 그러나 정신을 조작하려고 해도 숙주의 적성이 낮아서 아직 불가능하다. 설령 가능하다고 해도 에스티아가 괴로워하는 짓은 안 해.]"

정령이 거짓말을 하지는 않지만, 설령 거짓말을 하더라도 포레 누와르가 용납하지 않겠지. 포레 누와르는 거짓말에 민감하니까.

거기까지 생각하니 후임 퇴마사가 단연코 의심스러워졌다. 그러나 평범한 치유사가 힘을 잃었다고는 해도 미궁을 답파할 수 있을까? 그때 내 머릿속에서 어떤 생각이 번뜩였다.

"그렇다면 후임 퇴마사의 혐의가 더 깊어집니다만, 한 가지 다른 가능성이 더 있습니다."

"무엇이냐?"

"혹시 치유사를 비롯하여 교회 안에 제국의 첩자가 잠입했을 가능성이 있지 않을까요? 뭐, 그렇다면 라이오넬을 수행원으로 거느리고 있는 저도 의심의 대상이 됩니다만……. 뭐, 그나마 다행인 점은 제가 줄곧 교회 안에 없었다는 거겠네요……."

"무슨 소리인가?"

"이에니스에 몇 년 동안 노예상으로 잠복했던 남자가 있었습니다. 그 사례를 생각해본다면 기사단이나 치유사, 혹은 다른 직원 중에 제국의 첩자가 섞여 있더라도 이상하지 않습니다. 뭐, 예상일 뿐이니 기우로 끝날지도 모르겠습니다만……."

여러 사람이 레이스를 대비한 마도구를 장비하고서 길잡이를 따라 미궁에 들어갔다면 내가 아니어도 답파할 가능성이 있다.

아, 마도구를 써서 미궁을 활성화하는 방법도 있으려나…….

하지만 역시 첩자가 있다고 생각하는 편이 자연스러운 것 같다.

"그 건은 카트린느한테 맡기도록 하겠노라. 루시엘은 미궁의 처리를 부탁해도 되겠는가?"

"혼자서는 가고 싶지 않습니다만, 교황님의 명령이라면 어쩔 수 없네요."

옛날과 달리 장비도, 레벨도 수준이 올라갔다는 실감이 드니까.

혹여나 다른 미궁이었다면 바로 거절했을 테지만, 언데드 미궁은 상성이 좋아서 맡기로 했다.

"[나도 함께 가겠다.]"

어둠의 정령이 손을 들었다.

"레이스가 사용하는 정신 마법이 통하지 않는 자가 아니라면 데리고 갈 수 없어. 같은 편을 공격하게 되거든."

나는 어둠의 정령과 동행할 만한 이득이 없다고 판단하고서 그렇게 말했다.

"[내게 그런 마법은 통하지 않는다. 당연히 에스티아의 몸에 빙의하더라도 말이지. 그리고 에스티아도 내가 몸속에 깃들어 있는 한, 외부의 간섭을 받지 않는다.]"

그렇다면 라이오넬 및 수행원들에게도 외부의 간섭을 막아내는 효과를 부여해서 데려갈 수도 있으려나 생각했지만, 교회 본부 내부에 미궁이 있음을 비밀로 해야 한다는 서약이 생각났다.

뭐, 그래도 정신 마법이 통하지 않는 사람이 한 명이라도 더 있으면 요긴하겠지?

"미궁에 들어간다는 걸 수행원들한테 알릴 필요가 없으니 점심을 먹은 뒤에 결행하려고 하는데 괜찮겠는지요?"

"모두 그대한테 맡기겠노라."

"옙."

"[폴나의 부탁이기도 하지만, 거기에는 추억이 있어.]"

"어둠짱, 조심해야 한다."

"[알고 있어.]"

겉보기에는 에스티아가 교황님을 쓰다듬는 불경을 저지르고 있는 것처럼 보인다. 그러나 나는 만류할 도리가 없었다.

그 뒤에 점심시간이 되자 에스티아를 데리고서 수행원들에게 그 건에 관해 전했다.

물론 미궁에 들어간다는 말은 하지 않았다. S급 치유사로서 부정한 기운을 씻어내는 특수 수행이 있다고 바꿔서 말했다. 에스티아도 교회 관계자로서 그 수행에 참여하게 되었다고 전했다.

그리고 우리가 수행하는 동안에 기사단이 의뢰한다면 기사단을 철저히 고쳐놓으라고 명령했다. 그러자 라이오넬, 케티, 케핀이 기뻐하며 그 계획을 세우기 시작했다. 그때 라이오넬이 연습할 의욕이 없는 성기사들은 어쩌냐고 묻기에 카트린느 씨와 협의하거나, 카트린느 씨가 대처하지 못할 것 같다면 임의로 판단하여 대응하도록 지시했다.

그나저나 수행원들이 내가 한 거짓말을 알아챈 것 같다. 알고서도 내 거짓말에 응하고 있다. 애당초 라이오넬 일행은 기사단의 훈련이 너무 어설프다는 의견이었고, 합동 훈련을 하게 되면 골치가 아플 것 같다고 했었으니까, 내 명령이 그저 임시방편이란 걸 금방 알았겠지.

"무사히 귀환해서 하루라도 빨리 선풍한테 재도전할 수 있었으면 좋겠군요."

"질리기 전에 돌아오라냥."

"루시엘 님께 부끄럽지 않도록 저희도 나름대로 전력을 다하겠습니다."

"고마워."

세 사람의 걱정이 내심 기뻤다. 나를 이토록 믿어주고 있으니까.

참고로 드란 일행은 오늘도 아침부터 외출했다. 어차피 이미 자유의 몸이고 주변 사람들에게 내 수행원이라고 소개했으니 상관없겠지.

아마도 어디선가 마도구 재료를 조달하고 있을 거다.

폴라와 리시안은 이참에 여러 가지를 보고 듣고 즐기고 배워서 생활에 편리한 도구를 개발해줬으면 한다.

나는 에스티아와 함께 마도 엘리베이터에 탑승했다.

어제 다녀온 느낌으로는 40계층 보스방과 50계층 보스방만이 문제라고 생각한다. 그러나 그 보스방에도 문제가 없다면 보물함을 한 번 찾아볼까?

에스티아는 어둠의 정령에게 맡겨두면 될 테지.

그렇게 생각하는 사이에 시련의 미궁의 입구에 이르렀다.

"준비됐어?"

"예, 루시엘 님. 잘 부탁드립니다."

"응? 어둠의 정령은?"

"위험해지기 전까지는 나서지 않을 거라고 합니다. 그러나 사악한 기운은 완전히 차단해뒀으니 안심하라고 하네요."

그녀가 곤혹스러워하며 웃으니 어쩐지 미안한 기분이 드네.

"그래? 그럼 이걸 입도록 해."

"이건 성 슈를 교회의 로브인가요?"

"맞아. 이게 사악한 기운을 차단해줘."

"그렇군요. 감사합니다."

어딘가 에스티아의 태도가 조금은 부드러워진 것 같다.

참고로 마도 엘리베이터를 타고 내려온 지점에 있는 매점은 봉쇄되어 있었다. 카트린느 씨의 후임은 없는 모양이다.

만약에 매점 담당자 후임이 없다면 내 퇴마사 후임은 괴로운 싸움을 하고 있을 가능성도 있다. 나중에 말해두는 편이 낫겠지.

뭐, 부서지고 깨진 흔적이 없는 것으로 보아 큰 문제는 없을지도 모르겠지만.

그리고 드디어 우리는 시련의 미궁 안으로 발을 들이게 되었다.

11 성장

"여기서부터는 악취가 풍길 텐데…… 코마개를 빌려줄까?"

"빌리도록 하겠습니다."

사용할 것 같지는 않지만, 에스티아가 코마개를 받아줬다.

"성은의 검과 방패를 넘겨줄게. 마력을 흘리면 날이 예리해져."

"예. 열심히 하겠습니다."

에스티아가 긴장했는지 딱딱한 대답이 올 뿐, 대화가 이어지지 않았다.

나 역시 약간 억지로 말을 거는 듯한 느낌이 들어서 지쳤다.

이런 느낌으로 미궁 공략이 시작되자 나는 머리를 싸쥐고 싶어졌다.

그러나 이대로 있다 한들 아무것도 해결되지 않기에 후다닥 끝내기로 마음을 먹었다.

"저게 좀비인데 본 적이 있어?"

"어렸을 적에 제국에서 봤습니다."

"어…… 그래? 그럼 구울 같은 것도 본 적이 있어?"

"제국에서는 언데드 연구도 하고 있었습니다. 마법 적성이 높은 사람을 레이스로 만드는 실험 같은 것도 했고요. 저레벨 시체로는 좀비나 미이라, 고레벨 시체로는 구울이나 사령기사 같은 걸 만들었을 거예요."

163

……그녀가 어째서 그런 걸 알고 있는지, 생각하는 것만으로도 가슴이 아팠다.

"그래……. 또 아는 게 있다면 알려줘."

"예."

조금 전과 비교해 내 안에서 그녀의 인상이 꽤 달라졌다.

에스티아가 누군지 알았기 때문일까? 아니면 내 걸음에 맞춰서 에스티아도 함께 걷고 있기에 그런 걸까? 아마도 둘 다겠지.

이 뒤로 대화가 끊겼지만, 그런 건 대수롭지 않은 문제였다.

계층을 내려갈 때마다 냄새가 심해졌다. 그러나 우리의 진척 속도는 일정했다.

10계층에 도착하는 데 30분쯤 걸렸고, 10분 뒤에는 보스방을 나왔다.

전투는 금세 끝났다. 마석을 줍는 데 시간을 더 할애했을 정도다.

뭐, 우리 기술자는 마석을 대량으로 소비하니, 이럴 때 착실히 모아둬야 한다.

"어제보다 마물 숫자가 많은 것 같아. 이 속도를 유지할 건데, 혹 버거워지거든 바로 얘기해줘."

"예."

내가 말하자 에스티아가 짧은 대답을 돌려주었다.

그녀는 자신에 관해서 거의 이야기하지 않았지만, 질문을 하면 꼬박꼬박 대답해주었다.

어쩌면 그냥 쓸데없는 잡담을 나누기 싫어서 말수가 적은지도 모른다.

"하고 싶은 말이나 이상한 게 있다면 뭐든 말해줘. 나 혼자서는 대처할 수 없는 일도 에스티아나 어둠의 정령 덕분에 대처할 수 있을지도 모르니까."

"저기, 감사합니다."

문득 그녀의 경계심이 한층 더 풀린 듯한 기분이 들었다.

내가 어둠의 정령에게 부탁하는 것처럼 말해서 그런가? 그 뒤로는 묘한 긴장감을 푼 채로 미궁을 나아갔다.

"레이스가 20계층에서 나오는 걸 보니, 역시나 미궁 자체가 강화된 걸지도 모르겠어."

"옛날에는 뭐가 나왔나요?"

"구울, 미이라, 고스트, 스켈레톤 나이트였던가. 레이스는 30계층 이후에나 출현했고. 역시 불길한 예감이 들어. 후다닥 정화하고 싶지만, 일단은 30계층 보스……, 주인의 방에서 쉬도록 하자."

"알겠습니다."

어둠의 정령이 말한 대로 에스티아는 레이스의 정신 간섭 마법을 맞았는데도 전혀 조종당하지 않았다.

그 덕분에 고전하지 않고 레이스와 사령기사를 무찌르고서 30계층 보스방에서 휴식을 취했다.

"피곤하지 않아?"

"루시엘 님이 대부분 쓰러뜨리셔서 피곤할 만한 일이 없었습니다."

에스티아가 그렇게 대답했지만 역시나 활기가 없는 것처럼 보였다.

무리해서 지쳤다면 어둠의 정령과 교대하면 될 테지만……, 피곤할 만한 일이 없었다?

"전투도 치렀고, 계속 걸어왔으니 조금은 지쳤을 줄 알았는데, 뭐, 괜찮다면 다행이지만."

"이런 걸로 피곤해하는 건 민간인뿐일 거예요. 레벨도 그럭저럭 높고, 최근에 노동도 하지 않았으니까……."

이게 무슨 말이지? 방금 한 말은 마치 슬럼가에서 막 나온 케핀 같았는데.

일단 내 이야기부터 해볼까.

"난 옛날에 비해 스테이터스가 올라가서 그런지, 아니면 매일 쌓아온 단련 덕분인지 모르겠지만, 생각보다 쉬워서 놀랐어. 에스티아는 전투를 조금 하고 싶어?"

"아뇨, 자청해서 싸우고 싶지는 않습니다."

"좋은 말이야!"

내가 느닷없이 소리치자 에스티아가 흠칫 놀랐다.

나는 비로소 평범한 사고방식을 가진 상대와 만났다는 사실이 기뻤다.

"아, 미안해. 우리 일행은 대부분 싸우는 걸 좋아해서, 그 울분이 터졌나 봐."

"후후훗, 그렇군요. 루시엘 님은 예전에 여기까지 오는 데 시간이 얼마나 걸렸나요?"

나는 과거의 기억을 돌이켜보았다.

여기까지 아마 반년 가까이 걸렸던 거 같은데.

실질적으로 1년 하고도 반년 동안 있었으니까.

"……몇 개월은 걸렸을 거야. 이 미궁에 오기 전에 멜라토니 모험가 길드에서 생활하면서 토대를 쌓았더니 교회 본부에 불렸어. 그 뒤에는 목숨을 거는 실전을 통해 배웠는데도 여기까지 오는데 반년이나 걸렸지. ……옛날에는 지금보다 상당히 약했어."

나는 정겨운 추억을 되새기며 자연스레 웃었다.

"굉장히 노력했네요."

"그건 조금 다르려나. 만용을 부렸는데도 그걸 뒤집을 수 있을 만한 운이 찾아온 덕분에 극복해냈을 뿐이야."

모든 게 운 때문만인 건 아닐 테지만, 호운 선생님이 없었다면 지금의 나도 없었다.

"그래도 노력했잖아요?"

"음…… 할 수 있는 일을 필사적으로 찾아서 조금씩 해왔을 뿐이었지. 그걸 노력이라고 불러도 되려나……."

그때는 살아남는 데 필사적이었기에, 그게 노력이라고는 생각하지 않았다.

필요한 것을 배우는 것을 노력이라고 한다면 그렇다고 할 수도 있겠지. 이 세계에 온 지 시간이 제법 많이 지났다. 나는 인간으로서 조금이나마 성장했을까? 그 의문이 가슴에 쐐기처럼 박혀서 자신을 옭아매고 있는 것 같았다.

휴식을 마치고서 31계층에 들어가니 더 강한 언데드가 있었다.

눈이 붉은 사령기사에다가 큰 낫을 들고 있는, 그야말로 사신을 연상케 하는 반투명 영체(靈體), 대형 레이스 같은 존재들이 여럿 활보하고 다녔다.

"도와줄 수 없을지도 모르니 위험해지거든 피하도록 해. 반대로 여유가 생기면 날 지켜줘."

말하고 나니 조금 한심하다는 생각이 들었다. 하지만 지금까지 치러왔던 전투를 보건대, 에스티아의 전투 능력은 내 생각 이상으로 높은 편일 거다.

아직 전력을 보여준 적이 없어서 얼마나 강한지는 모르겠지만……

"알겠습니다."

에스티아가 가볍게 대꾸하고는 사령기사를 간단히 쓰러뜨렸다.

나는 에스티아의 전투 능력에 놀라면서도 마물들과 대치했다.

"마력을 불어넣었다고는 해도 그 단단한 뼈를 베어내다니, 굉장한데? 나는 어림도 없는데."

나는 환상검이라서 가능한 거지, 평범한 검으로는 턱도 없을 거다.

그 뒤로도 나는 환상검과 환상 지팡이를 교대로 사용하면서 정화 마법과 환상검으로 마물들을 쓰러뜨린 뒤에 마석을 회수하며 나아갔다.

"40계층 이후에나 나오는 마물들이 벌써 출몰하고 있어. 이 앞부터는 뭐가 나타날지 모르니 40계층에서 식사를 한 뒤에 잠시 눈을 붙이도록 하자. 그 뒤에 단숨에 미궁을 답파하는 거야."

"……알겠습니다."

고전하지도 않고, 덫에 걸리지도 않았다. 변함없는 속도로 40계층 보스방까지 나아갔다.

그러자 에스티아가 처음으로 먼저 질문을 던졌다.

"루시엘 님, 미궁이 원래 이토록 쉽게 돌파할 수 있는 곳인가요?"

"보통은 아니지. 여기는 내가 이미 길을 알고 있어서 헤매지 않았으니 그렇게 느껴졌을지도 몰라."

"그러고 보니 한 번도 헤매지 않았네요."

"지도가 있으니까. 게다가 마물과의 상성도 유리해. 예를 들어 레이스의 정신 간섭을 받으면 위험하지만, 우리한테는 내성이 있어서 서로를 공격할 일이 없지."

"그토록 위험한 마물인가요?"

"보통은. 하지만 언데드는 성속성 마법이 약점이거든. 그야말로 상성이지."

"과연."

지금까지 한 번도 먼저 질문한 적이 없었는데, 갑자기 질문이 날아와서 놀랐다. 아무래도 에스티아는 따로 하고 싶은 말이 있

169

는 것 같았다.

"내게 뭔가 물어보고 싶은 게 있어?"

"……제가 도움이 되는 걸까요?"

아까도 똑같은 소리를 했었지.

그녀가 왜 이렇게 남의 도움이 되길 강하게 바라는 건지 모르겠다.

"솔직하게 말하자면 나 혼자서도 여기까지 올 수는 있어. 하지만 에스티아가 같이 와준 덕분에 마력을 상당히 아낄 수 있었지. 고마워."

혼자였다면 방심하다가 당했을지도 모르는 일이고.

"다행이다……."

에스티아가 손을 쥐고서 기뻐하며 웃었다. 다만 나는 여전히 에스티아의 태도가 어딘가 찜찜했다.

"긴장을 풀지 마. 예전에 이 40계층 보스방에서 반년 동안 갇힌 경험이 있어. 그렇게 되지 않도록 에스티아와 어둠의 정령이 힘을 발휘해주길 기대할게."

마음을 다잡기 위해서 구태여 그런 말을 했다. 그리고 지난 이야기를 함으로써 보스와의 싸움을 앞두고 기합을 다시 불어넣었다.

"반년이라니…… 용케도 살아남았네요."

"운이 좋았다고 했잖아? 들어오기 전에 음식을 많이 사서 쟁여 뒀었거든."

"그렇다면 아까 하셨던 말씀이 전부 사실이란 건가요? 불안한 마음을 풀어주려고 농담을 한 줄 알았습니다."

"난 무의미하게 거짓말을 하지 않는 주의야. 다음에 다른 사람한테 그 당시 일을 한 번 물어봐. 아마도 더 놀랄 테니까."

"으음, 예……."

에스티아가 나를 배려하는 듯한 기분이 들었다.

조금씩이지만 나란히 걸어 나가면 된다.

그 뒤로 순조롭게 미궁 공략을 진행해나갔다. 40계층 보스방의 문을 여니 그곳에…… 이럴 수가 사령기사왕이 있었다.

"설마 또 만날 줄이야."

나는 기쁜 나머지 웃었다.

"어, 엄청난 위압감…… 저 마물은 심상치 않습니다!"

사령기사왕인데도 라이오넬과 비슷한 수준의 위압감이 느껴졌다.

나는 예전에 이곳에 있었던 사령기사왕을 제2의 스승이라 마음속으로 여겼다. 새삼스레 대치하고 보니 그것이 잘못된 생각이 아니었음을 깨달았다.

문득 에스티아를 보니 덜덜 떨고 있었다.

"여긴 내게 맡기고서 에스티아는 뒤에서 대기해."

"말도 안 돼. 저런 괴물을 혼자서 상대하다니……."

"그러니까 도전하는 거야. 내가 성장했는지 아닌지 확인할 좋은 기회라고."

왼손으로는 성룡의 창을, 오른손으로는 환상검을 쥐었다.

그때와는 비교도 할 수 없을 만한 장비를 들고 있으니 조건은 다르지만.

레벨1도 지금은 세 자리 숫자에 돌입했으니 그때보다는 확실히 강해졌을 것이다.

그래도 나는 사령기사왕의 압박감에 몸을 움츠릴 뻔했다.

그래도 지금이라면 호적수로 삼은 사령기사왕과 정면에서 부딪치더라도 이길 수 있을 것 같은 기분이 들었다.

"교회 본부 S급 치유사 루시엘, 성장했는지 확인하기 위해서 스승님에게 도전하도록 하겠습니다."

심호흡한 뒤에 나는 사령기사왕에게 덤볐다.

일격필살이라 할 만한 대검 공격을 피하자 뒤이어서 눈앞으로 창 찌르기 공격이 날아왔다.

최초 공격 패턴은 다섯 종류라서 베리에이션이 적다.

강렬한 찌르기 공격을 튕겨내자 다시 대검이 날아들었다.

그래도 내 몸이, 머리가 똑똑히 기억하고 있었다.

마력을 주입한 성룡의 창으로 받아내며 몸에 닿지 않도록 피했다. 그러고는 몸을 회전시키면서 환상검으로 텅 빈 목을 노렸다.

사령기사왕은 그 공격을 창으로 방어하고서 대검으로 반격을 시도했다.

그러나 환상검은 사령기사왕의 창을 썩둑 벤 뒤 그대로 사령기사왕의 목을 베어버렸다.

"반년 전에는 겨우겨우 이기고 나서 눈물이 나올 만큼 기뻤는데, 이번에는 1분도 채 지나지 않아 이겼네……."

공격 패턴을 몸이 기억하고 있었다.

지금도 사령기사왕과 대치했을 때의 일을 생생히 기억난다.

이길 수 없는 상대와 몇 번이고 몇 번이고 대치했다. 죽고 싶지 않다는 마음을 원동력으로 전환하여 머리와 몸에 때려 박았다.

그 아수라장을 돌파했을 때 어째서 나는 자신이 그토록 전진했다고 느꼈던 걸까?

그걸 안 것 같은 기분이었다. 그건 틀림없이 사령기사왕이 알려준 것이었다.

나는 자신에게 필요 이상으로 공을 들였음을 깨달았다.

"굉장해, 굉장해요, 루시엘 님. 어떻게 저런 괴물과 정면에서 맞붙을 수 있는 건가요? 그보다도 루시엘 님은 평소에는 어리숙하신 느낌이 있는데, 설마 이렇게 강할 줄 몰랐어요!"

에스티아가 웃으면서 말했다. 어쩐지 그녀가 지금의 내 심정을 꿰뚫어 본 듯한 기분이 들었다. 나도 웃으면서 그녀에게 말했다.

"아니, 이건 옛날의 내가 애를 쓴 덕분에 이긴 거야. 자, 식사나 할까."

나는 내 대답에 의아해하는 에스티아를 보고 웃으면서 오랜만에 살아 있다는 것을 실감했다.

12 어둠의 정령의 의도

저녁 식사를 마치고서 나는 정화 마법을 자신과 에스티아에게 발동한 뒤 눈을 붙이라고 지시하며 천사의 베개를 빌려줬다.

그러자 에스티아는 지시한 대로 순순히 눕더니 불과 몇 초 만에 색색거리며 잠이 들었다.

나는 혼자서 조용히 에스티아의 활약을 되짚어 보았다. 에스티아는 생각 이상으로 강했다.

다만 마음에 걸리는 점도 있었다.

대화를 나눌 때는 남들과 마찬가지로 희로애락과 인간미가 느껴지는데, 전투만 들어가면 늘 무표정하게 변하는 것이다.

마치 감정이 없는 듯한…… 뭐, 그건 아니겠지만, 희박한 것은 틀림없다.

"아, 그래. 눈을 붙은 뒤에는 미궁을 답파할 예정이야. 뭐 물어보고 싶은 게 있어?"

"……특별히 없습니다."

"에스티아를 흉내 낼 필요는 없어. 어둠의 정령. 이 미궁에 관해서 하고 싶은 말이라도 있어?"

"그래도 없어. 마물들이 고작 이 정도밖에 안 되는데도 고전하면 아직도 약하다는 뜻이지. 그나저나 에스티아가 잠든 것 같아서 빙의했는데 용케도 알아차렸네."

이번에는 에스티아가 완전히 잠들어서 목소리가 겹쳐져 들리지 않았다. 그래도 교대하기 전과 압박감이 전혀 달랐다. 이 정도라면 누구든 교대했다는 걸 알아차릴 수 있지 않을까……. 어쩌면 단순히 내가 딴죽을 걸기를 기다렸거나……. 정말로 눈치채지 못했을 가능성도 있으니 일단 주의할까…….

"에스티아와 교대한 순간에 분위기라고 해야 할까, 박력이 다르게 느껴지는데?"

"으음……. 이러면 어떠냐?"

아무래도 간단하게 조절할 수 있는 듯하다.

"음, 괜찮네. 그나저나 왜 지금 나온 거지? 내게 할 말이라도 있나?"

미궁을 답파하는 동안 빙의할 기회가 여러 번 있었는데도 어둠의 정령은 한 번도 밖으로 나오지 않았다.

"어둠의 정령이라는 소리를 들어도 꺼리지 않는 인족이 있다는 것을 에스티아한테 알려주고 싶었다. 그저 그뿐이다."

어둠의 정령이 서글픈 표정을 지었다.

아무래도 에스티아는 어둠의 정령이 빙의한 탓에 사람들에게 기피당한 모양이었다. 그나저나 왜 하필 나지? 난 어둠의 정령에게 신뢰감을 줄 만한 행동을 한 기억이 없는데…….

"혹시 에스티아는 감정을 감추는 게 아니라 결핍된 거야? 아니면 감정을 억제하는 족쇄라도 있는 건가?"

"과연. 함께 한 지 얼마 되지도 않았는데도 알아차리다니, 예상보다 통찰력이 뛰어나군. 하지만 에스티아의 어둠은 루시엘이 생각하는 것보다도 뿌리 깊어."

"그걸 고칠 수 있도록 도우라는 건가?"

"아니, 이건 회복 마법으로 고칠 수 없다. 그저 신경을 써줬으면 한다."

"그건 불가능해……. 아니, 그보다 난 누군가를 특별 취급하지 않아. 그저 어려울 때 못 본 척하지 않겠다고만 약속해둘게."

내 말을 듣고서 어둠의 정령의 표정이 서서히 바뀌었다. 서글픈 표정에서 놀란 표정으로, 그리고 이내 웃음으로 바뀌었다.

그러나 나는 어둠의 정령의 진의를 아직도 모른다.

뭐, 그걸 솔직하게 알려줄 생각은 없는 듯하지만…….

"뭐, 됐다. 이왕 나온 김에 물어보겠는데, 정령마법검사는 다른 속성을 지닌 정령과도 계약할 수 있어? 설령 적성이 없더라도?"

"가능하다. 뭐, 물론 시련은 있지만 불가능한 것은 아니다."

그렇다면 에스티아는 지금보다 더 강력해질 수 있는 건가?

그녀가 양날의 검이 아니었다면 환영했을 테지만…….

"과연. 한 가지 더 물어봐도 돼?"

"좋다."

"어째서 드워프 왕국으로 이동했을 때 에스티아와 리자리아를 떨어뜨렸지?"

여유로운 표정을 짓고 있던 어둠의 정령의 얼굴이 순간 굳었다.

"······무슨 소리지?"

"시치미 떼지 마. 거리가 조금 떨어져 있더라도 어둠의 파동이 강한 사람의 존재를 어둠의 정령이 알아차리지 못할 리가 없잖아? 처음에는 리자리아가 피한 줄 알았는데, 실은 네가 떨어뜨려 놓은 거지?"

"늘 어리숙하게 보이는데, 정말로 중요한 부분은 정확히 포착해내는군."

"······쓸데없는 소리야. 그래서?"

"제국에서 달아날 수단을 찾고 있을 때 함께 수용되었던 소녀다."

"그래?"

"결국 아는 사이란 거지. 하지만 그 아가씨의 기억은 위조된 것이라 에스티아가 누군지 이제 기억하지 못해."

"함께 달아나지 못한 거야?"

"에스티아가 그런 부탁을 하기에 나도 그 바람을 들어주려 했지. 하지만 막상 도망치려고 했을 때는 이미 그 아가씨의 정신이 망가져 있더군. 내 가호를 얻었을 뿐만 아니라 독약이나 극약을 마시더라도 큰 효과를 발휘하지 못하는 에스티아와는 달라."

그럼 설마······ 그 상황에서 어떻게든 구하려고 한 결과, 그녀가 어둠의 정령의 힘······ 암속성 마법을 쓸 수 있게 됐다는 건가?

그렇다면 앞뒤가 맞는 것 같다.

만약에 이 이야기가 거짓말이라면 이제 나는 정령을 완전히 믿지 못하게 되리라······. 그만큼 설득력이 있었다.

"에스티아를 지키려는 건가?"

"난 비호자야. 너를 포함해서 언니나 폴나가 있는 교회 본부를 적대하지 않겠다고 다시 한번 맹세한다."

이제는 믿을 수밖에 없네. 나도 그러는 편이 편하다.

"알겠어. 그건 어둠의 정령을 믿을게. 그리고 조언은 아니지만 한 가지 말해주고 싶어. 에스티아는 사람을 쉽게 믿지 않지? 사람을 믿는 것이 아무리 괴롭더라도 그걸 해결할 수 있는 건 자신밖에 없다고 생각해."

"괴로워하더라도 내버려 두라는 건가?"

"아니, 케티한테는 마음을 열고 있는 모양이고, 포레 누와르한테도 그렇다고 생각해. 그러니 그런 사람들이 점점 늘어날 수 있도록 어둠의 정령도 도와줘."

"하지만……."

"인간관계를 쌓아나가는 건 스스로 하는 수밖에 없어. 어둠의 정령이 대신하면 그만큼 진짜 에스티아의 자리가 줄어드는 거야."

"……알겠다."

어둠의 정령이 고개를 끄덕이고서 천사의 베개에 얼굴을 묻었다.

조금 잘난 척을 했나? 그보다도 일마시아 제국…… 라이오넬 같은 무인이 가득한 나라라고만 생각했는데, 극악무도한 매드 사이언티스트가 있을 줄이야…….

일단 이 일은 가슴에 숨기고서 나는 앉은 채로 자기로 했다.

그러나 늘 천사의 베개에 의지해서인지 앉은 자세로는 좀처럼 잠을 잘 수가 없었다.

"설마 저 베개에 이런 폐해가 있을 줄이야……."

난 하는 수 없이 명상에 들어갔다. 가만히 명상하고 있으니 미궁을 답파한 뒤에 무엇을 할지 자꾸 생각했다. 잡념 때문에 집중을 전혀 할 수가 없었다.

정신을 차려보니 시간이 상당히 흘렀는지 에스티아가 부스럭거리며 눈을 떴다.

"더 안 자도 되겠어?"

내가 말을 걸어서 놀랐는지 에스티아가 벌떡 일어났다. 나는 그녀를 보면서 우스워졌다.

"안 자고 줄곧 그러고 있었나요?"

"어. 미궁을 답파한 뒤에 어떻게 할지 생각하다가 잠들지 못했어."

"죄송합니다."

"왜 사과해? 자, 식사나 할까?"

"제게 맡겨주세요."

늘 수동적인 저 태도를 조금씩이라도 고칠 방법이 없을까?

"에스티아는 더 자주성을 가지도록 해. 이제부터 식사 시간은 에스티아한테 맡길게. 언제 식사하고 싶은지 말하면 그대로 따를게."

"예?"

"에스티아는 자신의 감정을 조금 더 드러내야 한다고 생각해. 이 미궁이 그 계기가 되었으면 좋겠어. 어차피 이제 한나절 정도면 미궁을 답파할 테니 너의 판단력을 시험해보자."

나는 상냥한 얼굴로 참견했다.

"루시엘 님, 이 방에서 식사하실 건가요?"

"미궁의 통로에서도 먹을 수는 있겠지만, 물론 느긋하게 식사할 수 있는 곳은 여기뿐이야."

"……루시엘 님은 배가 고프신가요?"

"보통이려나?"

"그럼 간단히 요기하고서 진행할까요?"

"알겠어."

이 시도가 잘 될지 어떨지는 모르겠지만, 인간관계를 하나부터 차곡차곡 쌓아나가기를 바란다.

나는 그렇게 생각하면서 탁자와 의자 2개, 요깃거리가 될 빵과 수프와 샐러드를 마법 주머니에서 꺼낸 뒤에 탁자 위에 차려갔다.

"이거면 되겠어?"

"그 마법 주머니, 굉장하네요."

"이건 넘겨줄 수 없어. 언젠가 다른 곳에서 발견해주길 바라."

"그렇군요……."

조금 짓궂게 말하면 감정을 드러내지 않을까 시도해봤지만, 여전히 반응이 싱거웠다.

아니면 깔끔하게 무시당한 건가? 만약에 그렇다면 조금 창피

하다. 나는 분위기를 묘하게 만들었다며 마음속으로 사죄했다.

아침 식사를 마치고서 우리는 미궁을 나아가기로 했다.

"이제는 최단 경로로만 가면 돼. 그러니 마물이 나타나더라도 함정에 유도되지 않도록 조심해주길 바라."

"예."

에스티아의 대답을 듣고서 출발했다.

예전에 한 번 걸어본 적이 있는 미궁이어서 헤매지 않고 계단을 발견했다.

이번에는 물체X를 안고 있지 않아서 마물들이 잔뜩 출현했다. 그러나 지금까지 상대했던 마물들보다 조금 더 힘이 세거나 속도가 빠른 수준이었다.

"이 정도라면 문제가 없을 것 같네요."

"그래. 예전에는 물체X가 담긴 통을 안고서 여길 걸었었지."

"물체X? 그 냄새 고약한? ……어째서죠?"

"반년이나 갇혀 지낸 바람에 식량이 바닥을 드러냈어. 되돌아가려야 갈 수가 없는 상황이었던지라 최단 거리로 돌파할 방법을 궁리하다가 물체X가 떠올랐지. 싸우지 않는 것이 가장 빠른 속도로 답파할 방법이라고 생각한 거야."

"……그렇다면 이 계층부터는 뭐가 나타날지 모른다는 건가요?"

"그렇지. 불안하면 물체X를 짊어지고서 걸을래?"

"……괜찮습니다. 서두르도록 하죠."

한순간이긴 하지만 물체X의 냄새와 마물들의 위험도를 저울에 달아본 건가?

물체X의 이름이 나왔을 때 에스티아의 오른쪽 눈이 실룩거렸던 것 같은데 잘못 본 건가?

자세히 관찰해도 될는지는 모르겠지만, 그녀가 삶을 즐겼으면 좋겠다고 나는 괜스레 생각했다.

그리고 보물함이나 이벤트와 조우하지 않고 50계층에 도달했다.

에스티아와 대화하면서 50계층을 나아가고 있으니 눈앞에서 마물 무리가 나타났다.

"이거 이길 수 있을까요? 싸우기보다는 우회하는 편이 낫지 않을까요?"

눈앞에 사령기사왕과 와이트, 킹레이스 무리가 있었다.

"코마개를 해."

나는 주저하지 않고 물체X를 꺼낸 뒤 뚜껑을 열었다.

"예상보다 냄새가 더 고약해서 기분이 좋질 않네요."

망설이다가 코마개를 미처 하지 않은 에스티아가 피해를 받았다. 그러나 물체X 덕분에 마물 무리가 흩어졌다.

"내 지시대로 바로 코마개를 하질 않아서 그런 거야. 이대로 진행한다."

나는 물체X가 담긴 통을 안고 걷기 시작했다.

"저기, 루시엘 님은 방금 맞닥뜨렸던 마물들도 쓰러뜨릴 수 있죠?"

에스티아가 손으로 코를 누르며 물었다. 그러나 현실을 알려주기로 했다.

"불가능하지는 않지만 사양이야. 특히 저 많은 사령기사왕을 상대하는 건 싫어. 전투는 되도록 피하도록 할게. 코마개를 하는 게 싫다면 어서 답파하자."

"그렇다면 제가 앞장을 서겠습니다!"

"하핫, 알겠어."

내가 어디로 갈지 지시하자 에스티아가 앞장을 섰다. 우리는 그 대열을 유지하며 미궁을 나아갔다.

코마개를 줬는데도 하지 않은 건 무슨 이유가 있는 걸까? 정화 마법을 쓰고 있으니 문제는 없을 테지만.

그러는 나 역시 전투를 피하는 이유를 명확하게 말하지 않았다.

사령기사왕에게 엑스트라 힐을 걸었을 때를 생각하니 무서워서 몸을 떨렸다.

사령기사왕보다 적룡이 더 강하고, 더 존재감이 있다는 건 안다. 그러나 아무리 강해지더라도 이 세계에서 사령기사왕에게만은 절대로 회복 마법을 발동하지 않겠다고 맹세했었다.

그 이유는 과거에 엑스트라 힐을 발동하여 사령기사왕을 쓰러뜨리려고 했다가 오히려 분노 상태가 되어 강화되었기 때문이다. 이제 그런 절망은 맛보고 싶지 않았다.

설령 언데드화된 전생룡을 정화할 수가 있는 생추어리 서클을 발동하더라도 쓰러뜨릴 수 있을지 확신할 수 없는 상대이기에 전투를 피할 수 있다면 피하고 싶었다.

우리는 둘 다 아무 말 없이 미궁의 종착지점인 50계층 보스방에 도착했다.

나는 물체X를 집어넣고서 보스방에 들어갈 준비를 하도록 에스티아에게 말했다. 그런데 몹시 불쾌해 보여서 정화 마법과 리커버를 걸어주고서 상태를 지켜봤다.

"이대로 있으면 마물들이 모여들까요?"

"어. 언데드는 산자를 좋아하니까. 에스티아가 편할 때 보스방에 돌입하도록 할게."

내가 그렇게 말하자 에스티아는 심호흡을 여러 번 한 뒤에 이쪽을 쳐다보며 고개를 끄덕이고는 대답했다.

"가죠."

"그래."

나는 자기 자신과 에스티아에게 에어리어 배리어를 발동하고서 50계층 보스방의 문을 밀어 안으로 돌입했다.

13 기사로서, 치유사로서의 긍지

불길한 예상이 현실이 되어, 나는 저도 모르게 깊은 한숨을 내쉬었다.

치유사 3명과 신관기사 3명, 그리고 성기사 1명으로 구성된 혼성 파티가 있었다.

안타깝게도 이미 모두 언데드가 되었다는 것을 한눈에 알 수 있었다.

"예상보다 많네. 의식은 있나?"

언데드화가 되었으면서도 대열이 흐트러지지 않은 모습을 보고 감탄하며 나는 입을 열었다.

그러자 눈이 붉은색으로 빛나고 있는, 무슨 영문인지 백은의 검을 들고 있던 치유사가 입을 열었다.

"S급 치유사인 당신이 이렇게 급히 성도로 돌아오지 않았더라면 우리도 특진을 인정받았을 텐데……, 루시엘 님, 원망스럽습니다."

그건 그냥 적반하장이잖아? 그나저나 성기사가 말할 줄 알았는데, 대표가 내 후임 퇴마사였구나.

"퇴마사로서 내 뒤를 이은 치유사입니까? 그 밖에도 날 달가워하지 않는 분들이 모여 있는 느낌인데요? 용케도 여기까지 왔군요?"

"……거금을 썼지. 상태 이상을 회피할 수 있는 마도구를 입수할 수 있었어. 그것도 이 성도에서."

기뻐하며 말하는 그가 리더인가? 아니면 다른 자들은 이미 의식이 없는 건가? 나는 언데드화된 그들과 대화하면서 마법진 영창을 시작했다.

"과연. 언데드화되었다는 건 사신과 만났다는 뜻이겠군요?"

"알고 있었나!! 역시 네놈은 사신의 수하였던가! 잘도……, 이, 이게 뭐야?!"

"생추어리 서클입니다. 언데드에서 평범한 신체로 되돌린 뒤 장례를 치러주도록 하죠."

나는 이야기하면서 생추어리 서클을 서서히 발동시켰다.

"비겁하다! 마지막에는 검을 맞부딪치며 싸워서 이기는 것이 기사단의 가르침이었을 터!"

지금까지 잠자코 있던 남자 성기사가 목소리를 높였다.

내 후임 퇴마사와 치유사 2명은 생추어리 서클을 발동하자 생기를 회복한 것처럼 언데드에서 사람으로 되돌아가기 시작했다.

그러나 성기사 갑옷을 두른 남자에게는 아직 분개할 만한 힘과 의식이 남아 있었다.

정정당당히 싸우자는 그의 말은 알겠지만, 나는 그가 사람다운 최후를 맞이하길 바랐다.

그것이 나의 긍지다. 그리고 성기사인 그에게는 나름의 긍지가 있음을 깨달았다.

"S급 치유사로서 무슨 수를 써서든 언데드화된 당신들을 막지 않는다면 당신들의 의식은 점점 옅어져 갈 것이고 결국에는 의식이 사라져서 동포한테 해를 가하는 마물이 될 겁니다. 그런 존재가 되더라도 괜찮다는 겁니까?"

언데드화된 그들의 바람은 대체 무엇일까?

기사들의 목적은 S급 치유사인 나와 싸우는 것이었을까? 언데드로 변함으로써 언데드를 상대로 압도적인 힘을 가지고 있는 나에게 기사로서 패배하고 싶었던 걸까?

치유사들은 마법 대결이라도 펼치고 싶었던 걸까? 그럴 리가 없다. 그저 누군가에게 분풀이하지 않고는 배길 수가 없었겠지. 거기까지 생각이 미친 내 입에서 자연스레 목소리가 흘러나왔다.

"언데드로서 죽을지, 사람으로서 죽을지 결정해."

나답지 않다고 생각하면서도 그들에게 선택지를 제시했다.

치유사들은 그대로 아무 말 없이 소멸을 선택했고, 성기사와 신관기사들은 싸우고 싶다고 했다.

"루시엘 님."

"에스티아는 멀리 떨어지도록 해. 그들도 분명 내 공적이 빚어낸 피해자들이니 내가 책임을 지겠어. 미안하지만 전투 개시 신호만 부탁할게."

"알겠습니다."

나는 그렇게 말하고서 온몸에 마력을 흘러 넣었다. 왼손으로는 성룡의 창, 오른손으로는 환상검을 쥐고서 1대4로 싸우기로 했다.

"그럼 시작!"

"S급 치유사 루시엘, 언데드로부터 성도를 수호하기 위해 싸우겠다!"

나는 온몸에서 검은 안개를 뿜어내기 시작한 기사들을 아랑곳하지 않고 드높이 선언한 뒤에 전속력으로 접근하여 마력을 실은 환상검으로 베었다. 그리고 성룡의 창으로는 갑옷 가운데를 찔렀다.

잔재주나 속임수를 쓰지 않고 방패와 갑옷을 베고 가르고 꿰뚫어나갔다.

언데드로 변해서 고통을 느끼지 못한다는 걸 알고 있다. 나는 망설이지 않고 몸통을 두 동강으로 갈랐다.

그야말로 순살. 일방적인 전개로 끝났다, 끝내고 말았다.

"이제 만족했나? 이런 걸 위해서 마물이 되어서⋯⋯."

"설마 이토록 일방적으로⋯⋯."

원통한 것은 알겠다. 그러나 언데드가 된 그들은 눈물을 흘리지 않았다.

"망자⋯⋯ 언데드가 되면 사고력, 운동능력이 극단적으로 떨어진다고 합니다. 당신들이 인간으로서 살아 있었다면 틀림없이 쓰러진 사람은 나였겠죠."

"어쩐지 몸이 움직여지질 않더니만. ⋯⋯하지만 역시나 S급 치유사다웠다."

성기사는 자신의 몸이 왜 반응하지 않았는지 납득했는지 고개를 작게 끄덕였다.

"······죽고 싶지 않았어."

"당한 걸 갚아주지도 못한 채 언데드로서 사라지는 건가."

"드디어 신관기사가 되었건만······."

다른 기사들도 울고 있었다.

"그 말이 듣고 싶었습니다. 지금부터 사람으로서 보내드리겠습니다. 당신들이 내세에도 교회를 지키는 기사로서 태어나기를 기원하겠습니다."

내가 생추어리 서클을 발동시키자 그들이 푸르께한 빛에 휩싸여 소멸해갔다.

그들이 사라지자 나는 당연하다는 듯이 남겨진 장비를 회수했다.

"마석이 된 그들과 장비를 회수한 뒤 귀환하자. 그리고 거기 있는 마석은 절대로 손대지 마. 만지면 기사들처럼 언데드로 변할 테니까."

내 불쾌한 감정이 치밀었다.

아아, 기분 나빠. 이런 일을 하기 위해서 치유사가 되는 길을 선택한 게 아닌데. 치유사인데······ 어째서······.

"저기······ 루시엘 님은······ 아뇨, 알겠습니다."

"곧 마법진이 출현할 테니······."

"······그나저나 이로써 미궁을 답파한 셈이네요. 최종 보스방의 마물이 약해서 다행이었어요."

에스티아는 그들이 원래 인간이었으며 교회 관계자였다는 인식이 전혀 없는…… 것처럼 행동해준 거겠지.

그래도 그녀에게 그들을 보고서 내가 느낀 인상만으로도 알려주도록 하자. 그것이 내가 짊어지고 있는 업보일 테니까.

"그들이 수십 년 뒤에 사령기사왕이나 와이트가 되었다면 승리를 장담하지 못했겠지. 게다가 그들한테도 이미 말했지만, 모의전으로 맞붙었다면 내가 패배했을 가능성이 커."

"그런가요?"

"그래. 난 아직도 몸과 마음 모두 약한 것 같으니까."

마석을 다 주웠을 즈음에 중앙에서 마법진이 떠올랐다.

우리는 그것을 확인하고서 미궁을 답파했다.

정신을 차려보니 미궁 1계층으로 돌아와 있었다.

"이제 미궁을 답파한 셈이야. 교황님의 개인실로 가자."

"……드디어 답파했나?"

"……왜 이 타이밍에 바뀐 거야?"

에스티아와 어둠의 정령이 교대했다.

더욱이 목소리가 겹쳐져서 잘 들리지 않는다.

"용케 알아차렸군. 에스티아는 사람이 많은 곳을 싫어해서 내가 교대해주기로 했다."

"편리하네……. 혹시 미궁에서는 교대하는 것만으로도 벅찬 거아냐?"

"······그렇지 않다. 그런 생각을 잘도 하는구나."

초조해하는 어둠의 정령을 보면서 가설을 세워봤다. 미궁에서는 정령이 현신하기 위한 마력이 부족해져서 그런 걸까?

"뭐, 됐어. 에스티아는 정신적으로 지쳤지?"

"잘 아는군."

그토록 송구스러워하는 표정을 지으니 스트레스를 받았다는 것을 알 수밖에.

"그럼 교황님의 개인실로 가자."

"그래."

어제부터 포레 누와르를 교황님께 맡겨놨는데 괜찮을까?

그 생각이 머릿속에서 떠오른 나는 바로 교황님의 방으로 향했다.

"교황님, 루시엘입니다. 미궁을 답파하고 왔습니다."

"들어오도록."

문이 열리더니 시녀들이 밖으로 나왔다.

나는 신하의 예를 취하면서 미궁······, 최심부 50계층의 보스방에 관해 이야기하기 시작했다.

"둘 다 고생했구나. 무슨 일이 있었는지 들어보자꾸나."

"이번 건은 역시나 교회 관계자가 미궁을 답파한 것이 원인이었습니다. 예전에도 말씀드렸지만, 함정으로 놓여 있는 커다란 마석과 접촉한 바람에 사신이 나타나 그들을 언데드로 만들었다고 추정합니다."

"⋯⋯설마 사신이 정말로 존재할 줄이야⋯⋯. 아버님께서 살아 계셨다면 아직 대처가 가능했을 텐데⋯⋯."

교황님이 슬퍼했다. 그러나 나는 어떻게 해줄 수가 없었다. 나도 그렇게 생각하고 있으니까.

레인스타 경처럼 용사이자 현자이자 소환사였다면 무언가 대책을 마련할 수 있지 않았을까, 하고.

그때 레인스타 경과 더 많은 대화를 나눠볼 걸, 하고 후회도 되었다.

그러나 이 자리에서 레인스타 경 이야기를 하면 안 될 것 같아서 나는 앞으로의 일정을 말하기로 했다.

"앞으로 며칠 동안은 미궁에 들어가 미궁이 서서히 힘을 잃어가는지 확인하겠습니다. 괜찮다는 게 확인된다면 예정대로 멜라토니로 갈까 합니다."

"알겠다. 포레 누와르와 헤어지는 건 쓸쓸하지만, 또 만나러 와줄 테니 참아야겠구나."

그 쓸쓸한 표정을 보고 나는 의문을 품었다.

교황님이 이 방에서 나가지 않는 이유가 대체 뭘까? 그게 궁금했지만, 민감한 문제에 발을 들일까 싶어서 망설여졌다.

아마 굳이 묻지 않더라도 내가 해결할 수 있는 문제라면 교황님께서 먼저 말씀해주실 테니⋯⋯.

"더욱이 이번에 루시엘이 정령의 가호를 가진 걸 이 눈으로 확인할 수 있었다. 이로써 상황을 확인했으니 종전처럼 마통옥으로 연락할 수도 있느니라."

"옙."

나는 교황님께 조금이라도 활력을 주기 위해서 벌꿀 사탕과 벌꿀주를 준비해두기로 했다.

"보고는 이상입니다. 어둠의 정령, 뭔가 할 말은 없나?"

"폴나, 나도 언니를 구하는 건 아직 불가능해. 하지만 반드시 해결의 실마리를 찾아서 구해낼 테니 기다려줘."

"미안하지만 부탁하마."

어둠의 정령이 말하는 구한다는 건 무슨 뜻이지? 궁금했지만 나는 굳이 묻지 않았다.

그만큼 외부인인 내가 말을 걸 수 없는 분위기가 흘렀으니까.

포레 누와르는 교황님 옆에서 보고를 다 들은 뒤에 교황님을 한 번 핥고서 나에게 은자의 마구간을 열라는 듯이 몸짓했다.

옛날에는 은자의 마구간을 그토록 싫어했으면서 저항하지 않고 순순히 들어갔다.

"……그럼 교황님, 실례하겠…… 아, 교황님, 한 가지 부탁이 있습니다."

"무엇이냐?"

"내일 모험가 길드에 가서 은화 1닢으로 치료를 해주고 싶습니다만……."

"그래. 예전에 루시엘이 했던 '변덕스러운 날'이었던가?"

"예. 약 1년만입니다만, 초심으로 돌아간 것 같습니다."

"특례로 인정하마. 그래도 가이드라인을 만든 지 얼마 지나지 않았으니 널리 선전이 될 수 있도록 치유사의 역할을 확실히 수행하도록."

"알겠습니다. 전력으로 다하도록 하겠습니다."

"으음. 앞으로도 교회를 위해서 진력해주길 바란다."

"옙."

우리가 교황님의 방을 나오자 여러 기사가 내가 나오기를 기다리고 있었다.

"무슨 일이야?"

"당장 치료가 필요한 자들이 많습니다. 급히 대훈련장으로 와주십시오."

나 말고도 다른 치유사가 있잖아!

그렇게 외치고 싶은 마음을 억누르고서 나는 대훈련장으로 달려갔다.

14 수장의 역할

기사들이 루시엘에게 도와달라고 부탁하게 된 원인을 제공한 사건을 이야기하려면 루시엘과 에스티아가 아직 미궁을 공략하고 있던 때까지 거슬러 올라가야 한다.

카트린느가 어제 오후에도 라이오넬 일행에게 기사단을 상대해달라고 부탁했다.

라이오넬 일행은 이미 기사단과의 전투 놀이에 흥미도, 의욕도 없었다. 그러나 교회 본부에 소속된 루시엘의 체면을 위해서, 그리고 아무것도 하지 않고서 루시엘이 돌아오기를 기다리는 건 시간 낭비라서 부탁을 들어주기로 했다.

기사단이 강해지기 위해서 필사적으로 훈련을 했다면 루시엘에게 도움을 요청할 일도 없었으리라.

그러나 라이오넬 일행이 모의전을 벌이는 동안에 한가해진 자들은 견학하지도, 훈련하지도 않고 신나게 잡담이나 나누고 있었다.

물론 이 모의전을 부탁한 카트린느나 일부 향상심이 있는 자들은 모의전이나 훈련에 집중하고 있다. 그러나 제국 군인이었던 라이오넬과 케티, 슬럼가에서 살아가기 위해서 필사적으로 강해졌던 케핀은 평소부터 루시엘이 성 슈를 공화국을 위해서 노력해 온 모습을 봐왔기에 기사단의 훈련 태도를 용납할 수가 없었다.

그리고 카트린느가 이튿날에도 훈련에 참여해달라고 요청하자 라이오넬은 수락하는 대신에 한 가지 조건을 걸기로 했다.

"그 조건은?"

"기사 분들을 보니 여유가 있는 듯하니 제국식 훈련을 해보지 않겠습니까?"

대체 어떤 어려운 조건을 내걸지 전전긍긍했던 카트린느는 라이오넬이 제시한 조건을 듣고서 순간 의아해했다. 그러나 이내 기사단이 강해질 수 있을 것 같다고 판단하여 흔쾌히 승낙했다.

"아아, 그리고 기사단 중에 불성실한 분들이 계신 거 같은데, 어떻게 대처하고 계신 겁니까?"

"……부끄럽습니다만, 아직 일부 기사단원한테서 신뢰를 얻지 못한 듯하여…….""

"그렇습니까…….""

라이오넬은 카트린느가 어떤 약점을 잡혔거나 위에 설 각오가 되어 있지 않다고 판단했다. 그와 동시에 기사단 내에 있는 불온분자를 색출하여 카트린느가 기사단장으로서 얼마나 각오가 있는지 시험해보기로 마음먹었다.

(루시엘 님께도 책임을 묻게 될 가능성이 있으니 나도 각오를 굳혀야…….)

그리고 이튿날, 대훈련장에 모인 훈련을 앞둔 기사들에게 라이오넬이 입을 열었다.

"지금부터 제국식 모의전투훈련을 실시하겠다. 우선 옆에 있는 자와 마주하라. 마주했다면 그자와 전력으로 싸워라. 머리, 목, 심장 이외에는 어디든 노려도 상관없다. 쓰러뜨렸다면 그 옆에 있는 자와 또 싸워라."

라이오넬의 발언을 듣고서 기사단원들이 웅성거리기 시작했다. 물론 카트린느도 초조해했다.

"라이오넬 공, 어째서 그런 훈련을……."

그러나 카트린느는 날카로운 눈빛으로 살기를 뿜어내고 있는 라이오넬을 보고서 말을 잇지 못했다.

"어째서? 이것이 제국식 모의전투훈련이며, 저 연약한 기사단을 조금이라도 강하게 키울 수 있는 수단이기 때문이다. 교회 본부이니 치유사도 있을 터. 우린 더는 전투 놀이에 어울려줄 생각이 없다. 이의가 있다면 날 저지한 뒤에 하라. 그럼 시작!"

그러나 당연히 라이오넬의 말대로 모의전을 시작한 기사는 아무도 없었다. 그래, 기사는…….

케티와 케핀은 라이오넬의 신호와 함께 눈앞에 있는 기사에게 돌격했다. 허를 찔린 기사는 방어 태세를 갖추지 못하여 공격을 맞고서 날아갔다. 두 사람은 눈앞에 있는 다른 기사들에게 또 덤볐다. 그리고 라이오넬은 카트린느에게 검을 뽑으라고 지시한 뒤 지금까지의 모의전과는 달리 전력으로 싸우기 시작했다.

라이오넬과 카트린느의 사이에서 무기가 요란하게 맞부딪치는 소리가 울렸다. 그러나 라이오넬은 시원한 얼굴이었다.

"라이오넬 공, 이유가 뭔가요?"

"이유? 그건 내가 할 말이오. 훈련에 진심으로 임하지 않으면 무슨 의미가 있나?"

"그건……."

"호칭은 다르지만, 병사도 기사도 모두 군인일 터. 그렇다면 규율을 세우지 않고는 통솔할 수가 없다."

"?!"

"뭘 망설이는지는 모르겠지만, 망설이는 동안에는 아무것도 지킬 수가 없다! 그만 쉬어라!"

라이오넬이 전력을 실은 일격을 가해 카트린느를 날려버렸다. 그 광경을 본 루미나가 라이오넬의 정면으로 달려가 검을 휘둘렀다. 라이오넬은 그 공격을 정면에서 받아냈다.

"공격이 제법이다. 그래서 뭔가 할 말이 있나?"

"……루시엘 군은 이 모의전을 알고 있는가?"

라이오넬은 개인적으로 발키리 성기사대를 인정하고 있었다. 그래서 이야기를 듣기로 한 것인데, 루미나의 그 물음을 듣고서 한숨을 내쉬었다.

"루시엘 님보다도 우선은 이 기사단과 단장부터 신경 써야 한다."

"뭐라!!"

라이오넬이 공격의 속도를 더욱 높여 루미나와 카트린느를 동시에 날려버렸다.

"다치는 게 두려워서 싸울 수 없다면 기사 따윈 당장 그만둬라. 어차피 아무것도 못 지킬 테니. 반론할 기운이 있다면 몇 명이든 상관없으니 어서 덤벼라."

라이오넬은 기사단에게 싸움을 걸었다. 라이오넬, 케티, 케핀이 잇달아 성기사와 신관기사를 쓰러뜨리자 성기사 중 하나가 목소리를 높였다.

"우리 성 슈를 교회 기사단은 이런 교활한 기습 따윈 하지 않는다. 긍지 높은 기사들이여, 그렇지 않나?"

"마, 맞아."

"기사한테는 기사도가 있어."

"야만스러운 전투는 안 해."

"이런 훈련은 사양이야."

먼저 목소리를 높인 성기사에게 동조하듯 다른 기사들이 이의를 제기하기 시작했다.

그러나…….

"훈련을 멈추면서까지 하고 싶었던 말이 고작 그건가? 실전훈련이 부족한 기사들이 훈련조차 진지하게 임하지 않는다면 대체무엇을 지킬 수 있다는 건가. 그래도 긍지 높게 싸우고 싶다면 바라는 대로 받아줄 테니 어서 덤벼라!!"

그 순간 라이오넬의 몸에서 투기 같은 것이 부풀어 올랐다…….
그렇게 착각한 자들이 적지 않았다. 그것은 훈련을 부정한 성기사들도 마찬가지였다. 몇몇 성기사들은 라이오넬의 살기 어린 시선을 보고는 제자리에 주저앉았다.

"라, 라이오넬 장군과 싸워서 얻을 수 있는 건……. 그래, 루시엘 님도 이런 훈……, 려어아하?!"

"훈련에 쓸데없는 소리는 필요 없다. 게다가 루시엘 님은 그 어떤 부상에도, 그 어떤 적이나 마물과 싸우더라도 동료를 위해서라면 절대 포기하지 않고 목숨을 걸며 싸워왔다. 훈련도 진지하게 하지 않을 뿐만 아니라 남의 발목이나 잡는 것밖에 할 줄 모르는 자가 감히 루시엘 님을 입에 담다니. 그래서 그대들은 덤비지 않을 건가?"

"그, 그, 그렇다면 시범을 보여다오."

"그, 그래. 이런 훈련은 지금껏 본 적이 없어. 기사단장이나 대장들이 시범을 보여줘야 해."

"맞아."

"우선 기사단장부터……."

라이오넬은 기사들의 모습에서, 무언가를 단단히 착각하고서 입대하여 잘난 척 뻐기고 다니다가 정작 궁지에 몰리면 바로 도망칠 구멍부터 찾는 제국의 귀족 자제들을 본 것 같아서 언짢았다.

그러니 당장에라도 박살 내주는 편이 낫겠지……. 그렇게 생각했을 때 카트린느가 일어서는 모습이 보였다.

"기절시킨 줄 알았는데 일어났나?"

"그래……, 쉽사리…… 패배할 수는……."

"기사단장의 각오를 한 번 보도록 하지."

라이오넬이 카트린느에게 달려갔다. 카트린느의 주위로 그녀를 지키려고 하는 기사들이 모였다.

그 광경을 보고서 라이오넬은 기사들이 카트린느를 흠모하고 있음을 확인했다. 그와 동시에 기사들의 숫자는 적지만, 강해지리라 믿고서 어중간하게 싸우지 말고 철저히 전력을 다하자고 결의했다.

기사단이 성장하면 루시엘에게 도움이 되리라 여기고서.

참고로 케티와 케핀은 라이오넬에게서 불온분자를 모아두라는 지시를 받았기에 벌써 눈여겨 뒀던 성기사들과 교전 중이었다.

*

대훈련장으로 달려가면서 나는 라이오넬이 기사단에게 싸움을 걸었다는 소리를 듣고서 반성했다. 그리고 카트린느 씨가 어떻게 대응했을지 생각했다.

보통 치유사들은 동료가 치료를 원한다면 도와주고자 노력하겠지.

그럼 그 사람이 높은 사람……, 이번 상황에 적용하자면 내 수행원과 기사단 동료 중 누굴 우선하여 치료할까? 망설여질 테니 카트린느 씨의 지시를 기다리겠지.

나는 나대로 라이오넬 및 수행원들을 대응해달라고 요청을 받을 테니 각오를 해야만……

그리고 드디어 대훈련장에 도착했다. 내 시야에 들어온 것은 기사들이 쓰러져 있는 광경이었다.

라이오넬 및 수행원들은 쓰러지지 않았지만, 꽤 크게 다쳤다는 걸 알았다. 그래도 그들은 땅바닥에 무릎을 대고서 버티고 있되 앞으로 고꾸라지지는 않았다.

"무사한 것 같네."

나는 안도하며 자연스럽게 중얼거렸다. 일단 라이오넬 곁으로 다가가니 앞에 카트린느 씨가 쓰러져 있었다. 케티와 케핀 앞에는 루미나 씨가 쓰러져 있었다.

그 모습을 보고서 순간 머릿속이 새하얘질 뻔했다. 그러나 중상을 입은 쪽은 분명 라이오넬 및 수행원들이었다. 그 사실을 알아차리고서 우선 말을 걸어보기로 했다.

"라이오넬, 어째서 이 지경이 되었는지 나중에 보고하도록 해."

라이오넬이 내 목소리에 반응하여 뒤를 돌아봤다. 그리고 안도한 표정을 지었다.

"잘 됐군. 루시엘 님, 돌아오셨습니까? 먼저 이자들부터 회복시켜주시면 안 되겠는지요? 보고하고 책임을 지는 건 나중에 얼마든지."

라이오넬은 나중에 설명하겠다고 하고서 피투성이가 된 카트린느 씨와 루미나 씨를 먼저 치료하라고 재촉했다.

당연히 말하지 않더라도 치료해줄 작정이었다. 그런데 라이오넬을 비롯한 수행원들은 온몸이 엉망진창인데다가 의식이 몽롱하여 위험해 보였다.

"에어리어 하이 힐을 발동할 테니 모두 범위 안으로 들어와.

라이오넬, 에어리어 하이 힐이면 문제없지??"

"……카트린느 공의 뼈를 몇 갠가 부쉈습니다."

그 정도 부상이라면 하이 힐로도 충분할 것이다. 그런데 라이오넬이 이토록 피폐해질 줄이야……. 조악한 무기를 빌렸거나, 혹은 상대를 바로 쓰러뜨리지 못해서 이렇게 된 것 같다.

그렇지 않다면 카트린느 씨와의 전투 상성이 더 좋은 라이오넬이 이토록 엉망진창이 될 수가 없다. 애당초 라이오넬과 수행원들의 무기는 내 마법 주머니 안에 있고 말이지.

"……혹시 모르니 카트린느 씨한테는 엑스트라 힐을 쓸게. 그런데 너희들도 위험하잖아."

케티와 케핀은 아무 말도 하지 않고 겨우 서 있는 상태였다. 그래서 우선 에어리어 힐을 발동한 뒤에 순서대로 엑스트라 힐을 발동해나갔다.

"무슨 일이 있었는지는 대강 들었어. 자세한 경위는 나중에 듣도록 할게. 그전에 다들 피를 너무 많이 흘렸으니 조금 쉬도록 해. 난 모두가 날려버린, 저기서 치유사들의 회복을 받는 기사들을 도우러 갈게. 참고로 묻겠는데 팔이나 다리를 자른 상대가 있나?"

"그렇게 해야 할 정도로 아슬아슬하게 싸운 기억은 없습니다."

"약한 자들을 그렇게까지 괴롭히지는 않는다냥."

"그럴 필요성이 없었습니다."

그렇게까지 냉정하게 판단할 줄 알면서 어째서 기사단을 박살내는 짓을 했는지…….

아니, 그 정도까지 처참한 수준이었던 걸까? 나는 기사단에게서 강해지고 싶다는 의욕을 느꼈었다. 그러나 내가 보는 앞이라서 의욕을 보였던 건가? 아니면 내 수행원들과 치르는 모의전 첫날이라서 그랬던 걸까?

엑스트라 힐은 흘린 피도 보충해준다는 걸 안다. 그러니 라이오넬과 수행원들이 돕겠다고 나서면 성가실 것 같아서 일단 쉬라고 했다.

마음에 걸리는 점은 세 사람에게서 기사단을 경멸하는 듯한 감정을 느꼈다는 것이다.

저들은 나조차도 저런 눈으로 본 적이 없었다. 성치사대 기사들과는 대등한 관계처럼 보였는데.

얼마나 실력이 녹슬어 있었던 걸까? 노는 것으로밖에 보이지 않는 훈련을 하고 있었거나, 혹은 내가 자리를 비우자 도발을 했을지도? 판단하기 어려운 상황이다.

실은 기사단 중 절반은 벽까지 날아간 상태였다. 그건 기사단 중 최강인 발키리 성기사대도 예외는 아니었다.

뭐, 발키리 성기사대 일원들은 그렇게까지 크게 다치지는 않았지만, 쓰러졌다는 정신적 충격이 큰 것 같았다.

라이오넬과 수행원들이 경멸했던 이유는 약해서? 아니, 그건 아니지. 그런 걸로 경멸했다면 나나 성치사대를 먼저 경멸했을 테니까.

굳이 생각해보자면 대우받는 직업에 눌러앉아 강해지려는 태도를 전혀 취하지 않아서였을까? 이유가 무엇이든 수행원의 책임은 나의 책임이니 각오해야만⋯⋯.

나는 그 뒤로 쉬지 않고 기사들을 치료하러 돌아다녔다.

그나저나 다른 치유사들은 대체 뭘 하고 있는지⋯⋯.

주변을 보니 치유사는 있지만, 마력이 고갈되어서 낯빛이 어두운 자들이 많았다.

모두를 다 치료해준 뒤에 이번 사건의 자초지종을 물어보려고 했다. 그러나 치료해줘서 고맙다고 인사만 할 뿐 아무도 무슨 일이 있었는지 알려주지 않았다.

치료를 마치고서 중앙으로 가니 에스티아가 라이오넬 및 수행원들에게 인사하고 있었다.

"왜 이렇게 전투가 벌어졌는지 들었어?"

"아, 예. 그리고 멜라토니에 동행하겠다는 뜻을 전하고 있었습니다."

"그래? 라이오넬, 케티, 케핀. 앞으로도 에스티아는 우리와 동행하기로 결정되었어."

"여기 있는 기사들보다는 기대가 되는군요."

"에스티아는 제법 강해서 훈련을 제대로 할 수 있을 것 같다냥."

"저보다도 강하⋯⋯다고는 할 수 없지만, 순간적인 상황 판단 능력은 저보다 낫습니다."

기사단을 경멸한 일은 잊지 않았다. 세 사람이 그토록 감정적으로 행동하는 건 드문 일이다.

"아마도 케핀보다 에스티아가 더 강하다냥."

"해서는 안 될 말을 했겠다?"

"한판 붙어볼 거냥?"

두 사람은 이제부터 장난을 치며 놀 테니 가만히 내버려 두자.

"아니, 언젠가는 제대로 갚아줄 테니 각오해둬."

"기대하고 있겠다냥."

이에니스를 떠났을 즈음부터 두 사람이 급속도로 친해졌다는 사실에 흐뭇해하면서도 언제까지고 두 사람이 장난을 치는 모습을 보고 있을 수는 없어서 치료를 마친 뒤에도 여전히 쓰러져 있었던 카트린느 씨와 루미나 씨에게 말을 걸었다.

조금 전에 의식을 되찾은 두 사람이 몸을 일으켰기 때문이다.

"카트린느 씨, 루미나 씨. 제 수행원들이 실례했습니다. 왜 이런 일이 벌어졌는지는 모르겠지만, 우선 사죄드리도록 하겠습니다."

"……이번 건은 루시엘 군이 지시했나?"

먼저 반응한 사람은 루미나 씨였다.

지시? 무슨 소리인지 전혀 모르겠다. 그런데 그때 머릿속에 한 가지 생각이 스쳤다.

"교황님께서 부탁하셔서 출발하기 전에 기사단 전투 훈련에 참여해도 좋다고 말해뒀습니다. 기사단이 너무나도 약하게 느껴진다면 모의전을 치르면서 철저히 깨우쳐줘도 좋다고 말해뒀는데…… 그걸 말하는 건가요?"

"그랬나……. 그래서."

루미나 씨가 고개를 숙인 채 입을 다물었다.

라이오넬과 수행원들 쪽으로 시선을 돌렸다. 그러나 입을 열지 않고 담담한 태도로 내 지시를 기다리고 있다.

어제부터 돌이켜보니…… 라이오넬이 기사단을 꽤 크게 혼을 낸 것 같다.

그러나 분명 무언가 이유가 있어서 그러한 일을 저질렀다는 걸 알기에 나는 일부러 라이오넬을 믿고 있음을 밝혔다.

"만약에 라이오넬을 비롯한 제 수행원들이 기사단에 무슨 행동을 했다면 그건 전부 제 발언 때문이겠죠. 세 사람 모두 사익을 위해서 움직이는 자들이 아니니까."

"……루시엘 군은 기사단이 형편없다고 생각해?"

그러자 카트린느 씨가 그렇게 말했다. 마치 애원하듯이 도움을 요청하는 목소리였다.

그렇기에 나는 이곳에서 느꼈던 점을 확실히 전하자고 각오를 굳혔다.

"지난번 종합연습을 보고 느꼈던 감상만 말씀드릴게요. 옛날에 한 번 봤던 연습과 비교해 카트린느 씨가 기사단장이 되고서 2년 만에 이렇게까지 달라질 줄은 예상하지 못해서 솔직히 놀랐습니다. 하지만 성도를 벗어나 경험한 것들을 바탕으로 말씀드리자면 정말로 저 기사단이, 예를 들어 제국과 싸울 때 성도는 물론 성슈를 공화국을 지켜낼 수 있을까? 그렇게 생각하니 불안감이 드는 게 솔직한 심정입니다."

눈앞에서 솔직한 심정을 전했다. 자신도 놀랄 만큼 잔인한 짓을 한 것만 같았다.

두 사람도 내가 설마 그런 발언을 할 줄은 생각지도 못했는지 몸을 흠칫 떨었다.

내 말이 그 정도로 충격이었나? 아니면 수행원들이 이미 같은 말을 했던 건가? 두 사람의 얼굴이 여전히 어두웠다.

"······루시엘 군, 차라리 네가 기사단을 이끄는 편이 낫지 않아?"

카트린느 씨가 입을 열고는 기사단장 자리를 포기하고 싶다고 했다.

아마도 내 발언이 희미하게나마 남아 있던 기사단장으로서 카트린느 씨의 긍지를 꺾어버렸나 보다.

카트린느 씨의 발언을 듣고 루미나 씨가 더 놀랐다. 곤혹스러운 표정으로 그녀를 쳐다봤다.

그렇기에 이 자리에서 다시금 결의를 품도록 북돋지 못한다면 교회 기사단은 끝장이다. 그렇게 생각했다.

다만 기사단장 자리를 나에게 넘기겠다는 발언은 설령 농담일지라도 듣고 싶지 않았다.

나는 미궁에서 언데드로 변했던 자들을 떠올리며 감정이 시키는 대로 입을 열었다.

"카트린느 씨는 왜 기사가 되려고 마음먹었습니까?"

"······."

"본의 아니지만, 저는 지금껏 제가 이룩해온 것들에 자긍심을 갖고 있습니다. 사람에 따라서는 제게서 카리스마를 느꼈을지도 모르죠. 그래서, 카트린느 제가 기사단장이 될 수 있다…… 진심으로 그렇게 생각하는 건가요?"

"……."

카트린느 씨가 대답하려고 하지 않았다. 루미나 씨는 카트린느 씨의 반응을 엿보고 있다.

사실 그녀는 농담처럼 던진 발언일 테지만…… 그 속에는 진심도 섞여 있었을 것이다.

"진심으로 그렇게 생각한다면 그냥 기사단장을 그만두세요. 기사단장을 제대로 보필하지도 못하고 발목을 잡거나 푸념만 늘어놓는 기사단도 해산시키고요. 처음부터 긍지 높은 자들을 모아 새로운 기사단을 꾸리면 되지 않습니까? 제가 모든 자금을 제공하겠습니다."

이 자리에 있는 모든 사람의 시선이 나에게로 꽂혔다.

나는 주변에 있는 기사들을 힐끔 보고서 목소리를 높였다.

"자, 자신이 그 긍지 높은 자라면 이름을 드높이 외쳐라."

그러나 이름을 대는 자는 없었다.

그야 그렇겠지. 성 슈를 교회 기사단은 공격하지 않는다. 공격을 받았을 때나 인류에게 위기가 닥쳤을 때 맞서기 위해서 설립된 자위대 비슷한 존재이니까.

"보세요. 이게 교회 기사단의 실태입니다. 남들보다 대접받는 직업에 얻어걸린, 이기적인 콩가루 집단. 그게 지금 교회 기사단이에요."

"……루시엘 군?"

"책임을 짊어질 각오조차 없는 자들이 모인 기사단 따위, 누가 맡기를 원하겠습니까."

"그렇지 않아."

"뭐가 아니란 겁니까? 카트린느 씨도 제게 그 자리를 맡기려고 하지 않았습니까?"

"그, 그건……."

당연히 기사단에 그런 자들만 있는 것이 아님은 알고 있다.

그래도 이렇게 해서라도 카트린느 씨의 속내를 끌어내지 않는다면 카트린느 씨도, 기사단도 다시 일어설 수 없으니까…….

"죄송합니다. 제 말이 조금 짓궂었습니다. 그래도 그 자리에 설 수 있는 건 카트린느 기사단장님뿐이에요. 기사 개개인의 능력을 파악하고 있고, 뛰어난 상황 판단 능력과 각 부대를 지휘할 담력이 있으며, 기사들이 어느 정도 신뢰하고 있고, 무엇보다도 교회 기사단을 위하는 긍지와 각오를 품고 있지 않습니까."

"하지만 나로는……."

"저도 모든 걸 아는 건 아니지만, 객관적으로 보아도 루미나 씨를 비롯해 8명의 기사대장 중에서 기사단장의 조건을 충족한 사람은 없어요."

"루미나라면 적합하다고 생각하는데?"

설마 루미나 씨를 보고 자신감을 상실한 걸까?

물론, 전투 역량이라면 루미나 씨가 더 강하다. 아마 지휘 능력도 카트린느 씨보다 우수하겠지. 하지만 기사단장은 그것만으로는 부족하다.

"말씀하신 대로 루미나 씨는 기사단 최강입니다. 그리고 발키리 성기사대도 교회 기사단 중에서 가장 우수하죠."

"그렇지."

"그렇기에 루미나 씨는 오로지 성기사대만으로 싸우려는 버릇이 있습니다. 더구나 젊은 만큼 경험도 부족하기에 다른 대장들과 유대감이 약하지요. 기사단장으로서는 치명적인 약점입니다."

"……."

"한 번 물러났던 카트린느 씨가 다시 기사단장으로 복귀할 수 있었던 이유는 뭔가요? 교황님의 신뢰가 가장 두터운 사람은 누굽니까?"

어쨌든 카트린느 씨가 자신감을 되찾을 수 있도록 북돋아 줘야만 한다.

"루시엘 군……."

"게다가 제가 단장이 된다면 기사들에게 식후마다 물체X를 마시게 할 거고, 치유 마법을 핑계로 매일 사투에 가까운 모의전은 물론, 봉사활동이나 마물 퇴치도 지시할 겁니다. 아마 대부분 못 견디고 그만두겠죠."

조금 익살스럽게 말하자 카트린느 씨의 표정이 조금 누그러진 것 같았다.

"그러네. 루시엘 군의 말이 맞아. 미안해."

나는 이에니스에서 깨우친 사실을 카트린느 씨에게 알려주었다.

"전 지휘관의 무술 실력과 지휘 능력은 별개라고 생각합니다. 그렇지 않으면 부하나 수행원을 거느릴 수 없겠지요."

"……그건 날 비꼬아서 하는 말이니?"

카트린느 씨가 순간 얼굴을 찡그렸다. 그러나 내 의도를 알아차렸는지 재촉하듯 말을 기다리고 있다.

"미숙하지만 제가 겪었던 경험을 말씀드리는 거예요. 사람들의 입에 오르내리는 제 공훈들은 전부 저 혼자서는 해낼 수 없는 일들이었습니다. 오히려 능력이 부족해서 난관에 봉착하기 일쑤였죠. 레인스타 경처럼 혼자서 뭐든지 해결할 수 있을 만한 능력이나 지식이 있다면 좋을 테지만, 공교롭게도 제게는 그런 재능이 없어서……."

이곳 슈를에서도, 이에니스에서도, 그리고 멜라토니에서도 언제나 나보다 뛰어난 사람들에게 도움을 받았기에 난관을 극복할 수 있었다.

"만약에 카트린느 씨가 정말 원한다면 기사단장을 그만둘 수도 있겠죠. 하지만 지휘계통은 엉망이 되고, 성기사대와 신관기사대 사이에서 문제가 빚어져 기사단은 더 약해질 겁니다. 확실하게."

카트린느 씨가 서글픈 표정을 지었다.

나도 비슷한 위기에 빠졌던 적이 있다.

이에니스에서 벌꿀 공장이 발각되었을 때, 학교와 관련해 문제가 벌어졌을 때, 사업이 궤도에 오른다면 내가 수장을 맡아야 할 이유 따윈 없다고 생각했다.

그러나 그런 생각이 들 때면 늘 하치족의 하닐 씨의 말이 뇌리에 떠오른다.

내가 대표라서 힘을 빌려주는 거라고.

누군가의 위에 선다는 것은 그런 게 아닐까?

분명 카트린느 씨도 마찬가지일 거다.

그렇기에 신세를 졌던 카트린느 씨와 루미나 씨가 더는 괴로워하지 않도록 손을 뻗어주고 싶다.

"그러니 기사단장을 그만둔다는 말은 농담으로도 하지 마세요."

"……."

카트린느 씨는 아직 마음을 정리하지 못했는지, 미간을 찡그리고 있었다. 한 번 더 등을 밀어줄까.

"카트린느 씨는 자신이 카리스마가 없다고 생각하는 거 같은데, 적잖은 기사들이 흠모하고 있다는 걸 잊지 마세요. 카트린느 씨는 분명 승패를 뒤집을 만한 인망을 갖고 있어요."

"무슨 뜻이야?"

"저번 연습 때 어땠는지를 떠올려 보세요. 루미나 씨가 이끄는 부대는 그야말로 최강이었습니다. 그런데도 카트린느 씨가 이끄는 신관기사대는 그녀들을 꺾었죠. 그게 답입니다."

"……무슨 말인지 모르겠어."

"카트린느 씨는 처음부터 패배할 수 없었다는 말입니다."

"뭐? 루미나, 이게 무슨 말이지?"

"그건……."

곤혹스러워하는 카트린느 씨를 보고서 루미나 씨가 쭈뼛거렸다.

일부러 대충 싸워 진 이유를 자기 입으로 말하는 건 좀 가혹하군.

그러나 카트린느 씨는 정말로 눈치채지 못했을까? 원래 카트린느 씨는 사소한 일도 금세 알아차리는 사람인데…….

이윽고 루미나 씨가 각오를 굳힌 얼굴로 심호흡을 하고서 입을 열었다.

"성 슈를 교회 기사단은 개개인의 힘이 아닌 집단의 힘으로, 공격이 아니라 지키기 위해서 존재한다……. 제가 성 슈를 교회 기사단에 입단했을 때 카트린느 님께서 그렇게 가르쳐주셨습니다. 그렇기에 모의전 연습 때는 개인이 아니라 집단의 일원으로서 행동했습니다."

"대충했다는 말이야?"

"루미나 씨는 카트린느 씨이기에 기사단이 뭉칠 수 있다고 말하고 싶은 거겠죠."

"……부하가 그런 배려를 해줘야만 부대를 통솔할 수 있다니, 자신이 몹시도 혐오스러워."

카트린느 씨가 한숨을 내뱉으며 어깨를 축 늘어뜨렸다.

아, 이거 이상한 곳으로 빠졌네. 카트린느 씨도 좀 성가신 구석이 있군.

그런 무례한 생각을 하면서 어떻게 달래줄지 생각하고 있으니…….

"카트린느 님, 루시엘 군이 이끄는 성치사대 기사들을 기억하고 계십니까?"

"물론이야."

"그들이 루시엘 군의 성치사대에 입대한 이유는 그한테 강력한 힘이 있거나, 카리스마가 있어서였을까요? 아마도 아니겠죠. 분명 루시엘 군의 사람을 구하고 싶다는 신념에 공감해서가 아닐까요? 그건 저희 성 슈를 교회 기사단도 마찬가지입니다."

"카트린느 씨가 기사단장이기에 기사단이 한데 뭉칠 수 있는 거죠. 저도 같은 의견입니다. 이 임무는 카트린느 씨이기에 맡을 수 있는 거예요. 다른 기사들도 그렇게 생각하고 있을 겁니다."

"……임무?"

번민하던 카트린느 씨가 의아한 표정을 지었다.

"기사단의 대장을 통솔하는 임무 말이에요. 대장들을 뭉치게 하는 것, 그게 기사단장의 일입니다."

내가 이에니스에 있었을 때도 그랬다. 나는 각 통솔자와 대화를 나눴을 뿐 종업원들과는 인사만 나누는 정도였다.

그런데도 일이 잘 풀린 건 내 지시를 받은 대장, 부족장들이 부하들을 잘 통솔한 덕분이다.

줄곧 잠자코 있었던 라이오넬이 입을 열었다.

"그렇소. 그 뒤에는 각 대장이 소대장, 혹은 대원들한테 지시를 내리면 그걸로 조직은 움직이지. 그대가 만사를 다 도맡을 필요는 없소. 다만 집단 안에서 의견 차이로 반기를 드는 자가 나올수는 있지. 내가 적발해낸 자들은 일부러 훈련을 게을리하게끔 분위기를 조장했더군."

라이오넬은 나보다 많은 것들을 알아차린 모양이다. 나 역시 이 자리에서 시험을 받고 있는지도 모르겠군. 그나저나 불온분자가 있었다니……

"향후에는 기사단이 전체 연습을 할 때 기사단장은 참가하지 않고 위에서 지켜보면서 수정할 부분을 지적하는 편이 좋다고 생각해요. 그게 기사단장이 할 일이라고 생각합니다. 물론 자신의 무술 실력을 단련하는 것도 나쁜 건 아닙니다만……"

"내가 너무 많은 걸 짊어지려 한다는 거야?"

"예. 카트린느 씨는 교황님께서 믿는 분이잖아요. 똑바로 해주세요. 교회 기사단 안에 카트린느 씨를 싫어하는 사람이 있을지도 모르지만, 그 이상으로 흠모하는 사람들이 있어요."

"그대가 반성해야 할 점은 혼자서 너무 생각이 많다는 것이오. 주변 사람들과 더 많이 얘기하고 의지하시오. 그렇게 한다면 언젠가 신뢰를 쌓을 수 있겠지."

자, 이제 나에게 기사단장을 맡으라는 이야기는 오지 않겠지? 여기서 기사단장까지 짊어지면 난 무조건 과로사할 거다.

더욱이 이에니스에서 피비린내 나는 사태에 얽히지 않도록 도망치듯이 돌아왔으니, 나도 조금은 느긋하게 지내고 싶다.

"기사단장의 역할이라……. 루미나, 그리고 모두한테 민폐를 끼쳤어. 미덥지 못할는지도 모르겠지만, 앞으로도 날 지탱해줘."

"옙. 앞으로도 기사단장으로서 저희 모두를 이끌어주십시오."

카트린느 씨와 루미나 씨가 서로를 보며 미소를 지었다.

응어리가 잘 풀려서 다행이다.

대체 이 일로 스트레스를 얼마나 받고 있었을지.

안 그래도 이미 기사단장 자리에서 한 번 내려온 적이 있는데 말이야. 어쩌면 생각이 너무 많아서 몸이 고생하고 있을지도 모르겠다.

나로서는 기사단장 자리가 비지 않은 것만으로도 다행이다만.

"한 번 기사단이 허심탄회하게 대화를 나눌 수 있는 자리를 마련할게. 연습 방법도 다시 생각해보려고 해. 고마워."

"도움이 돼서 다행입니다. 뭐, 그저 그 연습을 보고서 느꼈던 점을 말했을 뿐입니다. 그보다도 주제넘은 소리를 해서 죄송했습니다."

"아니, 루시엘 군의 마음이 제대로 전해졌어."

"카트린느 씨는 자신감을 더 가져도 된다고 생각해요."

"……고마워, 루시엘 군."

아까 전까지 그녀의 얼굴에 드리웠던 그늘이 사라져서 안도했다.

하지만, 아직 내 일은 끝나지 않았다. 나중에 라이오넬에게 기사단을 얼마나 혹독하게 내몰았는지 물어봐야 한다.

내가 그런 생각을 하고 있자니 카트린느 씨가 미소를 지으며 다가왔다. 그리고 이내 뺨에 쪽, 하는 부드러운 감촉이 느껴졌다.

나는 당황하지 않고 미소를 지으며 감사 인사를 했다.

"천만에요."

물체X를 마신 지 얼마 되지 않아서 나에게는 전혀 효과가 없다. 전생이었다면 이렇게 냉정을 유지하지 못했겠지.

"어머, 전혀 동요하질 않네."

"예. 그래도 카트린느 씨 같은 아름다운 사람한테서 키스를 받으니 기쁘네요."

전생 때부터 나이를 헤아려 반올림한다면 어언 40대다. 뺨에 키스를 받은 걸로 방방 뛰는 것도 웃기긴 하지.

"오호~, 루미나, 이리로 와봐."

"예. 왜 그러십니까?"

"루시엘 군한테 감사의 키스를 해주지 않겠어? 내가 해선 통하지 않나 봐."

어째서 루미나 씨에게 감사를 강요하는 거지?

그보다도 그런 명령은 갑질이자 성희롱이니 안 되겠지.

"아니, 그건 시킨다고 할 수 있는 일이 아니잖아요. 그렇죠, 루미......?!"

"이번에 도와줘서 고맙기도 하고, 또 카트린느 님이 시켜서 억지로 하는 것도 아니니......."

살짝 뺨을 붉힌 루미나 씨가 몹시 귀여웠다.

코를 간지럽히는 달콤한 향기와 입술에 남은 이 감촉, 그리고 격렬한 두근거림은 이 세계에 와서 처음으로 느끼는 것이었다.

이것이 미인계였다면 무조건 걸렸을 것이다.

전생 때부터 헤아려 40대이지만, 아무래도 육체는 22살 전후라서 여유롭게 굴 수가 없는 모양이다.

"감사합니다. 잘 받았습니다."

나는 고개를 숙여 인사했다.

이후, 이 광경을 목격한 기사단원들이 며칠간 뒤에서 웃거나 질투했다.

특히 루미나 씨를 제외한 발키리 성기사대 사람들은 이 일로 나를 놀려댔다. 라이오넬을 비롯한 수행원들도 나를 도와주기는커녕 그들과 한통속이 되었다.

*

카트린느는 사람들에게서 놀림거리가 된 루시엘을 보면서, 기사단에서 해왔던 일들을 돌이켜봤다.

카트린느가 생각하는 교회 기사단이란 타국을 견제하는 정예 기사단이었다.

그렇기에 자신의 실력을 쉴 틈 없이 단련했다.

그 결과, 최강 기사가 된 카트린느는 이윽고 기사단장의 자리에 올랐다.

그러나 기사단장은 그저 강하기만 하면 수행할 수 있는 자리가

아니었다. 그 중책에 짓눌려서 한 번은 기사단장 자리에서 내려왔었다.

그러나 귀여워했던 루미나가 최강 기사가 되고, 여성만으로 신설된 발키리 성기사대의 대장이 되면서 상황이 바뀌었다.

루미나는 자신을 달갑게 여기지 않는 자들에게서 집요한 괴롭힘을 당했다. 원래 기사대가 맡지 않는 잡무나 성가신 원정만 떠맡게 되었다.

그 모습이 마치 과거의 자신을 보고 있는 듯했다.

그런 때 루시엘이 나타났다. 괴롭힘의 표적이 루시엘로 바뀌었지만, 그는 시간이 날 때마다 미궁으로 사라졌기에 직접 해코지당하는 일은 없었다. 본인도 자각이 없었다.

루시엘이 즐거워하며 발키리 성기사대의 훈련에 참여하기 시작하자, 지고 싶지 않은지 기사단이 훈련에 매진하게 되었다.

그러나 루시엘이 미궁을 답파하고 S급 치유사가 되자, 기사단원들이 의욕을 잃었다.

카트린느는 기사단장 자리에 복귀하면서 기사단을 자신이 생각하던 정예 기사단으로 만들고자 결의했다.

그러나 훈련 횟수를 늘리고, 교회 일을 분배해도 극적인 효과는 나타나지 않았다. 이때, 루시엘이 S급 치유사로서 이에니스에서 성과를 거두기 시작했다는 소식이 들려왔다.

그 일로 자극을 받은 카트린느는 루미나와 면담을 통해 기사단 개혁에 착수했다.

그러나 막상 개혁을 시작하자 균열이 생기기 시작했다. 각 대장을 내버려 두고 주로 루미나와 논의한 게 문제였다.

카트린느는 이번 사건을 통해 루시엘을 따라가기보다, 대장들에게 믿음을 보여줘야 한다는 사실을 깨달았다.

그리고 이튿날, 카트린느는 교회 기사단원들을 모아두고서 고개 숙여 사죄했다. 그리고 각 나라를 통제할 수 있을 만한 정예 기사단을 목표로 더욱 강해질 수 있도록 협력을 요청했다.

이후, 교회 기사단은 다시금 단결하기 시작했다.

15 이목을 끄는 처지

문제의 키스 사건 이후, 주변 사람들이 나를 만날 때마다 나를 놀리기 시작했다. 부끄러움을 이기지 못한 나는 결국 교회 본부를 빠져나와 모험가 길드로 피신하고 말았다.

참고로 요전에 로자 씨와 동행하여 새로운 옷을 몇 벌 마련하고자 안나 씨의 옷가게에서 유행하는 옷을 샀다.

나는 도저히 기운이 나질 않아 식당 카운터에 앉아 한숨을 크게 내쉬었다.

"하아~."

"땅이 꺼지겠네. 무슨 일이야? 성변님이 그렇게 한숨을 내뱉다니?"

그란츠 씨가 다가오며 그리 묻기에 나는 이번에 겪은 일을 이야기했다.

"그란츠 씨는 갑자기 키스를 받은 적이 있습니까?"

그 순간, 뒤에서 쨍그랑, 하고 그릇 깨지는 소리가 들려왔다. 놀라서 뒤를 돌아보니 모험가 길드의 부길드장인 미르티 씨가 넋을 놓은 얼굴로 이쪽을 바라보고 있었다.

내가 무슨 일인가 하고 쳐다보고 있자 그때서야 정신을 차렸는지, 뺨을 붉히면서 황급히 깨진 그릇을 정리하고는 주방으로 사라졌다.

"제 착각일지도 모르는데, 그란츠 씨와 미르티 씨 사이에……."

"뭔가 알아차린 것 같은 표정 짓지 마. 그리고 미르티는 내버려 둬."

과연. 아무래도 이곳에서도 여러 일이 있었나 보다.

"……그렇군요. 하아~."

"그래서…… 뭘 고민하고 있지?"

그란츠 씨가 따뜻한 차를 넌지시 내밀었다.

나는 차로 입을 축이고서 그 일에 관해 이야기하기 시작했다.

"최근에 어떤 여성한테서 답례로 키스를 받았는데…… 평소에는 그냥 큰 신세를 진 고마운 사람이라고 생각하던 분이라, 솔직히 너무 놀라서 말이죠……. 그것뿐이라면 모르겠는데, 그때 목격한 사람들이 하나같이 절 볼 때마다 놀려대기 시작해서…… 어찌나 부끄러운지……."

"오호~, 둔감 루시엘 공이~. 뭐, 수상한 사람이 아니라면 상관없지 않겠나? 지금껏 아무 일도 없었던 게 오히려 이상한 거라고."

그란츠 씨가 내 어깨를 두드리며 웃었다.

"둔감이라니……. 지금도 그다지 의식하고 있지는 않은데, 그런 걸까요……?"

지금 생각해도 딱히 둔감하게 군 기억이 없다. 정확히는 어떻게 살아갈지 늘 진지하게 고민하느라 다른 걸 생각할 여유가 없었다.

설마 누군가가 나를 좋아했던 건가?

그거야말로 있을 수가 없는데.

누군가의 호감을 벌어보고자 움직인 적이 없는데……. 아, 내가 말해놓고도 어쩐지 허무해지네.

"키스한 상대가 마음에 들지 않아?"

그란츠 씨가 그런 말을 했다. 무심코 생각에 빠져 대화 중이라는 걸 완전히 잊고 있었다.

루미나 씨……. 미인이고 늠름하고 웃음이 몹시 매력적이다.

그러나 연애 쪽으로는 어떨까? 상상해본 적이 없다.

"아뇨, 좋아하기는 해요. 존경할 수 있는 사람이라는 인식이지만요. 게다가 답례로 키스를 해줬을 뿐인데 방방 뛰는 것도 좀……."

그래. 이게 분명 내 본심이겠지.

"연애 감정으로 고민하다니 아직 파릇파릇하구만. 좋아하는지 싫어하는지 모르겠으면 일단 평소처럼 대하면 되잖아? 뭘 그렇게 고민하지?"

"……뭐, 여러 일이 있거든요."

바로 멜라토니로 가면 도망쳤다고 여길 테고, 루미나 씨와 대화하려고 하면 주변이 시끄러워진다.

답례 키스를 한 것뿐인데 소란을 떨다니, 무슨 사춘기 애도 아니고. 역시나 다른 사람들이 다 보는 앞에서 답례 키스를 받은 게 문제였다.

지금은 루미나 씨에게 끌리는 느낌이 그다지 없지만, 이건 시간이 흐르면 바뀔지도 모르는 일이다.

심장이 크게 뛰긴 했지만 금세 잦아들었고⋯⋯. 물체X의 효능 때문일지도 모르겠지만.

실제로 카트린느 씨가 했을 때는 두근거림도 없었고⋯⋯.

장래를 생각해봐도 용이나 정령과 관련이 있는 여성과 만날 수 있느냐 뿐만 아니라 연애 감정이 느껴지는 상대와 만날 수 있을지도 걱정이다.

그만큼 기량과 성격이 훌륭한 루미나 씨에게조차 전생 때와 같은 연심을 품은 적이 없다.

그러고 보니 나나엘라 씨와 모니카 씨에게서도 비슷한 감정이 싹튼 적이 있었지⋯⋯.

어라, 혹시 이거⋯⋯.

"이 막연한 기분이 사랑이라고 한다면 내 마음은 바람에 휘날리는 갈대 같지 않나? 이 심정을 그란츠 씨한테 말해봤자 알아줄지 무척 고민이네⋯⋯."

"이봐, 루시엘. 속마음이 죄다 밖으로 나왔다."

"예? 말이 나와버렸나요?"

"그래. 막연한 기분 부분부터 내게 무례한 발언까지 전부."

"⋯⋯죄송합니다."

딱히 뒤가 켕기는 것도 아닌데 왜 이렇게 고민해야만 하는 거지?

조금 후회가⋯⋯. 그래도 답례 키스를 피했다면 루미나 씨가 깊은 상처를 입었겠지.

뭐, 깨달았을 때는 이미 당한 뒤였으니 피할 수도 없었긴 하지만, 결국 피할 마음도 없었던 것 같기도 하다······.

"뭐, 그건 됐고. 그보다도 오늘은 뭘 하러 왔나?"

"오늘은 기분전환도 하고, 또 교황님께 허가도 받았기에 '변덕스러운 날'을 오랜만에 개최할게요."

"그럴 줄 알았지. 설마 연애 상담을 받을 줄은 몰라서 놀랐다고. 아, 그래. 다 끝나면 신작 레시피를 주지."

"감사합니다."

아직 만들어보지 못한 요리가 많지만, 난 요리를 좋아하니 기쁘다.

"환자를 들일 테니 먼저 지하로 가다오."

"예."

나는 모험가 길드 훈련장으로 향하기로 했다.

오랜만에 '성녀의 변덕스러운 날'이 개최되자 부상자뿐만 아니라 요통이나 관절통을 호소하는 환자들까지 속속 모여들었다.

나는 한 사람씩, 그리고 때로는 한꺼번에 치료해나갔다.

그리고 한숨 돌리고 있으니 라이오넬과 수행원들이 어느새 나를 호위하고 있다는 걸 깨달았다.

"대체 언제 온 거야?"

"루시엘 님이 길드 마스터와 연애 이야기를 하고 있었을 때부터지요."

라이오넬이 미소를 지으며 대답했다.

"전혀 알아차리지 못했어……. 못 됐네."

"줄곧 한눈을 팔고 있었으니까요."

"그렇다냥. 언제까지 토라져 있을 거냥. 그런 태도를 보이니 다들 루시엘 님을 키스한 거 가지고 놀려대는 거다냥."

"뭐? 그게 무슨 소리야?"

케티의 말이 마치 나 때문이라는 것처럼 들리는데.

"교회 수석 치유사와 성기사가 키스해서 화제가 되긴 했지만, 루미나 공은 이제 입방아에 오르내리지 않습니다."

"……어째서?"

케핀이 고개를 가로저으며 말했다.

"'그저 답례일 뿐인데?' 하고 고압적으로 대해서 자칫 입을 함부로 놀려서 심기를 어지럽혔다가는 큰일이 날 것 같은 인상을 심어줬겠죠."

루미나 씨가 당찬 건지, 아니면 내가 너무 소심한 건지 어느 쪽인지 모르겠다.

"……그럼 난 왜 놀림을 받는 거지?"

"아마도 무서운 분위기가 풍기지 않아서 그렇다냥."

그건 그저 단순히 나를 얕잡아보는 거 아닌가?

"그건 집단 괴롭힘이라고 생각하는데?"

"그만큼 사람들과 친밀하고 호감도가 높다고도 할 수 있습니다. 게다가 반응이 재밌어서 더욱 놀리는지도."

"케핀……. 알고 있었다면 진즉에 알려주질 그랬어."

"제 앞에 넘을 수 없는 벽이 있어서⋯⋯."

라이오넬과 케티인가⋯⋯. 하아~.

역시나 생각할 시간이 필요하다.

이번 일로 깨달은 것이 있었다. 내 안에서 사람들이 늘 나를 보고 있다는 의식이 흐릿해졌었다는 점이다.

키스를 받은 쪽이 희롱을 당한 이유 역시 그렇게 보였기 때문일 테고.

친밀하다는 건 이런 게 아닌 듯하다. 조금은 위엄을 세울 필요가 있을지도 모르겠다.

⋯⋯몸과 마음을 철저히 단련할 수밖에 없겠군.

"다른 얘기인데, 모레 멜라토니로 간다."

""""옙.""""

세 사람은 이유를 묻지도 않고 내 지시를 따랐다.

그때 그란츠 씨가 말을 걸어왔다.

내가 모험가 길드에 왔다는 소식을 들은 마폴로와 자브론이 운송업 계획서를 갖고 왔단다.

훑어보니 아직 어설픈 점이 많았으나, 얼마나 진지하게 생각하는지가 느껴졌다.

나는 두 사람에게 마차를 양도하면서 한 가지 조건을 걸었다.

그것은 모험가 길드의 무술 훈련에 정기적으로 참석하여 자신을 지킬 힘을 기르는 것이다.

두 사람은 승낙했다. 나는 두 사람에게 사람을 위해서 사업을 하겠다고 서약시킨 뒤 운영 자금을 건네주었다.

이 투자가 어떻게 되는지는 나도 모른다. 그저 누군가를 위해서 쓰이기를 바랄 뿐이었다.

그 뒤에 모험가 길드 식당에서 점심을 먹었다. 그러고는 해질 녘까지 라이오넬과 수행원들에게 자유행동을 허가했다.

그러자 세 사람은 모험가들과 교대로 모의전을 치르면서 인재 발굴과 지도를 했다. 그러면서도 내 호위도 빈틈없이 수행했다.

"세 사람 다, 모르는 사이에 모험가 길드에 너무 익숙해진 거 아냐?"

"우린 규율이 엄격한 군대에서 생활했었다냥. 옛날에는 모험가를 얕잡아본 적도 있지만, 이 생활도 즐거워졌다냥."

"그래? 슬슬 가고 싶은 데가 있으니 돌아가자."

"불러오겠다냥."

케티가 날아가듯 라이오넬과 케핀 곁으로 향했다.

"이 생활이 나쁘지 않다고……? 뭐, 성 슈를 공화국이 살기 좋긴 하지."

그래도 정말로 라이오넬, 케티, 케핀을 수행원으로 거느리는 게 옳은 걸까? 나는 늘 그렇듯 그 문제를 자문자답하면서 마도구 점과 슬럼가 식당에 가보기로 했다.

"이봐, 루시엘, 이걸 잊으면 어떻게 하나."

모험가 길드를 나가려고 하자 그란츠 씨가 새로운 레시피집을 넘겨줬다.

"고민이 들 때 요리를 하면 답답한 마음이 풀리지."

히죽 웃는 그란츠 씨에게서 평소 험상궂은 얼굴을 봐서는 상상할 수 없는 상냥함이 흘러넘쳤다.

"……루시엘 님은 아저씨들한테 인기가 많네요."

"으앗!! 에스티아?! 언제부터 있었어?"

"으음, 식당에서 그릇이 깨졌을 때부터 줄곧 옆에서 관찰하고 있었는데요?"

이봐, 그건 완전히 스토커 발언이라고 생각하는데…….

"에스티아는 저희와 함께 모험가 길드에 오지 않았습니까?"

라이오넬이 이상해하며 말했지만 나는 전혀 눈치채지 못했다. 이것도 암흑의 정령의 힘인가? 아니면 기척을 차단하는 스킬을 소지하고 있는 걸까?

그나저나 함께 왔다면서 지금까지 어디에 있었던 걸까?

"처음부터 따라왔다고? 전혀 몰랐는데?"

"기척을 지우고서 숨어 있었습니다. 다만 루시엘 님을 노리는 암살자가 오지 않아서 한가했습니다."

마치 그렇게 말하는 에스티아가 암살자처럼 보이지만, 그런 의미에서 우리 쪽에는 케티도 있으니까.

가르바 씨의 제자가 된다면 꽤 든든한 존재가 될 듯하다.

"그래, 고마워……. 근데 어째서 암살자가 날 노리고 있다는 전제로 얘기하는 거야?"

"그냥 어쩐지……?"

어둠의 정령이 말했다면 이유를 물어봤을 테지만, 애당초 이유를 알려줄 작정이었다면 직접 말해줬겠지.

"평범하게 호위해줘."

"알겠습니다."

"그란츠 씨, 또 몇 개월 뒤에 들리도록 할게요."

"······그래, 저기, 여러모로 고생해라."

"예."

단숨에 피곤이 몰려든 나는 리나의 마도구점에서 뭔가 위로가 될 만한 상품이 있기를 바라면서 모험가 길드를 뒤로했다.

16 제국의 환생자

리나라는 여자애는 아마도 전생자다.

나는 그녀가 운영하는 마도구점으로 향했지만, 어째서인지 그 가게 자체가 없어졌다.

성도에서 가게를 하려면 세금을 내야 하는데, 세금이 밀리면 가게를 몰수하는 경우는 있더라도 헐어버리지는 않는다.

더욱이 그토록 매상을 올리는 데 공헌했으니 가게가 망할 리는 없겠지.

그렇다면 이곳에 더 있을 필요가 없어서 떠났다고 봐야 하겠지.

"내가 다녔던 마도구점이 여기에 있었는데, 사라졌네."

내 입에서 그 말이 흘러나오자 케핀이 곧바로 정보를 수집하러 나섰다. 몇 분도 지나지 않아 소재를 확인하고 돌아왔다.

"여기가 비좁아서 성도의 다른 곳으로 이사한 모양입니다. 위치도 확인했으니 가시죠."

"그래? 안내를 부탁할게. ……아무도 딴죽을 걸지 않아서 묻겠는데, 왜 그렇게 히죽거리는 거야?"

조사하느라 몇몇 사람들과 접촉한 건 봐서 알고 있다.

그런데 케핀이 그토록 히죽거리는 모습은 처음이었다.

"수인은 성도에서 기피된다고 배우며 자랐습니다. 하프 수인이라면 더더욱이요. 제가 함께 있으면 루시엘 님께 민폐를 끼치리라 생각했습니다."

분명 성도에는 인족지상주의자가 많다고 들었으니 그럴 만도 하겠지.

"그런데 거리에 있는 분들은 제가 루시엘 님의 수행원임을 밝히지 않았는데도 제 말을 유심히 들어줬을 뿐만 아니라 '곤란한 일이 있거든 언제든지 오라'고 해줬습니다."

그게 기뻤던 거구나.

케핀이 그런 생각을 하고 있을 줄은 티끌만큼도 생각하지 않았다. 이건 내가 둔감하거나, 혹은 어리숙하다는 방증이겠지.

"미안해. 거기까지는 미처 생각이 미치지 못했어. 케핀이 차별을 당하지 않아서 잘 됐어."

"사과하지 마십시오. 사람들이 절 호의적으로 받아들여 준 건 분명 루시엘 님 덕분이니까요."

"고마워."

케핀만이 아니라, 이야기를 듣고 있던 케티도 마찬가지로 웃음을 지었다.

케핀의 긍정적인 성격에 위안을 받은 듯하여 나는 감사하는 마음을 전했다.

케핀이 알아 온 대로 길을 나아갔다. 그는 슬럼가가 아니라 주요 거리의 구석으로 안내했다.

이곳은 부자들도 모일 것 같은 입지였다.

"아무래도 여기인 모양이군요."

"……부지가 2배는 커졌네. 예전보다는 근사해지긴 했지만, 건물은 그대로이구나."

선행 투자한 만큼 가게 등급이 올라간 건가? 그렇게 생각하니 꽤 좋은 일을 한 것 같다는 생각이 머릿속에서 떠올랐다.

가게에는 라이오넬이 먼저 들어갔다. 그러자 예전에 방문했을 때도 있었던 말하는 골렘이 모습을 드러냈다.

그걸 보고 라이오넬이 공격 태세를 취했다. 그러나 부수면 안 되는 물건이기에 자중시켰다.

"경계할 거 없어. 저 골렘은 예전에 왔을 때도 가게에 있었거든. 뭐, 지난번보다 상당히 개량되고 말끔해지긴 했지만……."

〈어서, 오십시오. 마도구점 코메디아에, 오신 것을 환영합니다.〉

로봇처럼 더듬거리는 말투는 여전했지만, 주변을 둘러보니 진열된 상품 종류가 크게 바뀌었다. 그리고 새로운 상품들이 잔뜩 진열되어 있었다.

"어서 오세요. 마도구점 코메디아에 오신 걸 환영해요."

안쪽에서 목소리가 들려서 고개를 돌리니 접객하고 있는 점원이 있었다.

숫자는 적지만 손님도 있는 듯했다.

"예전보다 잘 나가고 있네. 참고로 여긴 내가 사용하고 있는 마도 스토브를 비롯해 모든 마도구를 산 가게야."

"오호. 그럼 꽤 괜찮은 물건을 건질 수 있을지도 모르겠군요."

"제작 방식에 따라서는 폴라와 리시안이 제작할 수 있을지도 모르니까냥."

"사고 싶은 게 있으면 말해줘. 전부 살 테니."

"""""엡.""""""

……네 사람의 목소리가 겹쳐졌다.

우리가 가게 안을 물색하면서 흥미가 있는 것을 찾고 있으니 접객하던 여성이 다가왔다.

"어서 오세요. 뭐 찾으시는 거라도 있나요?"

"예. 하지만 그전에 점주……, 저기, 리나 씨 계십니까?"

그러자 점원이 내 속내를 살피는 듯한 표정을 지었다.

점주를 부르는데 거부감이 느끼는 건가?

"리나 씨 말인가요?"

"예. 조금 물어봐야 할 게 있어서……."

나는 미소를 지으며 그렇게 말했다.

"……잠시만 기다려주세요."

점원이 하얀 로브를 두른 나를 의아하게 보더니 이내 관계자 외 출입금지라고 적힌 문 안으로 들어갔다.

"여기에 뭔가가 있는 겁니까?"

"어. 조금 조사해볼 필요가 있어. 뭐, 위험한 일은 아냐."

그로부터 잠시 뒤 응대를 해줬던 여성과 하얀 옷에 안경을 끼고 세미롱 머리를 한 리나 씨가 다가왔다. 지난번에는 단발이었는데.

"어서 오세요. 제게 무슨 볼일인가요? ……어라? 옛날에 상품을 잔뜩 사줬던 교회 사람?"

"예. 약 1년 만에 성도로 귀환해서 뭔가 새로운 마도구가 있을까 싶어서 왔습니다. 이전했다는 소리를 듣고 놀라긴 했지만."

"그런가요? 덕분에 그럭저럭 궤도에 올랐습니다."

내가 아니라 다른 누군가가 온 것으로 예상했는지 험악했던 표정이 온화하게 확 바뀌었다.

"만나자마자 질문부터 던져서 미안하긴 한데, 전에도 교회 관계자가 찾아왔습니까?"

나는 웃음을 거두고서 속내를 살피듯 물어보기로 했다.

아마도 미궁에서 언데드로 변한 그들이 이용했을 것이다.

"예. 다만 교회 관계자라고 해서 꼭 좋은 분이 아니라는 건 알고 있습니다."

대체 뭘 한 거지? 협박? 아니면 생떼?

"그런가요? 불쾌하게 했다면 대신 사과하겠습니다."

"아, 고개를 들어 주세요……. 뒤에 거느리고 있는 사람들이 엄청 무서워서……."

라이오넬과 수행원들이 위압감을 뿜어내고 있었다. 틀림없이 나에게 고개를 숙이게 한 교회 관계자에게 화를 내고 있겠지. 그런데 점원을 놀라게 해서 뭘 어쩌자는 거야……. 뭐, 나도 울컥한 건 사실이니 수행원들이 함께 화내줘서 기쁘긴 하지만…….

그래도 사과도 하고, 수행원들이 위압감을 뿜어내지 않도록 제지하자 신뢰를 어느 정도 회복했는지 경계를 풀어준 모양이다.

교황님께 이 사실은 보고해둘까.

"아아, 죄송합니다. 되레 신경을 쓰게 해버렸네요."

내가 가볍게 대꾸하고서 본론으로 넘어가려고 하자 그녀도 같은 마음인지 물음을 던져주었다.

"그래서 무슨 용건인가요?"

"새로운 상품들을 대강 설명해주셨으면 합니다. 아니면 설명이 적힌 양피지를 부탁합니다. 그리고 이거랑 이거 말인데 뭔가 아는 게 있습니까?"

나는 말을 마치고서 반지를 꺼내 리나 씨에게 내밀었다.

"아, 그건……. 손님께서는 교회에서 어떤 지위에 계시는 분인가요?"

"지위라고 해도…… 으음, 교황님과 약속을 잡지 않고도 만날 수 있는 정도?"

"루시엘 님은 교황님 직속, 교회 본부에서 실질적으로 두 번째로 높은 분이다."

"저기, 그렇다면 부탁이 있습니다."

안경을 매만지며 내 말을 확인한 그녀는 안심했다는 표정을 짓고서 느닷없이 요구를 해왔다.

혹시나 거짓말 감지 기능이 달려 있는지도 모른다.

그보다도 라이오넬의 말을 듣고도 부탁할 생각을 하다니 담력이 광장하네.

다른 사람 같았으면 움츠러들었을 텐데.

"뭔가요?"

"그 사람들이 더는 이 가게에 오지 못하도록 해주실 수 없을까요? 전 협박당하며 마도구를 제작하고 싶지는 않습니다."

애원하는 표정을 보니 정말로 간절하게 느껴졌다.

사실 이미 이 세상 사람이 아니니 가게를 방문하는 일은 두 번 다시 없을 테지만.

그나저나 이미 죽어버렸다고는 해도 교회 사람이 일반인에게 그런 짓을 했다가는 여론을 적으로 돌리게 될 텐데?

점주는 협박으로부터 몸을 지키는 수단을 마련하여 리스크를 확실히 관리해두고 싶은 건가?

"알겠습니다. 대신에……라고 하기에는 그렇지만, 이게 뭔지 알려줄 수 있습니까?"

"그건 마력을 소비하여 상태 이상 내성을 올려주는 도구입니다. 하지만 아직 시험 단계죠. 그자들이 제게서 빼앗아 갔던 물건입니다."

"그거 재난이었겠군요."

나는 그녀에게 반지 3개를 돌려줬다.

나머지 4개를 이대로 가지고 있도록 하자.

"돌려받아도 되는 건가요?"

"물론이죠. 그럼 근심도 풀렸으니 상품들을 설명해줄 수 있겠습니까?"

"아, 예. 그럼 무엇부터?"

"순서는 맡기도록 하지요. 다만 필요한 것은 모조리 살 예정이니 불필요한 군더더기는 빼고서 모든 상품을 설명해주세요."

내가 그렇게 말하자 리나 씨는 점원과 마주 본 뒤에 신나는 목소리로 상품을 안내하기 시작했다.

"감사합니다. 그럼 바로 설명해 드리죠."

리나 씨가 상품 설명을 시작하려던 찰나, 머릿속에 무언가가 떠올랐다.

"아, 잠시만요. 예전에 왔을 때 말했던 감정 스킬을 쓸 수 있는 안경이라고 했던가? 그거 완성됐습니까?"

"완성하지 못했어요. 아직 노력이 부족한 모양이에요."

"그렇군요…… 뭐, 그게 있으면 편리할 것 같다고 생각했을 뿐이니…… 설명을 계속해주세요."

점주가 설명을 재개했다. 나는 어떤 것을 살지 판단해나갔다.

살 게 생기면 점원에게 여러 개를 부탁했다. 그런데 이 쇼핑을 순수하게 즐기고 있는 사람이 있었다.

바로 에스티아다.

그림자처럼 움직이던 평소와 달리 적극적으로 나서서 상품에 관해 질문을 했다.

그리고 흥분한 에스티아가 내뱉은 폭탄 발언에 우리는 아연실색했다.

그 엉뚱한 질문이 갑자기 툭 튀어나온 건 쇼핑이 거의 끝났을 때였다.

"굉장해. 얘기로 듣던 게 다 있어요. 혹시 리나 씨는 환생자나 혹은 전이자로 불리는 존재 아닌가요?"

방금까지 청산유수처럼 상품 설명을 하던 리나 씨가 완전히 굳어버렸다.

"지금으로부터 5, 6년쯤 전 제국 시설에 있었을 때, 앨리스 언니가 와서 자기가 새로운 육체를 손에 넣은 전이자임을 알려줬습니다."

"지금…… 그 사람은?"

긴장하고 있는 듯하다. 목소리가 떨리고 있고, 기분 탓인지 안색이 창백하다.

"절 지키려다가 죽었습니다. 제국에서……."

그 충격적인 사실에 나와 리나 씨뿐만이 아니라 당시에 아직 장군이었던 라이오넬과 밀정이었던 케티도 경악을 감추지 못했다.

환생자의 존재가 세상에 드러나고 있다.

그럼 어째서 제국은 환생자의 정보를 이용하지 않는 거지? 그만한 자금력도, 치유 기술도 있을 텐데.

"그래요, 죽었군요……."

리나 씨가 낙담했다는 건 옆에서 봐도 알 수 있었다.

"앨리스 언니는 여러 가지를 이야기해줬습니다. 하늘을 나는 커다란 쇳덩어리나 여러 정보를 순식간에 조사할 수 있는 상자, 그밖에 여기서 설명을 들은 상품 중에 똑같은 것들이 많아서……. 그래서 혹시 리나 씨도 그렇지 않을까? 하고 생각했어요."

비행기에다가 컴퓨터? 아니, 그게 중요한 게 아니지. 환생자가 죽었다는 이야기는 나에게도 조금 충격적이다.

아마 리나 씨도 마찬가지겠지. 아까 전보다도 몸을 더 부들부들 떨고 있었다.

"……맞아. 분명 난 환생자일지도 모르지만 그게 뭐 어쨌다고? 당신이 그 사실을 알면 뭔가가 바뀌기라도 해?"

갑작스레 질문을 던지고 환생자 이야기를 한 것으로 보아 에스티아에게 뭔가 사연이 있으리라 생각한 나는 귀를 쫑긋 세웠다.

"그쪽 세계에는 수많은 이야기가 적혀 있는 서적이 존재한다고 알려줬습니다. 그중에서도 남자들의 우정이나 금단의 사랑을 그린 서적이 세계의 진리라고 들었습니다."

"""뭐?"""

아까 전까지 흘렀던 심각한 분위기가 확 바뀌었다.

앨리스 씨는 그쪽 취향이었던 건가? 아니면 그쪽 장르에 정통한 건가? 그다지 생각하고 싶지 않다.

"앨리스 언니가 그렇다고 하길래 세계의 진리에 흥미가 솟아서……."

"……그건 일반적인 얘기가 아니에요."

완전히 동의합니다. 그나저나 환생자 앨리스라……. 리자리아가 그런 취향을 가진 이유도 앨리스 씨에게서 배웠다면 설명이 될 것 같네.

"그런가요……."

"예. 분명 그런 서적을 애호하며 읽는 사람들도 있었지만……."

"과연……. 그렇다면 하늘을 나는 쇳덩어리나 말이 없이도 달리는 마차 같은 마도구는 제작할 수 있나요?"

질문이 휙휙 바뀌는군.

타고난 푼수인지, 아니면 평소에 그렇게 보이도록 가면을 쓰고 다니는 건지 모르겠다. 에스티아는 수수께끼다.

"……만들 수 있을지는 모르겠지만, 재밌을 것 같네."

"아직 만들지 않은 건가요?"

"그래. 애당초 그런 동화에나 나올 법한 도구를 제작하기에는 재료도, 스킬 레벨도 부족해요."

으음…… 리나 씨의 기술력과 발상력을 내가 잘 활용할 수 있지 않을까?

그렇게 머릿속으로 생각을 굴리고 있는데, 문득 정신을 차려보니 입을 열고 있었다.

"리나 씨는 개발에 흥미가 있습니까? 미래의 목표, 혹은 목적이 있습니까?"

그녀는 이쪽을 보더니 망설이지 않고 대답을 들려줬다.

"예. 있습니다."

그 뒤에는 에스티아를 무시하고서 이야기를 이어갔다.

"알려줄 수 없겠습니까?"

나는 그 뒤로 그녀와 잠시 이야기를 나눴다.

그리고 나는 환생자임을 밝히지 않고, 그녀를 동료로서 합류시켜야겠다고 결의를 굳혔다.

그리고 오늘 마지막으로 들른 곳은 사지우스 일행이 개업한 식당이었다.

슬럼가에 있으면서도 건물이 널찍하고 청결했다. 도저히 슬럼가에 있는 식당의 모습이 아니었다.

가게 안으로 들어가니 우리를 알아본 사람들이 순간 굳었다가 이내 목소리를 높였다.

"""S급 치유사님 아니십니까!"""

들어오자마자 무지 돌아가고 싶어졌다.

자리에 앉자 사지우스가 다가왔다. 아무래도 사지우스가 점장인 모양이었다.

"어서 오십시오. 루시엘 님과 그 수행원분들."

"평판이 제법 괜찮다고 하던데?"

"예. 이게 다 루시엘 님한테 붙잡히고, 발키리 성기사대 분들께서 정상참작을 해주신 덕분입니다."

역시 루미나 씨의 이야기는 하지 않는구나.

"그래서 정보꾼으로도 활동할 작정인가?"

"설마요. 여긴 식당입니다."

낯빛이 전혀 바뀌지 않았다. 그러나 틀림없이 그럴 작정이겠지.

다만 루미나 씨를 위한 조직 같다는 인식이 드는데.

"루미나 씨와의 과거는 들었어. 최대한 힘이 되어주고 싶어. 그리고 마음이 내킬 때 날 도와주면 좋겠고."

"……무슨 소리인지 모르겠지만, 제가 할 수 있는 일이 있다면 하겠습니다."

"그럼 추천 요리 5인분 부탁해."

"알겠습니다. 주문받았습니다~."

으음, 일단 저 구호는 바꾸는 편이 좋을 것 같군.

""""감사히 먹겠습니다.""""

사지우스가 내온 요리는 꽤 맛있었다.

오늘은 마음으로만 개점을 축하했지만, 언젠가는 대량으로 주문할 날이 있을 거라고 말한 뒤에 교회 본부로 돌아가기로 했다.

그때 사지우스가 고개를 숙이며 루미나 씨를 잘 부탁한다고 했다. 나는 그의 어깨를 두드리고서 가게를 나왔다.

그리고 그날 밤, 드란이 중요한 용건이 있다고 해서 묵고 있는 손님방을 찾았다. 세 사람은 마치 여행을 떠나려는 듯한 복장을 하고 있었다.

"무슨 용건인가 싶더니만, 성도를 떠날 생각이야?"

"그렇소. 원래 난 넓은 세계를 폴라한테 보여주고 싶었을 뿐이니."

"폴라와 리시안은 시장조사나 적정시찰을 이미 끝냈어?"

"마도구점 코메디아의 리나."

"아직 어설픈 점도 있지만, 루시엘 님만큼 발상력이 뛰어났어요."

과연. 두 사람은 그녀가 라이벌이 될 만하다고 여기고 있구나.

"그래서 록포드로 돌아가려고? 조금 더 느긋하게 지내다가 가면 좋을 텐데."

성도에 온 뒤로 드란 일행을 방치해서 죄책감이 굉장하다.

여러 일들 때문에 그들이 뒷전으로 밀렸기 때문이다.

"루시엘 공이 수행을 하고자 멜라토니에 간다는 얘기는 라이오넬 공한테서 들었소. 그럼 우리도 본업으로 돌아가는 것이 도리지."

"공부는 됐지만, 그만한 실력으로는 날 못 이겨."

"당연해요. 그래도 사실 마도구를 제작하려면 역시나 공방이 필요해요."

"알겠어. 문까지 배웅할게. 그리고 이걸 가지고 가도록 해."

나는 요 며칠 동안에 획득한 대량의 마석을 건넸다.

"역시 내 고용주."

"제 고용주이기도 해요."

"드란, 무슨 일이 있거든 마통옥으로 연락해. 언제든지 달려갈 테니."

"감사하오."

그리하여 드란 일행이 록포드로 돌아갔다.

"아, 리나 씨를 고용하게 될지도 모른다는 말을 깜빡했네……. 뭐, 상관없나?"

드란이 모는 마차를 바라보며 나는 그렇게 중얼거렸다.

17 마음 정리

드란 일행이 록포드로 돌아가고 이튿날, 나는 루미나 씨의 개인실로 향했다.

"그래서 할 얘기는?"

홍차를 끓여준 루미나 씨와 대면한 나는 현재 품고 있는 심정을 말로 똑바로 전하기로 했다.

"예. 단도직입으로 말씀드릴게요. 그때 답례 키스……, 대단히 기뻤습니다. 치유사가 된 뒤로는 그런 기회가 전혀 없어서."

예전에도 포옹을 받은 적이 있지만, 갑옷을 입고 있었기에 아팠던 기억밖에 없다.

"불쑥 찾아와 그런 말을 하니 부끄럽네."

뺨을 살짝 붉힌 모습을 보니 솔직히 귀엽다는 생각이 들었다. 어쩔 수 없는 일이지.

"죄송합니다. 그래도 확실히 전해야겠다 싶어서……. 전 루미나 씨를 존경하고 있습니다. 호의를 품고 있습니다."

"……그건 날 좋아한다는 의미인가?"

나를 지그시 쳐다보는 루미나 씨에게서 어렴풋한 불안감과 무언가가 엿본 듯한 기분이 들었다. 나는 얼버무리지 않고 말했다.

"예……. 하지만 솔직히 이게 연애 감정인지, 아니면 동료로서 존경하고 신뢰하는 마음인지는 저도 모르겠습니다."

"……그래서?"

"루미나 씨가 절 어떻게 생각하는지는 제쳐두더라도 제가 루미나 씨를 어떻게 생각하는지 진지하게 마주할 시간을 갖고 싶습니다."

이게 솔직한 심정이었다.

그저 착각일 가능성도 있지만, 루미나 씨에게는 성실한 사람으로 보이고 싶기에 어쩔 수가 없다.

더욱이 나나엘라 씨와 모니카 씨의 일도 있다.

"후훗, 역시 루시엘 군은 진지하구나. 본인의 마음을 일부러 보고하러 올 줄은 몰랐어."

"교회 본부에 줄곧 있을 거라면 숨겨도 괜찮겠다 싶었지만, 멜라토니에 가서 스승님 아래에서 여러 가지를 다시 배우기로 해서……."

"그런가……. 그럼 확실히 단련하고 오도록 해. 내게 이긴다면 원하는 것을 뭐든지 들어주지."

망상이 부풀어 오를 뻔했지만, 그보다도 이기는 것을 목표로 삼을 거라면 단 1초라도 헛되이 써서는 안 될 것 같았다.

"……이번 여정은 2개월쯤으로 예정하고 있으니 돌아오면 또 오겠습니다."

"음."

살짝 부끄러워하며 미소를 지은 루미나 씨는 황홀할 정도로 아름다웠다.

나는 루미나 씨의 표정을 머릿속에 보존하고서 이번에는 교황님의 개인실로 향했다.

허락을 받아 교황님의 개인실로 들어갔다. 교황님은 사람들을 밖으로 물리치자마자 입을 열었다.

"그래서 이번에 온 이유는 루미나 때문인가? 본녀는 괜찮다고 생각한다만 정령들이 어떻게 생각할지……."

입을 열자마자 그 소리가 나왔다. 나는 낙담하면서 이번에 방문한 용건을 전했다.

"크흠, 연애 이야기를 하러 온 게 아니라, 내일 멜라토니로 떠날 예정이라 그전에 교황님께 인사를 드리러 온 겁니다."

"뭐냐? 진지한 얘기였더냐? 시시하구나."

"대체 어디서 그 얘기를 들으신 겁니까?"

"그건 비밀이다."

"그렇습니까? 그리고 보니 어제 로자와 저, 그리고 수행원들이 쇼핑을 다녀왔습니다. 평소에 신세를 지는 교황님께 드릴 선물을 가져왔는데……."

"하아~, 알겠다. 어제 로자가 루시엘 일행과 쇼핑을 다녀온 뒤에 이곳을 들렀느니라."

"뭐, 그럴 줄 알았죠."

교황님의 귀에 그런 정보를 물어오는 사람은 대체로 카트린느 씨이지만, 실은 위생관리자로서 기사단의 건강을 관리하는 로자

씨도 교황님의 귀가 되어 있었다

그래서 로자 씨가 교황님께 보고를 드리고자 개인실을 방문한 적이 있다는 정보를 케티와 케핀이 포착해냈다.

어쩐지 로자 씨의 지위가 높아 보이네.

"루미나 씨와의 일은 시간을 들여 진지하게 생각해보겠습니다. 사귀느냐 마느냐를 정하는 문제는 물론 중요하지만, 앞으로도 제 목숨을 노리는 자들이 닥쳐올 테니……."

그 외에도 마음에 쓰이는 사람들이 있다고 말하면 여러 소리를 듣겠지?

멜라토니로 돌아가면 두 사람의 일도 진지하게 마주해야만 하겠지.

"정말로 진지하구나……. 그런 루시엘한테 포상이라고 하기에는 뭐하지만, 네르달에 방문하겠다는 뜻을 타진해뒀다."

"정말입니까? 감사합니다."

그렇다면 가까운 시일에 공중도시 네르달에 갈 수 있겠구나. 그렇게 생각하니 두근거리네. 이제 공격 마법을 쓸 수 있게 될지도 모른다.

그것이 기뻤다. 뭐, 폴라와 리시안에게 부탁하면 그런 마도구를 개발해줄지도 모르겠지만, 자신의 힘으로 마법을 쓸 수 있다면 전투가 아닌 상황에서도 요긴할 것 같고, 또 재밌을 것 같다.

더욱이 공격 마법을 배우면 생존 가능성도 오르겠지.

그렇게 생각하는 것만으로도 마음에 여유가 생겼다.

그런 기분이 들었다.

"그대가 쉽사리 죽어서는 곤란하다. 또한 잘 된다면 아버님 같은 존재가 될 수 있다고 나의 감이 말하고 있으니까."

내 모습을 보고서 웃는 교황님도 역시 아름답—— 물체X를 다시 마시기 시작한 영향이 발휘되기 시작한 것 같다.

"……정진하겠습니다. 멜라토니에 도착하면 연락을 올리겠습니다. 2개월쯤 뒤에 성도로 귀환할 예정이지만, 일정이 연기된다면 보고를 또 드리도록 하겠습니다."

"으음. 조심하도록 하여라."

"옙."

나는 간단히 인사를 하고서 교황님의 개인실을 뒤로했다.

내가 다음으로 향한 곳은 카트린느 씨가 호되게 당하고 있는 훈련장이었다.

"라이오넬, 지나친 거 아냐?"

"저렇게 만든 건 케티입니다. 아마도 카트린느 공과 케티의 실력이 엇비슷한 모양이지요. 보다시피 케티도 저런 상태이니."

"……엉망진창이네. 어라? 케핀은 어디로 갔지?"

"황급히 치유사를 부르러 갔습니다만."

케핀은 대체 얼마나 케티를 걱정하는 거야…….

나는 두 사람에게 엑스트라 힐을 발동했다.

"이 거리에서 확실하게 조준할 수 있다니……. 상당히 노력하셨겠군요."

"노력이라……. 당시에 나는 그저 죽고 싶지 않다는 일념으로 버텨왔다고 생각해. 그래서 노력이라기보다는 필요했기 때문에 쫓기다시피 아등바등했다고 해야 맞을지도 모르겠네."

"루시엘 님은 노력하는 재능과 지속하는 재능이 있군요."

라이오넬이 미소를 지으며 말했다.

그저 숙련도 감정 스킬이 있었기에 버틸 수가 있었던 거지만.

나는 마음속으로 그렇게 대답할 수밖에 없었다.

"내일은 아침 훈련을 마치고 아침을 먹고서 출발할 예정이니 모두한테 전해줘."

"알겠습니다."

나는 라이오넬에게 말하고서 미궁으로 걸어갔다.

시련의 미궁에는 원래대로 좀비가 돌아다니고 있었다.

출몰하는 마물의 숫자도 줄어들었다. 1계층을 돌아보니 한 번 만날까 말까, 하는 수준까지 감소했다.

"정화 마법을 쓸 수 있는 치유사라면 누가 와도 괜찮을 것 같네."

나는 그대로 미궁을 나아갔다.

10계층 보스방까지 가는 동안에 조우한 마물의 머릿수는 두 자리 숫자였다. 그러나 마물들이 조직화하여 출현하지는 않았다.

"보스방의 마물도 정화 마법으로 순식간에 제거할 수 있는데……. 이렇게 되면 또다시 같은 일이 벌어질 가능성이 있겠네."

내가 레벨1이었을 때 답파했다는 사실은 모를 테지만, 기사단

기사들은 내 실력을 알고 있다.

신관기사나 성기사와 모의전을 할 때 마법을 쓰면 이길 수 있지만, 순수하게 기량으로만 승부를 보면 이기기도 하고 지기도 한다.

그런 내가 혼자서 답파했을 정도니 악취와 사악한 기운, 레이스의 정신 간섭을 막아낼 수 있는 마도구가 있다면 다른 사람이 또 미궁을 답파해버릴지도 모른다.

그런 일이 벌어지면 누가 저지할 수 있을까……. 고민이 그칠 새가 없었다.

나는 미궁을 끝까지 답파하지 않고, 30계층까지 이상이 없음을 확인하고서 발걸음을 돌렸다.

마물을 쓰러뜨리고 마석을 회수하여 미궁을 나오니 매점에 사람이 있었다.

놀랍게도 그란하르트 씨가 카트린느 씨를 대신하고 있었다.

그란하르트 씨도 내가 있는 줄은 몰랐는지 순간 불쾌한 감정을 내비쳤다.

"고생하십니다. 그란하르트 씨가 어째서 이 매점에?"

"현재 제 직무입니다. 루시엘 님이 미궁을 한 번 답파하고서 S급 치유사가 된 뒤로 당연히 후임 퇴마사가 선출되었습니다. 그런데 그 직속 상관이 저였습니다. 루시엘 님도 아시다시피 전 규율을 준수한다면 자유를 허락하는 방임주의자입니다. 그러나 그 때문에 문제가 있었습니다. 같은 일을 두 번 다시 되풀이하지 않도록 미궁을 관리하는 것이 제가 할 수 있는 최대한의 속죄라고 생각했습니다."

그란하르트 씨가 유능하지만, 융통성이 없다는 건 알고 있다. 그런데 이 정도였나……. 카트린느 씨도 그렇지만, 자신이 자리를 비우면 이 교회에 어떤 손실이 생기는지 생각했으면 좋겠다. 뭐, 혼자 있고 싶다는 마음도 모르는 바 아니지만……. 적어도 기간을 정해달라고 나중에 교황님께 청하도록 하자.

"그렇습니까? 이번에 30계층까지 다녀왔는데, 그 누구와도 맞닥뜨리지 않았습니다. 허언이 아니라는 걸 서약이라도 할까요?"

"……필요 없습니다. 이미 당신이 어떤 사람인지 조사해봤습니다……. 어떻게 노력하여 그 지위에 올랐는지, 오른 뒤에는 무얼 달성했는지 모조리 알아봤습니다."

콧김을 씩씩거리며 말하는 그란하르트 씨를 보니 살짝 꺼려지긴 한다. 나는 인사를 하고서 마도 엘리베이터를 탔다.

"내 매점 담당자가 카트린느 씨여서 다행이네……. 만약에 그란하르트 씨가 담당자였다면 제시간에 돌아와야 한다는 서약을 맺게 해서 공략을 전혀 진행하지 못했을지도 몰라."

나는 안심하고서 라이오넬 및 수행원들과 저녁을 먹었다. 그러고는 오늘만은 느긋하게 자기 위해서 천사의 베개에 누워 잠을 잤다.

그리고 이튿날 아침, 멜라토니를 향해 출발했다.

18 첫 도적?

멜라토니를 향해 출발한 우리는 가도를 순조롭게 나아갔다. 그런데 저녁에 되자 에스티아에게서 이변에 벌어졌다.

이번 여정에서는 나와 라이오넬이 앞장을 섰고, 드란이 없어서 케핀이 마부석에 앉아 마차를 몰고 있었다.

마차 안에서 케티와 에스티아가 대화를 나누는 모습을 보니 오랜만에 평화로운 기분에 젖을 수 있었다.

그런데 하늘이 꼭두서니 빛으로 물들어 슬슬 묵을 만한 찾아볼까, 하고 생각하고 있으니 갑자기 에스티아가 마차에서 뛰쳐나갔다.

무슨 일인지 의아해하는 나를 아랑곳하지 않고 포레 누와르가 에스티아를 향해 뛰어갔다.

말인데도 말답지 않은 행동이었다. 그러나 포레 누와르는 무슨 일이 있든 내 짝꿍이니 그저 믿을 뿐이다.

그래서 나는 포레 누와르의 뜻대로 그대로 에스티아를 쫓아가기로 했다.

"에스티아! 대체 무슨 일이야?"

내가 외치자 에스티아의 몸이 순간 떨린 것 같았다.

"[……에스티아가 옛날에 살았던 곳과 지형이 무척 흡사하다.]"

그 목소리를 듣고서 어둠의 정령이 빙의했다는 걸 알아차렸다.

"저녁 해가 지는 거 말고는 별다른 일도 없는데 왜 에스티아와 교대한 거야?"

"[바깥을 보던 에스티아가 혼란스러워하기 시작했다. 고양이 수인이 걱정되어 말을 걸어주었지만, 대화가 점점 어긋나자 뛰쳐나가고 말았다.]"

노예가 되기 전이라면 아직 행복하게 살고 있었을지도 모를 시기인가…….

"에스티아는 권속이잖아? 그런데도 모르는 것도 있어?"

"[권속이라고 해서 에스티아의 모든 기억을 알고 있는 건 아냐. 미안하지만 시간을 조금만 주지 않겠나?]"

"물론 그건 상관없어. 조금 있다가 이대로 출발하도록 할게. 조금만 더 가면 마을에 나올 테니 오늘은 거기에 묵도록 할게."

"[고맙다.]"

어둠의 정령과 대화를 마치자 때마침 케티와 라이오넬이 다가왔다. 나는 에스티아의 과거에 관해 솔직히 말하기로 했다.

다만 정령 이야기는 빼고서…….

"에스티아는 유소년기 때 제국으로 팔려 갔다고 해. 그런데 팔려 가기 전 기억 속에 이곳과 흡사한 장소가 있었나 봐. 그 충격 때문에 두려워하는 것 같아."

"그건 어쩔 수 없다냥. 어렸을 적 기억은 충격이 클수록 정착되기 쉬우니까냥."

"혹시 멜라토니나 주변 마을에서 납치되었거나……, 팔렸을 가능성이 있는 게 아닐는지요?"

"아니, 에스티아는 멜라토니 치유사 길드에 머문 적이 있으니까 멜라토니는 아니라고 생각해."

"흐음. 길을 재촉해 마을에서 쉬도록 할까요?"

"그래. 밤에 마물이 나타나더라도 세 사람이 있으면 문제는 없을 테지만, 마을에서 쉬는 게 더 마음이 편할테니까."

에스티아에게 마차 안에 눕도록 권하고서 케티와 케핀이 마부석에 사이좋게 앉았다. 우리는 가도를 다시 나아가기 시작했다.

그러나 이변은 연달아 벌어지는 법인가 보다.

저녁 해가 완전히 질 무렵이 되어 마을에 도착했는데, 그 마을의 상태가 어딘가 이상했다.

"난 치유사 길드 교회 본부에 소속된 S급 치유사 루시엘이라고 한다. 촌장님은 어디 계신가?"

마을 입구에서 우리를 경계하고 있는 남자들에게 신분을 밝히자 초조한 기색을 내비쳤다. 그러더니 갑자기 두 사람이 눈알을 뒤집고서 쓰러졌다. 대체 무슨 일이…….

의아해하며 뒤를 돌아보니 마부석에 앉아 있던 케티와 케핀의 모습이 사라졌다. 아마도 두 사람이 마을 사람의 의식을 끊어낸 모양이다. 그런데 왜 그런 짓을 했는지 이유를 모르겠다.

"……어떻게 된 거야?"

아무리 미심쩍다고 해도 왜 마을 사람을 습격한 걸까? 나는 놀란 나머지 혼란스러워졌다.

그런 나를 타이른 것은 라이오넬이 아니라 포레 누와르였다.

느닷없이 양쪽 앞다리를 높이 쳐올리더니 뒷다리로만 섰다. 역시나 나는 반응하지 못하고 떨어졌다.

"아파! 갑자기 왜 그래……."

"부르르르."

"으음, 뭔지 모르겠지만 미안합니다."

일어서자 바로 코앞에 포레 누와르의 얼굴이 보였다. 화를 내고 있었다.

그렇게 느낀 뒤부터 나는 서서히 냉정을 되찾아갔다.

"라이오넬, 이건 혹시?"

"성 슈를 공화국 내에서는 드문 일인 것 같습니다만, 아무래도 도적이 출몰한 모양이군요."

설마 도적들이 이 마을을 지배하고 있을 가능성이 있다는 건가.

"성 슈를 공화국 내에서 늘어나는 추세인 건지, 아니면 타국에서 온 건지, 판단하기가 어렵네."

"성 슈를 공화국은 치안이 굉장히 좋은 편입니다. 제국에는 군대를 보내야 할 정도로 규모가 큰 도적도 있었습니다."

라이오넬이 나에게 알려주면서 말에서 내렸다. 그러고는 나에게 밧줄을 달라고 하더니 도적을 포박하기 시작했다.

*

마을의 이변을 가장 먼저 알아차린 케티와 케핀은 마을 상황을 확인하고자 움직였다.

그러나…….

"아직 초저녁인데 마을 사람은커녕 도적의 모습도 보이지 않는다니, 아무리 그래도 이상해……."

"도적이 마을을 지배한 지 오래돼서 그런 가능성도 있지 않을까?"

케티는 케핀의 말을 듣고서 어이없다는 표정을 지었다.

"그럼 마차가 보인 시점에 망을 보던 자가 알렸겠지. 그런데 이렇듯 마을을 당당히 돌아다녀도 우리한테 접촉해오는 사람이 없잖아. 명백히 이상해."

"그건 확실히……. 기척은 느껴지지만, 마치 우리가 눈에 보이지 않는 것처럼……."

케티는 케핀의 말을 들은 순간 마을 사람들이 노예가 되었거나, 어둠 마법으로 매료되어 조종당하고 있을 가능성이 크지 않을까? 하는 생각이 떠올랐다. 그리고 이내 그런 상태 이상을 회복할 수 있는 루시엘의 얼굴이 떠올랐다.

"평범한 도적이라면 퇴치해도 아무 문제가 없겠지만, 이 상황은 우선 루시엘 님한테 보고해야만 해."

케핀도 케티의 생각에 이의가 없었다. 두 사람이 마을 입구로 돌아가려고 했을…… 때였다.

시야에 보이는 집마다 마을 사람들이 뛰쳐나오더니 두 사람의 머리 위로 칠흑 같은 마법이 쏟아졌다.

*

  서서히 소란스러워질 줄 알았는데 여전히 마을 사람은 나올 기미가 없었다. 그리고 케티와 케빈이 붙잡힌 것 같은 낌새도 느껴지지 않았다.

  "루시엘 님, 에스티아를 깨운 뒤 마차를 마법 주머니에 넣어주십시오. 마차가 화살이나 마법의 표적이 될 겁니다. 그리고 말들을 은자의 마구간으로 피신시키는 편이 좋겠습니다."

  "……알겠어. 포레 누와르. 내일 또 부를 테니 안으로 들어갈래?"

  그러나 포레 누와르가 고개를 가로저었다.

  그 눈에는 결의가 깃들어 있는 것 같았다.

  "하아~, 그럼 마차가 걸림돌이 될 테니 에스티아를 네 등에 태워도 될까?"

  그러자 고개를 홱 숙였다.

  아무래도 타협을 보기로 한 모양이다.

  "루시엘 님! 적이 바깥에도 있을지도 모릅니다."

  라이오넬이 걱정하는 마음은 알지만, 나는 마차 안에 있는 에스티아를 불렀다.

  "에스티아. 도적이 나타날지도 모르니 포레 누와르와 함께 있어."

  "예."

  뭐, 에스티아가 위험해지면 어둠의 정령이 도와주겠지. 라이오넬의 배틀 포스와 마차를 끌던 말을 은자의 마구간에 넣었다. 그러고는 마차 본체를 마법 주머니에 넣으려고 했는데, 그때 도적이 눈에 들어왔다.

"라이오넬, 마차는 가볍기도 하고, 또 도적들을 모아둘 공간도 필요하니 있는 편이 좋지 않을까?"

"과연."

라이오넬이 고개를 끄덕이자마자 포박한 도적을 마차 안으로 굴렸다.

"라이오넬, 포레 누와르는 이대로 같이 갈게. 만약에 적이 오더라도 포레 누와르라면 알아차릴 테니까. 만약에 다치면 벌로 멜라토니에 지내는 동안에는 은자의 마구간에 가둬두어야지."

"훗…… 어쩔 수가 없군요."

라이오넬과 타협을 봤다. 포레 누와르는 매우 복잡한 심경인 듯했다. 자, 해가 저물었으니 이제부터는 어둠의 정령에게 잠시 의지하기로 할까.

"그나저나 라이오넬. 이런 경우에는 가만히 기다리는 편이 나을까? 아니면 촌장의 집으로 가는 편이 나을까?"

"루시엘 님은 촌장의 집이 어딘지 아십니까?"

"어. 이 마을에는 여러 번 온 적이 있거든."

"그럼 그 촌장의 집으로 가도록 하지요. 어쩌면 도적 두목이 있을지도 모르니까요."

"알겠어."

"다만 말과 마차를 집어넣지 않으면 도중에 발각될 겁니다."

"하아~, 성가시네. 라이오넬, 정공법으로 가자. 발각된다면 정면에서 격파해버리면 되잖아. 케핀과 케티였다면 적을 기절시키면서 나아갔을 테지."

"알겠습니다."

나는 에어리어 배리어를 발동한 뒤 마을 안으로 나아가기로 했다.

마을 안에는 전투를 벌였던 흔적이 없었다. 그런데 날이 저물도록 등불을 켜는 집이 한 곳도 없었다.

"……어딘가에 몰아놓은 건가?"

"그렇겠군요. 다만 싸운 흔적이 없다는 것이 마음에 걸립니다만……."

우리는 의문을 품으면서도 촌장의 집이 있는 방향으로 나아갔다. 그러자 등불이 보이기 시작했다.

"케티와 케핀의 모습이 보이지 않는 것도 마음에 걸리는데……."

"그 두 사람을 붙잡을 만한 도적이라……. 상당한 실력자 이거나 웬만한 규모가 아니고서는 그 두 사람을 이길 수가 없을 터인데……."

더 가까이 다가가니 환호성과 비슷한 소리가 들려왔다. 자세히 보니 기억 속에 있는 촌장의 집 앞에서 연회가 벌어지는지 왁자지껄했다. 그런데 그 연회는 보통이 아니었다.

마을 사람들이 동그랗게 에워싸고 있는 가운데에 케티와 케핀의 모습이 있었다. 더욱이 마족처럼 뿔과 꼬리, 검은 날개가 달린 이형의 생물이 공중에 뜬 채로 칠흑 마법으로 케티와 케핀을 공격하고 있었다. 두 사람은 필사적으로 피하고 있었다.

나는 조금 초조해하면서 마을 사람들의 환호성은 들리는데 어째서 전투하는 소리는 들리지 않는지 의문을 품었다. 그러나 우선은 두 사람을 돕기 위해서 라이오넬에게 먼저 가라고 했다. 라이오넬도 금세 상황을 파악하고서 움직였다.

"저게 마족이라고 가정한다면 언데드한테 통하는 마법이 마족한테도 통할 것 같아?"

"마족은 광속성, 성속성 마법에 약할 겁니다. 생추어리 서클을 발동하면 약화할 수는 있을 겁니다."

"그럼 효과가 가장 뛰어난 생추어리 서클을 마족한테 발동할 테니 시선을 최대한 끌어줘."

"알겠습니다. 먼저 갑니다."

"어. 저 두 사람을 지켜줘."

"옙."

라이오넬이 고함을 지르며 마족에게 돌진했다.

"루시엘, 언니, 만약에 생추어리 서클을 발동했는데도 인족이 원래대로 되돌아가지 않는다면 내가 마법을 쓴다. 그때 에스티아의 몸을 부탁해."

내 귀에 어둠의 정령이 빙의한 에스티아의 목소리가 확실히 들렸다. 그러나 그 말에 대답할 수는 없었다.

그 이유는 날아다니고 있는 마족을 조준하여 생추어리 서클을 마법진 영창으로 이미 발동했기 때문이다.

푸르께한 빛이 어둠을 밝히며 연회장 전체에 퍼져나갔다. 빛이 소용돌이친 순간 마족이 울부짖는 소리가 들려왔다.

나는 마차를 몰아 마족의 울부짖음이 들린 쪽으로 갔다. 그러자 그곳에는 시체들의 산……이 아니라 조종당했던 마을 사람들이 일제히 쓰러져 있었다.

"헉헉……, 루시엘 님, 살았습니다. 저 녀석이 저흴 가지고 놀지 않았더라면 솔직히 위험했습니다."

자세히 보니 케티와 케핀은 무언가에 에인 듯한 상처가 있었고, 가세한 지 얼마 안 된 라이오넬은 들고 있던 대형 방패를 잃어버렸다.

"마족이 고통스러워하자 이내 모든 마을 사람들이 동작을 멈췄다냥. 마을 사람들이 마족의 방패로 이용당하지 않는 틈을 노려 셋이서 공격하여 겨우 끝장을 낼 수 있었다냥."

케티의 얼굴에도 땀이 비 오듯 흐르고 있었다. 꽤 강적이었음을 알 수 있었다. 그와 동시에 케티와 케핀이 마을 사람들의 목숨을 우선하여 싸웠다는 사실에 가슴이 뜨거워졌다.

"이만한 힘을 가진 마족이 제국을 나와서 성 슈를 공화국 안에 있는지 마음에 걸리네요."

그렇다. 성 슈를 공화국 안에는 약한 마물만 나오도록 하는 결계가 있다고 들었다. 그런데 두 사람이 고전을 면치 못했다. 지금껏 케티와 케핀이 고전했던 상대는 적룡뿐이다. 마족이 상당히 강하다는 의미였다.

더욱이 라이오넬이 들고 있던 대형 방패는 그란드 씨와 드란의 역작이다. 그런 방패를 잃어버렸을 뿐만 아니라 왼팔이 이상한 방향으로 꺾여 있다. 그래서인지 라이오넬은 마족에게서 시선을 떼지 않고서 생각에 잠겨 있었다.

세 사람이 끝장을 낸 마족은 사람과 비슷한 크기였다. 얼굴 생김새도 별로 차이가 없었다.

아까 멀리서 본 대로 머리에는 뿔이 나 있고, 엉덩이에는 수인처럼 꼬리가 나 있었다. 가까이서 보니 팔과 다리 끝부분이 용인처럼 강고한 비늘에 덮여 있다.

"용케도 이런 거랑 싸웠네. 외모는 사람과 거의 비슷하군."

죽었어도 존재감을 드러내는 마족의 시체를 마법 주머니에 넣었다.

조금 경계했지만, 주머니 안으로 수월하게 들어가서 비로소 안심할 수가 있었다.

"마을 사람들이 일어나면 그 마족과 제국에 관한 얘기를 들을 필요가 있겠네. 일단은 치료부터 하자."

"부르르르."

내 옆으로 온 포레 누와르가 의식을 잃은 에스티아의 몸을 나에게 맡기려고 하는 것 같았다.

"어둠의 정령이 힘을 빌려줬나……."

내가 중얼거리자 포레 누와르만이 듣고서 고개를 끄덕였다.

현장에서 실제로 전투를 보지는 못했지만, 어둠의 정령의 힘이 마을 사람들을 쓰러뜨린 듯했다.

라이오넬을 비롯한 수행원들에게는 혹시 몰라서 최상급 회복 마법, 정화 마법, 상태회복 마법을 차례대로 걸었다. 마을 사람들에게는 리커버와 디스펠을 걸었다.

19 마족의 수수께끼

마족이 있던 자리와 마을 사람들이 조종당했던 자리 등을 수색했지만, 어째서 이 마을에 마족이 있었는지 추측해볼 단서는 남아 있지 않았다.

"……혹시 내가 생추어리 서클을 발동했기 때문에 어둠의 파동이나 저주가 사라진 건 아니겠지?"

내가 불안감을 해소하기 위해서 말하자 세 사람이 활짝 웃으며 말했다.

"글쎄요……. 루시엘 님이 마법을 발동한 뒤에 마족의 몸을 그토록 농후하게 휘감고 있던 사악한 기운이 싹 사라진 것처럼 보였습니다. 성속성 마법이 싹 날려버렸다고 해도 지나친 말은 아니겠지요."

라이오넬이 기뻐하는 듯한 얼굴로 손바닥을 펼친 채 고개를 가로저었다.

나는 질문을 할 상대를 잘못 택했음을 깨달았다. 그나저나 멀리서 봤을 때는 몰랐는데 사악한 기운을 휘감고 있었나…….

"뭔지 모를 의식을 치르기 전에 해치웠으니 분명 괜찮을 거다냥. 진상이 해명되지 않더라도 루시엘 님 탓이 아니다냥."

애당초 어떤 흔적이 있었는지 조사할 수가 없게 돼버린 건 전부 내 책임이다.

"그렇습니다. 그토록 강적과 대적한 건 적룡 이후로 처음이었습니다. 마족이 전투 중에 저희를 가지고 놀지 않고, 그리고 루시엘 님과 라이오넬 공이 달려오지 않았더라면 지금쯤 케티와 저는 시체가 되어 있었겠지요."

내 낯빛을 읽었는지 케핀만이 내 편을……. 방금 한 발언을 들어보니 마족이 라이오넬보다도 더 강하다고 말한 것처럼 들렸다.

"케핀, 루시엘 님을 조금 더 골렸어야 했다냥."

케티가 웃으면서 케핀의 이야기를 흘려버리려는 것처럼 보였다.

마족이 전투 중에 놀면서 입힌 부상이 저 정도라면 정말로 케티와 케핀은 죽었을지도 모른다. 그 사실이 내 마음을 뒤흔들었다.

"아무래도 마을 사람들이 깨어나기 시작한 것 같아서."

케핀의 말을 듣고서 마을 사람들 쪽으로 시선을 돌렸다. 마을 사람들이 몸을 뒤척이는 모습이 눈에 들어왔다.

"……저들한테 이 상황이 어떻게 비칠지는 모르겠지만 검은 검집에 넣어줘."

나는 그렇게 말하고서 에어리어 배리어를 다시 쳤다.

이렇게 해뒀으니 만에 하나 기습을 당하더라도 일격필살이 아닌 한 죽지는 않겠지.

그렇게 생각하면서 말을 건넸다.

"여러분, 괜찮습니까?"

몇 번쯤 말을 걸자 마을 사람들이 잇달아 깨어나기 시작했다.

"전 치유사 길드 소속 S급 치유사 루시엘입니다. 정신이 듭니까?"

내가 연거푸 말을 걸자 서서히 효과가 나타나기 시작했다. 마을 사람들의 의식이 서서히 깨어났다.

그리고 내 모습을 보자마자 얼굴이 창백해졌다.

"루시엘 님?! 언제 오셨습니까?"

"루시엘 님이시다!"

"수행원분들도 계셔!"

한 사람이 각성하자 잇달아 마을 사람들이 각성했다. 무슨 영문인지 그들이 내 앞에서 넙죽절을 했다. 아무래도 내 얼굴을 기억하는 마을 사람들이 있는 듯하다.

"절은 됐습니다. 제가 이 마을을 방문한 지 한 시간도 채 지나지 않았어요. 마을 입구에서 이변을 알아차리고서 달려왔더니 여러분들이 마족의 손에 조종당하는 광경을 목격했습니다. 그래서 마족을 쓰러뜨리고서 서둘러 회복 마법으로 치료했습니다. 대체 여기서 무슨 일이 있었던 겁니까?"

내가 묻자 한 남자가 이쪽으로 걸어와 내 앞에서 다시금 넙죽절을 했다.

그가 이 마을의 촌장임을 기억해냈다.

"실은 아이들이 저의 집에 인질로 붙잡혀 있습니다. 저흰 마족이라 자칭하는 남자한테 협박을 당해……."

"협박이라고요?"

"……의식을 치르라는 명령을 들은 뒤부터 기억이……. 으~음."

촌장이 곤혹스러운 표정을 지었다. 연기를 하는 것처럼 보이지 않았다.

거짓말에 민감한 포레 누와르도 반응을 보이지 않았다.

"자초지종을 아시는 분 없습니까? 모두가 일제히 최면 상태에 빠졌을 리는 없을 텐데요?"

그러나 아무도 손을 드는 자가 없었다.

케티와 케핀조차 가지고 놀았던 마족이다. 마을 사람들을 일제히 조종하는 것도 가능할지도 모르겠네…….

"알겠습니다. 촌장님은 집을 보고 와주세요. 케티와 케핀은 촌장님과 함께 집 안에 있는 아이들이 어떤지 보고 와줘. 마물이 되었다면, 성불시켜줘."

"'엡.'"

케티와 케핀이 촌장의 집으로 가는 것을 확인하고서 마을 사람들이 언제부터 기억이 잃었는지 확인하기로 했다.

다행히도 마을 사람들이 살아 있어서 상황을 들을 수가 있다. 멜라토니로 가길 잘했다고 생각하면서 질문을 개시했다.

"피곤하신 줄은 알지만, 언제부터 조종당했는지, 전후 기억을 알려줄 수 있겠습니까? 마족이 아이들을 붙잡은 과정을 기억나는 대로 알려주십시오."

마족이 어째서 이 마을에 잠복하고 있었는지는 모르겠지만, 누군가가 끌어들인 것만은 틀림없다고 생각했다.

그러나 그 예상을 뒷받침하는 증언은 없었다.

증언은커녕 아까 마족에게 협박당했다는 촌장의 말을 이해하지 못하겠다고 이구동성으로 말했다.

"이 상황은 그때와……."

나는 최근에 이 현상을 눈으로 본 적이 있었다.

그래. 드워프 왕국에서 어둠의 정령의 힘이 사용된 직후다.

그러나 그때는 모두가…… 내성이 있는 나를 제외하고는 어둠의 파동 때문에 기억이 조작되었다.

"라이오넬, 촌장의 집으로 가. 여러분들은 대기해주세요."

나는 라이오넬의 뒤를 쫓아가지 않고, 그 자리에서 환상 지팡이에 마력을 주입했다. 그리고 단숨에 생추어리 서클을 발동했다.

그 순간, 폭발음이 들리더니 무언가가 촌장의 집에서 마을 입구 쪽으로 날아갔다.

그리고 그대로 공중으로 날아오르려고 했다. 그러나 라이오넬이 대검을 휘두르자 지금껏 본 적이 없는 화염 소용돌이가 그 무언가를 격추했다.

"이제 능수능란하게 다루는구나. 그런 것까지 가능할 줄이야. ……잠깐, 설마?"

나는 중얼거리면서 모여 있는 마을 사람들에게도 생추어리 서클을 발동했다.

그러자 마을 사람 하나가 고통스러워하다가 갑자기 도망치기 시작했다. 그자에게서 사악한 기운이 농후하게 느껴졌다.

"정말로 아직 남아 있었을 줄이야……."

나는 그자가 본능적으로 위험한 존재라는 걸 깨달았다. 정신을 차려보니 마력을 주입한 성룡의 창을 전력으로 투척하고 있었다.

생추어리 서클로 사악한 기운이 흩어지자 마을 사람이 뿔과 꼬리가 나 있는 기이한 모습으로 변했다. 그 직후에 내가 투척한 성룡의 창이 그자의 가슴을 꿰뚫었다. 그는 절규하고서 제자리에서 멈췄다.

마을 사람들이 갑작스러운 내 행동에 엄청 혼란스러워했다. 비명을 지르는 사람도 있었다. 그러나 내가 무기를 환상검으로 바꿔서 마족으로 변한 마을 사람의 사지를 잘라내자 이윽고 비명조차 지르지 않았다.

나도 놀랄 만큼 몸이 자연스레 움직여졌다. 조종당하는 기분이 들었지만, 위기감에 각성한 듯한 기분도 들었다.

"자, 마족이여. 어째서 성 슈를 공화국의 마을에……, 그것도 중심부에 가까운 마을에 온 거냐?"

"커헉."

그가 피를 토했지만 나는 전혀 아랑곳하지 않았다. 사지에 힐을 걸자 상처가 조금씩 회복되었다.

마족에게도 회복 마법이 통하고, 정화 마법과 상태회복 마법도 효과가 있음을 알았다. 그리고 언데드 속성과는 다르다는 것도 알았다.

"난 성기사가 아냐. 그래도 마을을 이리도 간단히 짓밟으려고 하는 마족이 있다면 쓰러뜨리는 것도 사명이라고 생각해."

"헉……헉, 그럼 죽이면 되잖아."

"살고 싶지 않은 건가?"

"큭큭큭……, 이 정도 부상이라면…… 어차피…… 죽어."

"마력을 폭발시키기 전에 가슴의 마석을 끄집어낼 테니 자폭은 권하지 않겠어. 그리고 죽지 않게 할 수도 있다고."

내가 팔과 다리가 잘린 부분에 힐을 걸자 출혈이 멎었다.

"난 딱히 마족한테 원한이 없어. 설령 공존할 수 없다고 해도 간섭할 생각은 없어. 애당초 용사가 없는 이 시대에……, 마왕이 없는 이 시대에 전쟁을 벌여서 어쩌려고?"

"그렇다면 어째서, 동포를 죽였지?"

"그걸 말이라고 하는 건가? 내가 마족이 다스리는 땅에 가서 마을을 통째로 세뇌하면 넌 어쩔래?"

"……."

"지키기 위해서 싸웠을 뿐이다. 내게 튄 불똥을 털어냈을 뿐인 거지. 흠, 보아하니 넌 순수한 마족이 아니군."

"……."

"혹시 제국의 실험시설에 있었던 자인가?"

"?!"

그러자 그의 얼굴에서 핏기가 싹 가셨다.

"해가 되는 짓은 안 할 테니까……. 아니?! 미들 힐, 하이 힐!"

영창파기로 회복 마법을 걸었지만, 그 마족에게는 통하지 않았다.

"어째서 듣질 않는 거지? 설마 목숨을 잃는다는 서약보다도 더 고약한, 저주 같은 것에 걸린 건가?"

아니, 단순한 저주라면 아까 디스펠을 발동했을 때 풀렸어야 한다. 이건 나보다 마족을 잘 아는 어둠의 정령에게 물어봐야할 것 같다.

소곤거리는 목소리가 하나둘씩 겹치더니 주변이 술렁이기 시작했다.

바로 그때 새카맣게 타버린 시체를 든 라이오넬과 다친 케티, 케핀이 돌아왔다.

"……이쪽에도 아직 남아 있었습니까?"

"어. 라이오넬이 없어서, 생추어리 서클을 발동시켜 고통에 겨워할 때를 노려 단숨에 기습하여 쓰러뜨렸어. 그쪽은 뭔가 알아낸 게 있나?"

나는 에어리어 하이 힐을 영창하여 세 사람을 회복시킨 뒤에 추가로 상태회복 마법을 영창하면서 이야기를 들었다.

"아뇨, 대신에 아이들은 무사했습니다. 어디론가 끌고 갈 작정이었던 것 같습니다만……."

"알겠어. 나중에 다시 얘기하자."

"옙."

나는 마을 사람들 쪽으로 몸을 돌려 한 사람씩 얼굴을 확인하면서 입을 열었다.

"여러분, 마족은 쓰러졌으니 자택으로 돌아가도 됩니다. 전 오늘 촌장의 집에 있을 테니 무슨 일이 생기거든 불러주세요."

모든 것을 다 잊어버렸다면 사정청취를 해본들 소용없다. 오히려 불신감만 줄 거다.

촌장의 집에 있는 것이 바람직하다고는 생각하지 않지만, 마을 사람 중에는 내가 치료했던 자도 있을 테니 이야기 정도는 할 수 있겠지.

나는 그렇게 생각하고서 우선 아이들부터 부모 곁으로 돌려보내기로 했다.

촌장의 집에 등불을 밝히고서 아이들이 다 돌아갔는지 확인한 뒤에 한숨을 돌리기로 했다.

"이 참상은 대체?"

전투가 벌어졌다는 걸 알겠지만, 정말로 지독한 광경이었다.

"안내를 받고자 데리고 갔던 녀석이 배후에서 습격했다냥."

"제법 위험했습니다. 푸르께한 빛이 서린 뒤에 마족이 고통에 겨워하지 않았더라면 죽었을지도 모릅니다."

"두 사람이 그 노인으로 의태(擬態)한 마족한테 공격을 가하는 순간에 배후에서 달려들어 베었습니다."

이야기의 흐름으로 보아 노인은 촌장을 말하는 거겠지.

"라이오넬 님이 공격해줘서 어떻게든 살아남았다냥. 다만 그 뒤에 집이 불타올라 조마조마했다냥."

"둘이서 불을 끄고 있었는데 갑자기 지붕이 날아가서 놀랐습니다."

"맞아!! 예전에 봤을 때보다 위력이 올라갔네."

"교회 기사단의 기사 중에 무기 마니아가 있어서 여러모로 배웠습니다."

"누구인지는 몰라도 용케도 알려줬네……."

라이오넬에게 말을 거는 것만으로도 용기가 필요했을 텐데.

"루시엘 님의 수행원이라서 알려준다고 했습니다. 교회의 위신을 되찾기 위해 애쓰는 자의 수행원이라면서 자랑스럽게 웃더군요."

"난 그저 운이 좋기만 한 겁쟁이일 뿐이지만 말이지. 자, 저녁이나 먹을까?"

"""엡."""

저녁을 준비하기 전에 의식을 잃은 에스티아를 촌장네 침대를 빌려 눕혔다.

포레 누와르도 아까 전까지는 바깥에 있었지만, 은자의 마구간 안에 수용했다.

그리고 마차 안에 들어 있던 남자들은 깨운 뒤에 더는 나쁜 짓을 하지 않겠다는 서약을 맺게 하고, 마족이 아니라는 걸 확인하고서 풀어주기로 했다.

나는 탁자에 정화 마법을 발동한 뒤에 저녁밥을 차렸다.

"저녁을 다 먹으면 촌장의 집을 정리하면서 수색하자."

"""엡."""

그리고 배를 채우기 위해서 저녁이 차려진 탁자에 둘러앉았다.

저녁을 다 먹은 뒤 바로 행동에 나섰다.

"케티와 케핀은 첫 전투 때 뭔가 마음에 걸렸던 점이 없었어?"

"미심쩍다기보다는 어쩐지 사위스럽게 세공된 지팡이를 들고 있었고, 항아리가 있었다냥."

지팡이에 항아리라……. 무슨 의식인가?

"……그런 게 있었어?"

"루시엘 님의 마법이 발동되자 지팡이도, 항아리도, 마법진도 사라져갔습니다."

"마법진?"

혹시나 성속성에 반응했을지도 모른다. 아니면 강력한 생추어리 서클이 증거를 비롯해 모든 것을 지워버렸거나…….

그러나 위력을 조절할 수는 없었다……. 지금은 그렇게 생각할 수밖에 없겠네.

"지금까지는 발견한 게 없었습니다. 내일 아침에 다시 수색해 볼까요?"

라이오넬의 목소리에 정신을 되찾고서 이야기를 계속했다.

"그래. 또 마음에 걸렸던 점은?"

"그러고 보니 촌장이라고 주장하던 남자를 아무도 수상하게 여기지 않았습니다. 아무래도 촌장의 모습으로 의태한 것 같습니다."

"그건 나도 마음에 걸렸어. 그래도 포레 누와르가 구별해내지 못하다니 지금껏 그런 적은 없었어. 위장한 도적도 알아차린 포레 누와르가 판단하지 못한 것으로 보아 냄새까지 흉내 냈을 가능성도 있겠어."

"알 것 같다냥. 나와 케핀도 냄새나 감각으로는 알아차리지 못했다냥."

그러나 정령일지도 모르는 포레 누와르가 알아차리지 못했고, 수인인 케티와 케핀마저도 감지하지 못했다. 정말로 그럴 수가 있나?

"확실히……. 마을 하나를 장악하는데 마족 셋은 과잉 전력이라고 생각합니다만……."

"뭐, 이번에도 거의 틀림없이 배후에 제국이 있겠지."

라이오넬이 내 말에 놀란 뒤에 무언가를 억누르는 듯한 눈빛으로 쳐다봤다.

"……뭔가 알고 계시는 겁니까?"

"당시 라이오넬이 조사했던 마족과의 관계가 머릿속에 떠올라서 내가 쓰러뜨렸던 마족한테 '혹시 제국의 실험시설에 있었던 자인가?' 하고 물었더니 그 순간 죽어버렸어. 아마 모종의 저주겠지."

그렇다. 내 디스펠로도 해주할 수 없는, 또 다른 종류의 저주…….

"설마 정말로 마족을 만들어낼 작정인가?"

라이오넬에게서 제국이 어둠에 물들었다는 것을 인정하고 싶지 않다는 감정이 넘쳐흘렀다.

이런 때에는 누군가가 희망이나 즐거움을 줄 수 있는 사소한 이야기를 해준다면 조금은 위안을 얻을 수 있다. 옛날에 누군가가 그렇게 알려준 적이 있는 것 같았다.

"아~ 모르겠다. 다만 이대로는 꽤 위험할 것 같으니 몸을 지키기 위해서 전력 보강을 진지하게 고민해볼까."

"루시엘 님의 사병단을 꾸리실 생각입니까?"

케핀이 바로 덥석 물었다.

"성치사대도 있긴 하지만, 그건 교회 본부 소속이야. 내가 독자적으로 움직일 수 있는 전력이 있는 편이 좋을 것 같아. 언젠가는 제국에도 가게 될 테니⋯⋯."

"루시엘 님, 진심으로 제국에?"

내 성격을 파악하고 있는 라이오넬이라면 당연히 그렇게 여기겠지.

그러나 제국령 밖에서 마족이 출현했기에 어디에 있든 상황은 그다지 달라질 것 같지 않다.

그렇다면 내가 라이오넬 및 수행원들에게 바라는 것은 딱 하나다.

"라이오넬과 케티가 노예로 있고 싶어 하는 원인도 제국에 가면 해소될 테고, 그 외에도 제국과 얽힌 여러 문제가 있어. 난 안심하며 살고 싶고, 신뢰하는 자들을 언제까지고 노예로 놔두고 싶지 않아. 그게 내 본심이야."

"그럼 어쩔 수가 없군요. 하지만 멜라토니에 갔다가 록포드로 돌아가고, 또 네르달로 향한 뒤에 다른 나라로 갈 작정이라면 당분간은 결혼은커녕 연애도 불가능할 것 같군요."

조금은 착잡한 기분이 풀렸거니 싶더니만 라이오넬이 활짝 웃으며 그런 말을 했다.

"뜬금없이 폭탄을 투하하지 마!"

"라이오넬 님은 걱정하고 있다냥. 성 슈를 공화국도 일부다처제를 용인하고 있다냥. 남자가 여자를 기다리게 한다는 얘기는 들어본 적이 없다냥. 어서 루미나 공한테 어택하라냥."

케티가 자꾸 냥냥거려서 귀찮을 지경이다.

"그렇습니다. 기회가 또 오지는 않는다고요."

케핀마저 콧김을 씩씩거리며 거들었다. 마치 자신에게 말하는 것처럼도 보였지만.

얼굴이 가까워서 정신적으로 타격을 입었다. 나는 대화를 끊고서 지시를 내렸다.

"그 얘기는 진지하게 생각하고 있으니까 더는 언급하지 마. 그리고 어쩌면 오늘 밤에 습격을 받을지도 모르니 색적 및 경비를 부탁해."

"""옙."""

그리하여 묘하게 피곤했던 저녁 식사를 마친 뒤 촌장의 집을 정리하기 시작했다.

20 어둠의 파동의 위협

결국 촌장의 집에서 눈여겨볼 만한 단서는 찾을 수 없었다.

"아무것도 나온 게 없다는 소리는 촌장도 자신이 왜 마족이 되었는지 모른다는 의미이려나?"

"그럴 것 같군요. 게다가 베었을 때 느껴졌던 감촉으로 보아 처음에 상대한 마족보다는 그리 강한 것 같지 않았습니다."

"……확실히 처음에 상대했던 마족과 동등한 힘을 갖고 있었다면 죽었을 거다냥."

"분위기가 갑자기 확 달라진 것과 뭔가 연관이 있는 걸까요?"

"그렇겠지. 내일 전투를 벌였던 장소를 검증하고서 마을 주민한테 얘기를 들어보자. 뭐, 주민들이 모든 걸 다 알고 있을 리는 없으니 오전에 아무것도 나오지 않는다면 멜라토니로 출발하기로 하자."

"그게 타당하겠지요."

"망을 보는 건 내게 맡겨달라냥."

"루시엘 님과 라이오넬 님도 쉬십시오."

"어. 사소할지라도 무언가 위화감이 느껴지거든 깨워줘."

"알겠다냥."

나는 에어리어 배리어를 발동한 뒤 빈방에서 눈을 붙이기로 했다.

"자기 전에 교황님께 이 마을에 나타난 마족과 위화감을 조사해달라고 요청할까."

그 뒤에 마통옥으로 교황님과 연락을 주고받은 뒤에 언제든지 움직일 수 있도록 조치한 뒤 누워서 눈을 감았다.

인족이 마족으로 변하는 게 정말로 가능할까? 그 생각만이 머릿속에서 빙글빙글 돌았다.

이윽고 자연스레 눈이 떠진 나는 일어났다.

"이 위화감은 뭐지?"

방을 나가니 라이오넬이 자고 있었다.

"……라이오넬이 내가 다가온 걸 눈치채지 못하다니 말도 안 돼."

나는 위화감의 정체를 알아내기 위해서 리커버를 라이오넬에게 발동했다. 그러나 효과가 없었다.

"어둠의 정령의 짓인가? 아니면 마족……? 죽고 싶지는 않은데."

거실로 이동하자 에스티아를 옮긴 방에서 수상한 빛이 방출되고 있었다.

아, 벌써 성가신데.

그러나 한 번은 믿기로 했으니 할 일은 해야 한다.

나는 자신을 북돋고서 에스티아가 자는 방문을 열었다.

"……어둠의 파동을 흡수하고 있는 건가?"

에스티아는 침대에 누운 채로 사악한 기운과는 다른, 발광하는 검은 안개를 몸으로 흡수하고는 방출하고 있었다.

"마치 호흡을 하는 것 같네."

이 상태에서 기습이라도 당한다면 위험하겠다고 판단한 나는 은자의 열쇠로 포레 누와르를 불렀다. 어디까지나 도박이지만, 어둠의 정령이 흠모하는 포레 누와르라면 어떻게든 해줄 수 있지 않을까? 그런 어렴풋한 기대감도 있었다.

"부르르르."

나는 정화 마법을 발동하면서 에스티아와 포레 누와르가 위험에 빠지지 않도록 에어리어 하이 힐을 발동하면서 상태를 살폈다.

눈부시도록 하얗게 발광하는 포레 누와르의 모습을 보는 건 두 번째였지만, 오늘은 그걸 뛰어 넘어 천마(天馬)처럼 보일 지경이었다.

빛이 날개를 형성했고, 발치마다 황금색 원이 생겨났다.

그리고 이내 그 빛이 에스티아에게로 빨려들기 시작했다.

그 장면을 마지막으로 포레 누와르의 발광이 멎더니, 조용히 은자의 마구간으로 돌아가려고 했다.

"잘 모르겠지만 도와줘서 고마워."

그 빛에 어떤 효과가 있는지는 모르겠지만, 포레 누와르에게 엑스트라 힐과 정화 마법을 발동한 뒤에 은자의 마구간으로 돌려보냈다.

포레 누와르를 보내고서 에스티아 쪽으로 다시 몸을 돌렸다. 검은 파동은 사라졌고, 어둠의 정령이 의식을 차렸다.

"언니를 불러줘서 고맙다, 루시엘. 시간을 더 지체했다면 어둠의 파동 때문에 에스티아의 정신이 이상해졌을지도 몰라."

"깨어났나……. 그건 힘을 사용한 반동인가? 어둠의 파동을 호흡하듯이 빨아들이는 것처럼 보였는데?"

만약에 어둠의 정령이 폭주했다면 천재지변이라고 할 만한 피해가 발생했을지도 모른다.

"미안하다. 에스티아가 바깥으로 나와 있는 상태에서 강력한 파동을 사용한 게 화근이었다. 이번에는 내가 실수하여 자폭한 거나 마찬가지야."

그 파동이 큰 도움이 된 것은 사실이지만, 대신에 에스티아에게 무슨 일이 벌어졌다면 본말전도다.

"조심해줘. 그리고 마족에 관해서 물어봐도 될까?"

"내가 아는 것이라면."

"그때 마족이 2명이 더 있었다는 걸 알아차렸어?"

"이런, 또 있었나?"

조금 과도하게 반응한 것 같긴 하지만, 어둠의 정령도 감지하지 못한 건가……. 아니면 에스티아의 몸 상태와 관계가 있는 건가?

"응. 촌장과 마을 사람 하나가 마족으로 변신했어. 포레 누와르도 알아차리지 못한 게 마음에 걸려서."

"……언니도 알아차리지 못했다고? 그게 사실이라면 루시엘, 모든 나라가 힘을 뭉치거나, 마족을 억누를 수 있는 절대적인 힘을 갖추지 못한다면 이대로 있다가는 세계가 황폐해지고 말 거다. 제국의 동향에 주의해라."

"으음, 무슨 말인지 이해하기 어렵군."

갑자기 제국 이야기가 나왔다. 어둠의 정령이 나도 모르는 정보를 쥐고 있음을 짐작했다.

그나저나 세계가 대책을 세워? 평범하게 생각하면 무모한 요구라는 것쯤은 알 텐데……. 나는 더는 혼란스러워지고 싶지 않아서 하나씩 물어보기로 했다.

"혹시 제국이 전쟁을 걸어올 예정이야? 아니면 첩자가 움직이기 시작했다는 뜻? 게다가 세계가 황폐해질 거라니 무슨 뜻이야? ……어떻게 그걸 알고 있지?"

"……제국은 옛날부터 용사를 만들어내는 연구를 진행하고 있었다. 그리고 그 연구가 마족의 힘을 생성해내는 연구로 이행되었지. 이건 알고 있나?"

"……금시초문이야."

인체실험뿐만 아니라 인조 용사나 마족을 만들어내는 연구라니…….

"용사란 것도 그냥 이름뿐, 실제로는 인간병기를 원하는 거다."

구제불능이네.

전쟁이 아닌 다른 것으로 다투면 되잖아?

힘으로 쟁취한 것은 시간이 흐르면 물거품처럼 사라져버리거늘.

그보다도 삶을 윤택하게 만들 방법을 연구하는 편이 건설적이다.

그토록 싸우고 싶다면 미궁에서 마물과 싸우면 될 텐데…….

"……그 실험은 성공했어?"

"내가 마지막으로 본 건 수년 전이지만, 끝내 용사는 만들어내지 못했다. 아까도 말했지만, 그 연구의 성과가 바로 이번 사건이야. 이 사실이 보고된다면······. 잠깐만, 모조리 쓰러뜨렸다고 했지?"

"어. 의식을 한창 치르는 와중에 때마침 생추어리 서클을 발동한 덕분에 증거뿐만 아니라 모든 게 사라져버린 것 같지만······."

뭐라도 남았다면 좋았을 텐데.

"그 마족을 보면 연구는 실패했다고 봐야겠지. 강화된 마족이 나올 때까지는 아직 몇 년 더 여유가 있을지도 모른다. 그렇다면 그 틈에 강해질 수밖에 없다······."

어둠의 정령이 나를 꿰뚫듯 쳐다봤다.

"뭐, 뭐야?"

"루시엘, 죽고 싶지 않다면 모든 가호를 모아라."

"······설마 용의 가호도 모으라고?"

"그래. 불의 정령과 바람의 정령한테서 가호를 받고서 폴나 곁으로······."

거기까지 말하다가 한계가 찾아왔는지 어둠의 정령이 실이 끊어진 인형처럼 침대에 털썩 쓰러졌다.

"중요한 대목에서 쓰러지다니······. 하아, 왜 난 맨날 사건에 휘말리기만 하는 거야?"

나는 에스티아를 보며 중얼거리고서 방에서 조용히 나가기로 했다.

문을 여니 라이오넬이 대기하고 있었다. 그런데 낯빛이 좋지 않았다.

"괜찮아?"

"예. 의식이 조금 혼탁하긴 하지만 행동하는 데는 지장이 없습니다."

"그건 괜찮은 게 아니잖아……. 난 바깥에 있는 두 사람의 상태를 보고 올게."

"저도 가겠습니다."

라이오넬이 억지로 일어서려는 모습을 보니 뜻을 꺾을 것 같지 않아서 동행을 허락했다.

나와 라이오넬은 촌장의 집 밖으로 나갔다. 금세 두 사람을 발견했지만, 몸을 비틀거리는 것이 이상했다.

"혹시 모르니까."

내가 리커버를 마법진 영창으로 발동시키자 두 사람이 무기를 들고서 이쪽으로 몸을 틀었다.

내 앞에는 라이오넬이 화염 대검을 들고서 서 있었다.

"루시엘 님이랑 라이오넬 님이다냥."

"……깜짝이야."

두 사람 모두 무릎을 땅에 대고서 주저앉아버렸다.

"무슨 일이 있었어?"

"촌장의 집에서 엄청 강한 어둠의 파동이 날아와 의식이 혼탁해졌다냥. 루시엘 님과 라이오넬 님이 가까이 다가오는 것도 알아차리지 못했다냥."

"느닷없이 마법을 쓰길래 처음에는 적인 줄 알았습니다. 그런데 의식이 또렷해지기 시작해서 몸에 제동을 걸었습니다."

어둠의 정령이 폭주하면 마을이나 작은 도시에 있는 사람들을 쉽사리 현혹하는 모양이다.

나는 우선 두 사람의 몸부터 챙기기로 했다.

"……내일 성기사대가 도착할 테니 그때까지는 이 마을에 남아서 수색한다. 일단 눈을 붙이고 와."

""옙.""

두 사람이 촌장의 집으로 들어갔다.

그때 라이오넬이 내 눈치를 살피는 듯하다가 입을 열었다.

"뭔가 알아낸 게 있습니까?"

"어. 아무래도 이번 사건은 역시나 제국이 연루된 것 같아. 하지만 이른 시기에 발견하여 쓰러뜨렸으니 제국이 당분간 성 슈를 공화국에 전쟁을 걸지는 못할 것 같아."

"역시 정보원인가……. 루시엘 님만은 목숨과 바꿔서라도 지키겠습니다."

평소와는 다른 분위기를 풍기는 라이오넬을 보니 위화감이 느껴졌다. 나는 앞으로의 방침을 말하기로 했다.

"하지만 적이 이렇다면 압도적으로 인원이 부족하니 아군을 늘려야 할 것 같아."

"……바빠지겠군요."

"그렇겠지. 라이오넬도 움직여줘야 할 테니 확실히 단련해둬."

"옙."

라이오넬의 마음은 모르겠지만, 아까 전보다 표정이 한결 부드러워진 듯했다. 그러는 사이에 마을 상황을 둘러볼 수 있을 정도로 날이 서서히 환해지기 시작했다.

나와 라이오넬이 그대로 마을을 바라보고 있으니 아침 해가 떠오르기 직전에 에스티아를 비롯해 세 사람이 촌장의 집에서 나왔다.

"에스티아, 몸은 어때?"

"예, 괜찮습니다. 민폐를 끼쳤습니다."

어둠의 정령이 아닌 에스티아가 대답했다. 이대로 멜라토니에 가도 괜찮을까? 최대한 조심하도록 하자.

"두 사람은?"

"완전 회복했다냥."

"문제없습니다."

"좋아. 아침을 먹은 뒤에 다시 한번 가택을 수색하고, 여기서 사라진 단서를 찾고, 마을 주민들한테서 사정청취를 한다."

"""""옙.""""""

식사한 뒤에 촌장의 집을 다시 수색했다. 그러나 특별히 발견한 것은 없었다.

그래도 마족으로 변신한 촌장이나 마을 사람이 외부에서 온 사람과 자주 대화했다는 목격담을 들을 수 있었다.

거기까지 조사했을 때 성기사대가 도착했다. 우리는 현장을 인계한 뒤에 멜라토니로 출발하기로 했다.

"발키리 성기사대가 아니었다냥."

"아쉽군요."

요즘에 케티와 케핀이 나에게 공격적인 이유가 뭐지? 그 이유를 물으려고 하자 라이오넬이 진지한 얼굴로 두 사람을 보며 입을 열었다.

"케티, 케핀. 그대들은 결혼하고 싶은가?"

나조차도 놀랄 만한 폭탄을 떨어뜨렸다.

그 폭탄 발언에 방금까지 히죽거리고 있던 두 사람의 얼굴이 굳어버렸다.

그리고 나에게 뭔가 할 말이 있다는 듯한 분위기가 만들어졌다.

"뭔데? 하고 싶은 말이 있는 거야? 아니면 허가받고 싶은 게 있어?"

"루시엘 님, 두 사람이 가족이 되는 것을 인정해주시겠습니까?"

"으음…… 정말로 두 사람이 그걸 바란다면 허락할게……."

"이번에 마족이 나왔으니 이 평화로운 시간이 언제까지고 계속되지는 않을 겁니다."

"라이오넬의 기분은 알겠지만, 노예에서 해방되어 결혼하더라도 수행원은 계속 맡길 작정인데?"

"물론이다냥."

"제게도 꿈이 있으니 따르도록 하겠습니다."

라이오넬은 뭐라 형언할 수 없는 얼굴로 두 사람을 쳐다보다가 이번에는 나를 보고서 한숨을 내뱉었다.

"……날 보며 내뱉은 한숨은 안도의 한숨인 거지?"

두 사람의 후임을 바로 찾아내는 건 어렵다. 그리고 마족이 나타났다고 해서 갑자기 대폭 위험해지는 건 아니다. 그러나 대비가 필요한 때에 두 사람이 빠지는 건 곤란하다.

"감사합니다."

"그보다도 일단 라이오넬은 블로드 스승님과의 2차전만 생각해. 스승님은 강해."

"배려해주셔서 감사합니다."

그 뒤에 라이오넬이 떨어뜨린 폭탄 때문에 멜라토니로 가는 동안에 어색한 분위기가 이어진 것은 말할 필요도 없었다.

21 S급 치유사 루시에르

드디어 멜라토니가 시야에 들어오기 시작했다. 식었던 의욕이 서서히 끓어오르기 시작했다.

오늘 아침에 포레 누와르의 몸 상태가 나빠졌다. 아무리 마법을 발동해도 전혀 나아질 기미가 없었다. 그래서 나는 오랜만에 마차 안에 있었다.

라이오넬은 배틀 포스에 탄 채로 호위로서 선두에서 나아가고 있었다. 케핀과 케티는 마부석에 앉아 있었다. 다만 라이오넬이 놀린 뒤로는 서로 한마디도 하지 않았다.

에스티아는 밖을 보지 않도록 줄곧 아래를 내려다보고 있었다. 내가 말을 걸어도 반응만 보일 뿐 대화로 이어지지는 않았다.

그 이상한 분위기에 드디어 종지부가 찍혔다.

문이 가까워지자 라이오넬이 대응해주었다. 그런데 바깥이 서서히 시끄러워지기 시작했다.

"무슨 일이야?"

"루시엘 님의 이름을 사칭한 가짜가 방금 지나간 모양입니다."

"............엉?"

아무래도 오늘은 호운 선생님도 출타하신 모양이다.

나는 아무 말 없이 마차에서 내려 문지기병에게 말을 걸었다.

"무슨 일입니까?"

"신분증명서를 제시해주십시오."

아무래도 문지기병이 내 얼굴을 모르는 모양이다.

뭐, 분명 나를 모르는 사람도 제법 있을 테고, 이 문지기병이 잘못된 대응을 한 것도 아니다. 오히려 직무를 충실히 수행하고 있어서 내심 감탄했다.

"안녕하세요. 지금부터 치유사 길드와 모험가 길드에 가려고 합니다. 아, 이게 신분증명서입니다."

"흐음…… 이거 진짜입니까?"

설마했던 대답이 돌아오자 나는 웃고 말았다.

"믿지 못하겠거든 치유사 길드와 모험가 길드까지 함께 가시죠. 그래! 나도 가끔은 걸어가고 싶거든요."

에스티아가 걱정이었지만, 멜라토니 안에서 직무를 수행한 적이 있으니 문제는 없겠지.

그렇게 생각하고서 에스티아 쪽으로 시선을 돌렸다. 마차에서 내린 그녀의 낯빛이 좋지 않았다. 멀미라도 한 건가?

모두에게 마차에서 내리도록 지시한 뒤에 나는 마차를 마법 주머니에 넣었다. 그리고 말을 은자의 마구간에 넣었다. 그때 주변이 소란스러워졌다.

일단 치유사 길드의 S급 카드를 돌려받은 뒤 치유사 길드를 향해 걷기 시작했다.

그러자 나를 발견한 주민과 모험가들이 말을 걸기 시작했다.

"루시엘 님, 기회가 나면 또 치료해주세요~!"

"치유사들을 지도해줘!"

"돌아온 거라면 연락해줘~! 다음에 또 옷을 선물하지!"

"오오, 이제 술은 마실 수 있게 됐나?"

"새 음식점을 개점했으니 먹으러 와. 서비스할게!"

문지기병은 사람들이 나에게 말을 걸 때마다 낯빛이 어두워졌다. 그러나 딱히 나무랄 생각은 없다. 그냥 이번 기회에 내 얼굴을 기억해주길 바랄 뿐이다.

그나저나 이렇게 환영해주다니, 기쁘군.

마치 금의환향한 것 같은 심정이다.

참고로 케핀은 어쩔 수 없이 문지기병에게서 나를 사칭한 자에 관해 이야기를 듣고 있다. 그러나 나는 사칭범의 걱정보다 마을에 돌아온 정겨움이 더 컸다.

'마법 건축'으로 지은 건물부터 드워프가 증축한 건물까지 온갖 방법을 이용하여 서서히 커지고 있는 이 거리를 보는 것은 대단히 즐거웠다.

그러나 내 마음만 맑아져봤자 의미가 없기에 우선은 치유사 길드로 향했다.

되도록 쿠루루 씨처럼 활달한 사람이 이 우중충한 분위기를 날려주기를 바랐다.

그러나 그전에 문지기병이 어째서 내가 진짜인지 의심했는지 이유를 드디어 이해했다.

"루시엘 님, 저거입니다. 방금 루시엘 님의 이름을 사칭하며 이에니스로 들어온 마차가."

저 앞에 멋들어지게 장식된 마차가 있었다…….

"마차가 상당히 호화롭네. 뭐, 나랑 이름이 같으니 그럴 만도 하겠지. 일단 치유사 길드 안으로 들어갈까."

"""예."""

내가 모두를 보며 미소를 짓자 라이오넬 및 수행원들이 짓궂은 웃음을 지었다.

분위기가 평소대로 돌아왔음을 느꼈다.

아무래도 우리 앞길을 막고 있는 마차 주인이 좋은 일을 한 것 같다.

그러니 이름을 사칭한 것도 너그러이 넘어갈까?

"마차 안에 사람이 있는 것 같아?"

"마부를 포함하여 3명이 있군요."

"어떻게 할래?"

나는 세 사람에게 맡기기로 했다.

"만약에 루시엘 님의 이름을 사칭하는 게 사실이라면 뭘 하는지, 뭘 하려고 하는지…… 지켜보도록 하지요."

"루시엘 님과 라이오넬 님은 보고 있어라냥."

케티와 케핀이 그렇게 말하고서 마차로 돌격했다.

"이런 데에 마차를 놔두다니 무슨 생각이냥."

"이봐, 누가 다치기라도 하면 어쩔 거야!!"

B급 영화에 등장하는 불량배 역할을 완벽하게 수행하는 두 사

람의 모습에 나는 웃음을 억지로 참아야만 했다.

마차 안에서 있던 한 여성과 마부석에 앉아 있는 남성이 입을 열었다.

"어디서 수인 나부랭이가!! 이 마차에 타고 있는 분은 S급 치유사이신 루시에르 님이시다. 감히 수인이 소란을 떨다니 벌을 받고 싶은 게냐?"

마부석에 앉아 있던 남자가 검을 뽑으려고 했다. 모습을 봐서는 그냥 졸개로밖에 보이지 않았는데.

"하아~, 그래서 야만스러운 짐승은 딱 질색이야. 분명 루시에르 님은 마음이 넓어서 용서해주실 거예요. 자신이 얼마나 어리석은지 깨달았다면 돌아가요."

어라? 뭐지? 엄청 짜증 난다. 저게 인족지상주의자인가? 뭐, 너무 전형적이지 않나, 하는 생각이 들긴 하지만…….

"라이오넬, 저런 게 어디에나 있어?"

"있지요. 뭐, 옛날 일이긴 합니다만, 비슷한 짓거리를 하던 자들을 베어버린 기억이 있습니다."

두 사람이 내 수행원이라는 점을 고려하지 않더라도 사람을 저렇게 멸시하는 모습을 보면 울컥하기 마련이지.

뭐, 이번에 시비를 먼저 건 쪽은 케티와 케핀이니 개입하지 않는다.

"그렇군. 나중에 잡아다가 왜 날 사칭했는지 심문해야겠어. 내 두 번째 고향이라 할 만한 중요한 곳에서 이런 짓을 하다니."

"마침 여기 증인도 있으니 좀 더 두고 보도록 하죠."

라이오넬이 냉정하게 날 말렸다.

끝까지 보고 있을 생각이었는데 나도 모르게 몸이 움직인 모양이다.

"아까 저 둘에게 폭탄을 던진 걸 만회하려고?"

"예. 그때는 어쩐지 초조했던 모양입니다."

음, 어둠의 파동의 영향 때문인지도 모른다. 다음에 어둠의 정령이 나온다면 물어보도록 하자.

"……알겠어. 혹시 모르니 라이오넬은 치유사 길드에 들어갔을지도 모르는 자를 경계해줘."

"알겠습니다."

대화를 마무리하고서 앞쪽으로 시선을 돌렸다. 분위기가 서서히 달아오르고 있었다. 두 사람이 굉장히 즐거워 보였다.

"좋은 콤비네."

"예."

참고로 문지기병은 관망하고 있는 우리 옆에서 떨고 있었다.

잠시 뒤 갑자기 남자가 케핀을 칼자루로 때렸다.

그러자 마차 안에 있던 여자가 케티 앞에서 의기양양하게 굴었다.

"그러니까 충고했잖아……. 수인이 인간님한테 대들면 이렇게 된다고 말이야. 그렇지?"

"……."

"뭘 멍하니 있는 거야? 이 고양이한테도 어서 벌을…… 어라?"

여자가 케티 쪽으로 다시 시선을 돌렸다. 그러나 이미 케티의 모습은 사라진 뒤였다.

"도망갔나 보네……. 뭐, 좋아."

그 순간, 남자가 여자에게 기대듯 몸을 맡겼다.

"은근슬쩍 뭐 하는 거예요!"

여자가 옆으로 밀쳐내자, 남자가 인형처럼 그대로 땅바닥에 쓰러졌다.

"어?"

그 순간 뒤에서 케티가 손날로 여자의 목을 가격해 기절시켰다.

"별거 없다냥."

"S급 치유사의 호위를 이런 피라미가 맡나?"

"안에 있는 사람, 어서 마차를 치워라냥."

그러자 두 사람의 도발을 견딜 수 없었는지 한 남자가 내려왔다.

"너희들, 제법 강하구나? 새로 들어온 이 도시의 모험가냐? 자기 실력을 과시한다는 건 내 수행원이 되고 싶다는 뜻인가?"

밖으로 나온 사람은 가냘프고 키가 큰 남성이었다.

"단련하기 전의 나와 비슷한 것 같기도 하고……. 근데 왜 저렇게 자신만만해하는 거야?"

"……키와 머리 색깔은 비슷합니다만 생김새는 다릅니다. 저런 꼴로 용케도 멜라토니에서 이름을 사칭하고 다녔군요."

나와 라이오넬은 역시나 그 뻔뻔함에 놀랐다.

왜 가짜라는 사실이 들통나지 않았는지 이상할 정도였다.

"사기를 칠 작정이라면 정보를 더 확실하게 모았어야지……."

머리가 지끈거리기 시작했다.

이쯤 되자 소란을 들었는지 주변에 사람들이 모여들기 시작했다.

"그래서 어째서 이런 데에 마차를 세워둔 거냥."

"내가 S급 치유사니까. 당연히 내 이름을 알고 있겠지?"

"아니, 몰라."

"이래서 노린내 나는 짐승은 곤란하다니까. 내가 바로 S급 치유사인 루시에르다."

그렇게 자신만만하게 이름을 밝혔다. 루시에르라고…….

"……미묘하게 다르다고 해야 할까, 여러모로 비틀었네. 그래도 S급 치유사일 리는 없지만."

"슬슬 붙잡을까요?"

"아니, 나도 저기로 갈게. 라이오넬은 치유사 길드에서 나오는 자를 놓치지 않도록."

"옙."

"문지기병도 함께 가죠."

"아, 예!"

아무래도 이미 그는 내가 진짜라는 걸 받아들인 듯하다.

우리가 다가가자 케티와 케핀이 연기에 재미 들렸는지 나에게 신하의 예를 표했다.

"뭐냐? 네가 이 수인들을 기르고 있는 자냐? 내가 누군 줄 아냐? 바로 S급 치유사야. 네 짐승이 내 수행원을 저렇게 만들었어. 원래는 즉각 참수해야 마땅하지만, 난 마음이 넓으니 백금화 10닢을 바친다면 너그러이 넘어가도록 하지."

"그렇습니까? 그럼 서약할까요?"

"서약?"

"신께 맹세하는 말인데요?"

"물론 알고 있지. 뭘 맹세하느냐고 묻는 거다."

"당신이 S급 치유사임을 증명해주세요. 그러면 이 자리에서 백금화 10닢을 드리죠. 단 정식 서약이 아니라 가짜 서약을 하면 당신은 지금껏 사람들을 속인 죄를 평생에 걸쳐 갚아야 합니다."

"흥, 좋지. 하지만 백금화 10닢을 네놈이 갖고 있을 것 같지는 않……."

루시에르가 말을 끝내기 전에 백금화를 보였다.

"보다시피 갖고 있습니다. 자, 서약하죠."

"좋지. 만약에 내가 S급 치유사가 아니라면 속죄하지."

그가 큰소리로 선언했다.

"예. 그럼 문지기병, 뒷일은 맡기겠습니다?"

"옙. 아까는 죄송했습니다."

"네놈, 이게 무슨 짓이냐?"

"제 소개가 아직이었군요. 루시에르 공, 처음 뵙겠습니다. 저는 성 슈를 공화국, 교회 본부 소속 S급 치유사인 루시엘이라고 합니다. 이 세계에 하나뿐인 S급 치유사이지요."

그러자 주변 사람들이 나에게는 환호성을, 루시에르라고 하는 자에게는 야유를 보내기 시작했다.

"뭣?! 설마 지, 진짜라고?!"

"예. 이따가 동료도 함께 취조를 받게 될 테니 안심하고 붙잡혀 주세요."

내 말을 듣고 남자가 고개를 푹 떨궜다. 지원하러 달려온 병사들이 남자와 동료들을 붙잡은 뒤에 심문하는 곳으로 이송했다.

"설마 가짜 루시엘 님이 나타날 줄은 몰랐다냥."

"이름을 사칭하다니 루시엘 님은 이미 유명하군요."

"좋은 일로 유명해졌다면 좋겠지만, 이름을 사칭하는 건 달갑지 않아."

분위기도 밝아져 다들 웃는 얼굴로 되돌아왔다.

이것으로 이름을 사칭한 건 갚은 셈 치고, 사기죄의 죗값을 치르게 하면 되겠네.

이제는 라이오넬과 블로드 스승님의 모의전에 집중할 수 있을 것 같다.

그때 평소답지 않게 에스티아가 말을 걸어왔다.

"루시엘 님은 이 도시에서도 인기가 많네요."

"그래? 그럼 좋겠는데. 뭐니 뭐니 해도 이 도시는 내 두 번째 고향과도 같은 곳이니까."

"……부럽습니다."

에스티아가 웃고 있는데도 어딘지 서글퍼 보였다. 그녀에게도 언젠가 그런 곳이 생기면 좋으련만.

그렇게 생각하면서 치유사 길드 안으로 이동했다. 그러자 멍석에 말린 한 남자와 그를 짓밟고 있는 쿠루루 씨가 있었다.

너무나도 충격적인 장면이었다. 나는 굳은 얼굴로 인사를 가까스로 건넸다.

"어…… 안녕하세요, 쿠루루 씨. 바쁜 것 같은데 나중에 다시 올까요?"

"어?! 루시엘 군이잖아. 혹시 이 사람은?"

"그자는 루시에르라는 남자의 동료네요. 방금 포박되어서 끌려갔어요."

"다행이다. 잠깐 이걸 처리하고 올 테니 기다려. 호호호."

쿠루루 씨가 남자를 둘러메고서 치유사 길드에서 나갔다.

"저 여성은 누굽니까?"

"여기 길드 마스터이긴 한데…… 글쎄 어떤 사람일까?"

라이오넬이 물었지만 나는 의문문으로 대답할 수밖에 없었다. 평소 분위기로 되돌리고 싶다는 당초 목적은 달성했지만, 어째서인지 마음은 후련하지 않았다. 우리는 치유사 길드 휴게실에서 대기하기로 했다.

22 제2의 고향

거창한 목적이 있어서 치유사 길드에 온 것은 아니지만, 이름을 사칭한 사기 집단을 조기에 체포할 수 있었다. 호운 선생님이 귀환했음을 느낄 수 있었다.

잠시 뒤 쿠루루 씨가 돌아왔다. 얼굴을 보니 이상하리만치 흥분해있었다.

"다시 한번 어서와. 루시엘 군."

활짝 웃는 쿠루루 씨의 얼굴을 보니 어쩐지 정겨움이 느껴졌다.

"다녀왔습니다…… 하고 인사하면 되겠죠?"

"물론이지. 근데 그쪽 분들은?"

라이오넬과 케티, 케핀을 한 번씩 훑어보다가 시선이 에스티아에게로 향했을 때는 흐뭇하게 웃었다.

"수행원인 라이오넬, 케티, 케핀, 그리고 에스티아입니다."

"역시 루시엘 군은 변했네. 여러분, 루시엘 군의 주변에 있으면 온갖 일들에 휘말릴 수 있으니 조심하도록 해요. 그렇지? 에스티아."

"어, 저를 기억하고 계시나요?"

설마 어둠의 정령이 기억을 지우거나 고쳤었나? 아니면 리자리아처럼 그 시절에는 힘을 제어하지 못했던 건가?

"당연하잖니. 그나저나 설마 루시엘 군의 수행원이 되었을 줄이야……. 루시엘 군은 얄미울 정도로 필요한 인재를 뺏어간다니까. 가끔은 보충해줘도 아무도 뭐라고 하지 않을 텐데 말이야."

"하핫."

모니카 씨를 말하는 거겠지. 분명 쿠루루 씨에게 간접적으로 민폐를 끼친 셈이니까.

그나저나 휘말리기 쉬운 체질이라는 건 자각하기 시작했지만, 역시나 말로 들으니 부정하고 싶어졌다.

"쿠루루 씨…… 제 엄마도 아니고, 다른 사람을 잘 휘말리게 한다는 소리는 하지 마세요."

내가 힘없이 웃으며 반론하자 그녀가 조금 화난 표정을 지으며 째려봤다.

"무슨! 아직 누나야. 10살 정도밖에 차이가 안 나는데 그런 소리를 하면 못써! 그런 식으로 했다간 이 세상의 험한 파도를 넘지 못할 거야. 게다가 트러블에 잘 휘말리지 않는다고 장담할 수 있니?"

그 말에는 묘한 설득력이 있었다. 나는 사과할 수밖에 없었다.

나는 마음을 다시 먹고서 현 상황을 파악하기로 했다.

이 도시가 평화롭다면 적어도 2개월 정도는 훈련할 수 있을 줄 알았다. 그러나 지금 나를 사칭하는 자가 나타났다.

"요즘에 멜라토니에 이상한 일은 없었습니까? 제가 모르는 1년 동안에요."

"있어. 모험가 길드에 가면 알 수 있겠지만, 요즘에 부상자나 상태 이상을 호소하는 모험가가 많이 늘어난 것 같아."

부상자가 늘었다고? 꽤 흉흉한 일이 벌어진 게 아닐까? 보타쿠리가 운영했던 멜라토니 최대의 치유원도 없어졌고 말이지.

"치유사들은 어쩌고요?"

"그 치유사 숫자가 부족해. 독이나 마비, 석화시키는 능력을 소유한 마물이 정기적으로 출몰한다고 하더라고."

"성속성 마법의 스킬 레벨을 올리는 게 급선무일 것 같네요."

그나저나 치유사의 숫자가 매년 증가하고 있지만, 제대로 지도할 수 있는 자가 없어서 고랭크 스킬을 소지한 자가 별로 없다니……. 아니, 우수한 치유사는 성도로 가니 어쩔 수 없나…….

그때 나는 보타쿠리를 떠올렸다.

블로드 스승님에게서 옛날에 보타쿠리가 사람을 위해서 치료 행위를 하는 치유사였다고 들은 적이 있었다.

분명 그릇된 길을 걷기는 했지만, 고랭크 스킬을 소유하고 있었다는 것은 그만큼 높은 뜻을 품고서 정진했다는 뜻이다.

앞으로는 치유사들이 그런 마음가짐으로 활동할 수 있도록 교회 본부를 통해서 의식개혁을 해야만 하겠지.

그나저나 모험가들이 그만큼 다쳤다면 블로드 스승님이 현장에 나갔을 수도 있겠는데.

상태 이상 공격을 하는 마물은 백랑의 핏줄이 빈사 상태에 내몰렸던 이후로 처음이다. 그때 그 마물은 광산에 출현한 신종 마물이었던 기억이 있다.

"혹시 광산에서 나오는 마물입니까?"

"어, 알고 있었어? 그 광산 너머에 미궁도시국가 그란돌의 미궁과 이어지는 지점이 있는데 거기서 출몰한다고 들었어."

내가 묻자 쿠루루 씨가 놀란 표정으로 고개를 연신 끄덕였다.

저는 그걸 알고 있는 쿠루루 씨의 정보망이 더 놀라운데요.

"혹시 이 멜라토니에서도 뭔가 트러블이?"

"루시엘 군이라면 어떻게든 할 수 있는 힘이 있잖아. 남을 위해 극복하면서 거머쥔 힘 말이야."

"과대평가잖아요! 저도 불가능한 일은 불가능해요. 그리고, 치유사들도 매일 치료를 반복하고 있을 텐데, 스킬 레벨이 올랐어야 정상 아닙니까? 왜 상태 이상으로 고생하는 거죠?"

쿠루루 씨가 순간 서글픈 표정을 지었다. 그러나 이내 고개를 젓고서 나를 보며 기쁘게 웃었다. 나에게서 희망을 엿본 듯한 표정이었다.

틀림없이 쿠루루 씨는 나를 보며 불안감을 해소하려고 하고 있다. 평소에는 심지가 강한 사람처럼 보이지만, 지금은 그다지 여유가 없는 듯하다.

나는 한숨을 내쉬면서 치유사들이 어떻게 대응했는지 물어봤다. 돌아온 대답을 듣고서 나는 당혹스러웠다.

"리커버를 발동하면 독이나 마비, 수면 등을 치료할 수는 있지만, 모든 상태 이상에 효과가 있는 건 아니잖아. 그건 루시엘 군도 알고 있을 텐데?"

"뭡니까, 그 결함 회복마법은?"

슬슬 다들 물체X를 믿고 마시면 좋을 텐데…….

이에니스로 데리고 갔던 치유사들도 상태이상 회복마법은 금세 익혔다.

"만약에 이 사태가 옳지 못하다고 생각한다면, 그건 이곳에 제대로 된 지도자가 없어서야. 그런 의미에서 말해두겠는데, 여기 치유사들은 루시엘 군을 이단으로 취급하고 있어."

이단? 분명 성치신의 가호 덕분에 치유 마법이 강화된 거긴 하지만, 이단으로 취급을 받는다니, 납득이 되질 않는다.

쿠루루 씨는 뭐가 재밌는지 줄곧 웃고 있었다.

"납득이 안 됩니다……. 하아~, 달리 특별한 일이 없다면 모험가 길드에 가서 치료하겠습니다. 이건 S급 치유사로서 멜라토니가 위험에 처했다고 판단했기 때문이에요."

"치유사 길드 멜라토니 지부는 그 요청을 승낙합니다. 그리고 루시엘 군을 따라 멜라토니에서 치유사 등록을 하는 사람은 많지만, 전체 치유사 등록자수는 매년 줄어들고 있어."

"그런가요……. 그렇다면 S급 치유사로서 모험가 길드 지하에서 치료 활동을 하면서 치유사를 지도하도록 하죠."

"진짜? 이래서 루시엘 군을 좋아한다니까."

쿠루루 씨가 뺨에 키스를 하려고 했기에 이번에는 잽싸게 피했다.

참고로 가슴은 두근거리지 않았다……. 속으로 쿠루루 씨에게 사죄했다.

"역시 루미나 님의 키스가 좋은 거지?"

"뭣?! 어떻게 그걸?"

비교적 최근에 벌어졌던 일이라고! 열흘도 지나지 않은 일이다. 그리고 기사단이 원정을 나갔던 것도 아닌데 그 이야기가 왜 여기서!

"치유사 길드의 여성 네트워크를 얕보면 안 돼."

쿠루루 씨가 의기양양해하며 윙크를 하자 내 정신력이 으드득 깎여나가는 듯했다.

한바탕 대화를 하고서 나는 여관을 잡아달라고 부탁하기로 했다.

"여관을 잡으려고 하는데 부탁할 수 있을까요?"

"그래. 모험가 길드에서 가까운, 예전에 신관기사들이 묵었던 여관이면 되지?"

"예. 잘 부탁드려요. 지금부터 모험가 길드에 다녀올게요."

"그래. 또 재미난 화제를 많이 제공해줘."

"하핫, 선처하죠."

나는 힘없이 웃고서 치유사 길드를 뒤로했다.

쿠루루 씨가 여관 여주인이었다면 분명 번창했겠지.

그런 생각이 들었다.

밖으로 나와서 가장 먼저 말을 건 사람은 의외로 에스티아였다.

"루시엘 님, 이따가 쿠루루 씨를 만나러 가도 될까요?"

"물론 괜찮아. 아, 선물을 주는 걸 깜빡했으니까 쿠루루 씨를 만나러 갈 때 알려줘."

"예."

어쩐지 에스티아의 얼굴이 조금 빨개진 것 같았다. 내가 물끄러미 쳐다보자 감추듯이 고개를 홱 돌렸다.

뭐, 쿠루루 씨는 에스티아를 기억하는 모양이니 이게 본인에게 좋은 계기가 됐으면 좋겠다.

막연하게 그렇게 생각했다.

"근데 라이오넬, 정말로 노예문(紋)이 찍힌 상태로 스승님과 만날 거야?"

옛날에 싸웠던 라이벌이니 전 장군이라는 신분으로 만나는 편이 낫지 않나? 나는 그렇게 생각했다.

"예. 그 녀석한테는 제가 루시엘 님의 노예가 되었고, 수행원으로 활동하고 있다고 편지를 보내뒀습니다. 그리고 제 생각을 이해하고 있을 겁니다. 게다가 전 루시엘 님의 수석 수행원이라는 이 지위에 만족하고 있습니다."

그 말을 들으니 기뻐서 아무 말도 할 수가 없었다.

"알겠어. 다만 아까 치유사 길드에서 들은 얘기에 따르면 모험가들이 고전하고 있는 상황인 것 같아. 모의전을 바로 치를 수 있을지 모르겠어. 그래도 난 두 사람의 모의전을 보고 싶으니 성사시키기 위해서 전력을 다할게."

"전귀와 질풍…… 별명이 굉장해."

"나도 라이오넬 님의 라이벌을 본 적이 없어서 기대된다냥."

케핀이 두 사람의 별명을 입으로 담으며 아이처럼 웃었다. 분명 두 사람의 과거를 조사했겠지.

케티는 한 사람의 무인으로서 그 전투에 입회하고 싶어 하는 것처럼 느껴졌다.

에스티아는 오랜만에 방문했을 멜라토니 거리를 두리번거리며 구경하고 있었다.

그리운 모험가 길드가 시야에 들어오자 여러 감정이 치밀어서 뺨이 풀어졌다.

그러나 모험가 길드 안에서 기다리고 있었던 것은 예상 밖의 광경이었다.

그렇다…… 멜라토니 모험가 길드는 부상자들로 넘쳐났다. 그야말로 야전병원 같은 상황이었다.

피폐해진 모험가들이 이쪽을 쳐다봤지만, 내가 누군지 알아차린 자는 아무도 없었다.

생김새도, 갑옷도 바뀌지 않았는데 어째서? 그러나 곰곰이 살펴보니 이곳에는 젊은 모험가밖에 없어서 다들 나를 모르는 모양이었다.

그리고 아무래도 식당도 지금은 문을 닫은 듯하다.

"접수처로 가자."

나는 라이오넬 및 수행원들에게 말하고서 걸어갔다. 접수처에도 한 번 인사를 나눴었는지 기억이 애매한 아이밖에 없었다.

"죄송합니다. E랭크 모험가 루시엘이라고 합니다. 블로드 씨나 그루가 씨, 혹은 나나엘라 씨나 모니카 씨 계십니까?"

누구든 만난다면 현 상황을 상세히 파악할 수 있으리라 판단했다.

"으음, 죄송합니다만, 현재 상황이 이래서 그 누가 와도 간부분들한테 전하지 말라고 지시를 받아서……."

그러나 내 정체를 모르는 그녀는 지시를 성실히 따르려고 했다.

뒤에서 모험가들이 내뿜던 살기는 라이오넬의 압력에 짓눌려 도중부터 전혀 느껴지지 않았다. 나도 놀라긴 했다.

여기서 시간을 허비해봤자 소용없기에 비장의 수단을 쓰기로 했다.

"그럼 S급 치유사 루시엘이 블로드 스승님을 만나러 왔다고 전해주겠습니까?"

"바, 바로 가겠습니다."

접수처 여자애가 날아가듯 지하 훈련장으로 달려갔다.

그리고 나를 가늠하려는 모험가들의 시선이 강해졌을 때 별명에 걸맞게 질풍처럼 블로드 스승님이 나타났다.

"오, 루시엘~! 보고 싶었다, 이 녀석! 하지만 아주 나이스 타이밍이야. 당장 훈련장에서 치료를 부탁하마. 중상자가 아주 많아."

땀이 조금 맺힌 스승님이 나를 붙잡고서 지하로 끌고 가려고 했다. 그러나 라이오넬이 저지했다.

"질풍, 잠깐만."

"오옷? 정말로 전귀가 루시엘의 수행원이 되었나? 널 상대하는 건 나중이야. 그만하고 어서 아래로 가자고."

나를 허겁지겁 끌고 가려는 스승님에게서 필사적인 감정이 느껴졌다. 누군가를 죽게 내버려 두고 싶지 않으니 지푸라기에라도 매달리고 싶다는 상황이 절실히 전해졌다.

나는 모두에게 고개를 끄덕이고서 블로드 스승님의 뒤를 쫓아 훈련장으로 급히 향했다.

나를 기다리고 있었던 것은 시야 가득한 중상자들이었다.

"이런 건 이에니스에서 겪은 이후로…… 아니, 그때보다도 더 지독한가. 석화에다가 마비, 쇠약에 저주까지."

치유사들의 모습이 몇몇 보였지만, 안타깝게도 마법이 잘 듣지 않는 듯하다.

"스승님, 우선 부상자와 상태이상자를 분류해줄 수 있겠습니까?"

"알겠다. 그런데 그전에 미안하지만 그루가를 치료해다오."

"예?"

그루가 씨가 부상? 영문을 모르겠다.

그 강철 같은 방어력을 자랑하는 그루가 씨가 다치다니…….

스승님이 그루가 씨가 있는 곳으로 안내해줬다. 그런데 그 모습을 보고 솔직히 할 말을 잃었다.

온몸이 타버려서 살아 있는 게 신기할 정도였다.

그루가 씨의 상태를 확인해보니 하이 힐로는 치료할 수 있을지 알 수 없는 상태였다. 그래서 하이 힐을 영창하면서 엑스트라 힐도 무영창으로 발동했다.

또한 상태 이상을 치료하기 위해 디스펠과 리커버를 동시에 발동했다. 그러자 빛의 소용돌이가 그루가 씨를 급속도로 휩쌌다.

그리고 빛이 잦아들자 아무 일도 없었던 것처럼 말끔하게 회복되었다.

나는 상처가 나은 것을 확인하고 딱딱하게 굳어 있는 피딱지를 정화 마법으로 말끔하게 없앴다. 그러자 훈련장에 엄청난 환성이 울려 퍼졌다.

"우오?! 역시 그루가 씨, 인망이 굉장하네. 뭐, 내 목숨의 은인이기도 하니까. 자, 스승님, 아까 부탁드린 대로 해주십시오. 그리고 치유사들을 모아주세요. 아, 그전에……."

나는 그루가 씨에게 그러했듯이 4개의 마법을 블로드 스승님에게 걸었다.

실은 마음에 걸렸었다. 나를 끌고 가려는 힘이 예상보다 훨씬 약했다는 것을. 아마도 상당히 무리하고 있겠지.

"음, 고맙다. 돕고 싶은 자들은 부상자와 상태이상자를 나눠서 쭉 눕혀. 중상자부터다. 치유사들은 잘 들어라. 이 S급 치유사가 직접 회복 마법의 시범을 보여주며 지도를 해준다고 한다."

고맙다고 중얼거리는 소리가 들린 직후에 스승님의 목소리가 모험가 길드 안에 울려 퍼졌다.

그러자 사람들이 일제히 움직이기 시작했다. 직원들도 스승님의 지시에 따라 모험가들을 유도했다. 그중에 나나엘라 씨와 모니카 씨의 모습도 있었다. 눈을 마주치자 기뻐하며 웃어주었다.

"오호~, 정말로 모험가들을 통솔하고 있을 줄이야……. 그토록 대우가 좋은 사관 자리를 능력이 부족하다며 거절했던 멍청이가 변했군."

라이오넬이 스승님을 보고서 살짝 웃으며 중얼거렸다. 다만 말과는 달리 기뻐하는 것처럼 보였다.

그 뒤로 나는 당장 위급한 사람부터 한 사람씩 치료해나갔다. 치료하면서 어떤 이미지로 마법을 써야 하는지를 치유사들에게 설명도 해주었다.

그다음에는 부상자 차례였다. 이들을 치료할 때는 지도하기보다는 어떤 효과인지 보여주기 위해서 에어리어 하이 힐을 사용했다.

에어리어 하이 힐을 5번 발동하여 훈련장에 있던 부상자들을 모두 치료한 후, 상태이상자들을 치료했다.

증상이 그렇게까지 심각하지 않은 자들은 치유사들에게 이미지를 알려주면서 치료하도록 지시했다.

"상태 이상을 고치는 힘이 약하거나, 회복하지 못하는 경우가 있다고 들었어. 그러니까 내가 어떻게 이미지를 떠올리는지 알려줄게. 다음부터는 마음을 굳게 먹고 반성하고서 치료해나간다면 젊더라도 어엿한 치유사가 될 수 있어. 그러니까 똑바로 배우도록."

""""예.""""

내가 지도한 자들은 젊고 의욕이 흘러넘치지만, 스킬 레벨이 낮은 자가 많았다.

남을 정성스레 가르치는 것은 오랜만이었다. 그러나 나 역시 의외로 이런 시간을 원했는지도 모르겠다.

치료를 마쳤을 즈음에 오랜만에 마력이 고갈되는 느낌이 들었다. 그러나 어떻게든 버텼다.

"루시엘, 고생했다. 이번에 큰 신세를 졌군."

예전처럼 곰 같은 늑대 수인으로 되돌아간 그루가 씨가 힘차게 위로해줬다.

"어려울 때는 서로 돕고 사는 법이죠. 그보다도 일어나도 괜찮습니까?"

"그래. 몸 하나만은 튼튼하거든."

엑스트라 힐은 몸을 고칠 수는 있어도, 마음은 회복할 수 없다.

그런데도 평상시처럼 행동하는 그루가 씨를 보고 있으니 역시나 몸과 마음 모두 강인한 초인이라는 걸 알 수 있었다.

"그나저나 그루가 씨가 중상을 입다니, 대체 어떤 마물한테 당한 겁니까?"

"그 얘기는 이따가 천천히 하지. 재회를 축하하고자 내가 지금부터 맛있는 걸 만들 테니 먹고 가라."

얼버무리고 말았다. 아무래도 여기서 이야기할 내용이 아닌가 보다. 이거 휴가 타령이나 하고 있을 상황이 아닌 것 같네.

"잘 먹겠습니다. 그나저나 블로드 스승님, 저 심상치 않은 부상자들이 최근에 자주 실려 온다고 들었습니다만?"

나는 블로드 스승님 쪽으로 고개를 돌렸다. 평범한 상황이라면 저 두 사람이 그 정도로 심한 부상을 했을 리가 없다.

그렇다면 머릿속에서 떠오르는 것은 마족과의 전투였다. 쿠루루 씨가 미궁이 원인이라고 아까 말했으니까.

"아~, 그란돌에 있는 미궁 하나가 활성화되었는지 성 슈를 공화국 내에도 마물들이 넘쳐나기 시작했지. 저쪽에는 고위 모험가가 있어서 일단은 진정된 모양이지만, 그 여파로 멜라토니로 더욱 몰려들고 있어."

"그뿐만이 아닌 거죠?"

"그래. 무슨 영문인지 광산이 그란돌과 연결되는 바람에 날마다 마물들이 이쪽으로 흘러들고 있다. 솔직히 끝이 없어."

그리고 부상자가 늘어나면 대응이 더욱 늦어진다. 모험가들도 마물을 퇴치하여 돈을 벌고 싶을 테지만, 목숨이 붙어 있어야 돈도 의미가 있는 법이니.

그나저나 광산이 사라져서 마물들이 그란돌에서 이쪽으로 침공해왔다는 소리처럼 들리는데.

이런 상황은 원래 성 슈를 교회 기사단에서 대처해야 하지만, 성도를 비울 수는 없는 노릇이니까.

자칫하면 일마시아 제국이 아닌, 그란돌이 성 슈를 공화국에게 전쟁을 건 상황으로 비화할 수도 있다.

제국이 절호의 기회라며 이 사태를 구실로 삼아 다른 나라에 간섭하여 모험가 길드 나라인 그란돌을 때릴 수도 있다.

"실은 스승님과 라이오넬의 모의전을 보고 싶어서 멜라토니에 온 건데, 이 상황에 휘말리지 않으면 큰일이 벌어질 것 같네요."

"……부탁해도 되겠나?"

스승님을 비롯한 모험가들이 패배한 이유는 치료해줄 사람이 없었기 때문이다. 약사 길드는 성 슈를 공화국 내에도 있긴 하지만, 치유사 길드가 위세를 떨치고 있어서 명맥만 겨우 유지하는 상태이니까.

내가 있다면 그 우려가 사라진다. 만반의 상태라면 스승님과 모험가들이 이기지 못할 적은 없겠지.

안전을 고려해서 스승님과 라이오넬이 함께 싸워준다면 만약에 내가 동행하더라도 위험할 일은 없겠지.

그렇게 생각하고서 바로 확인했다.

"뭐, 스승님의 부탁을 거절하는 제자는 없죠. 게다가 멜라토니는 제게 특별한 도시니까요. 다만 스승님과 라이오넬 모두 절 확실히 지켜주지 않으면 모의전 때 치료해주지 않을 겁니다."

"좋아. 내일을 대비하여 결기 집회를 하지."

"아니, 그전에 모험가들한테 설명할 것도 있고, 또 각 방면 담당자와 사전 논의도 하는 등 여러모로 할 일이 많잖아요."

"가르바처럼 말하지 마. 애당초 네가 가르바를 이에니스로 불렀기 때문에 이렇게 바빠진 거라고."

"그게 일 아닙니까?"

나와 블로드 스승님이 언쟁을 벌이고 있으니 모험가들이 우리를 주목하고 있음을 깨달았다.

아마도 스승님은 일부러 언쟁을 벌여서 내가 현장으로 가는 것을 의아해하는 시선을 돌리려고 한 것 같다.

그리하여 작전 회의가 아닌 결기 집회라는 이유로 그루가 씨가 차려준 저녁밥을 먹게 되었다. 집회가 막바지에 접어들자 스승님과 라이오넬은 카운터로 이동하여 술잔을 나누고 있었다.

당연히 두 사람의 모습은 엉망진창이었다.

그 모습이 보이는 위치에서 나는 나나엘라 씨와 모니카 씨에게 선물을 건네고서 이에니스에 간 뒤로 겪었던 일을 이야기하면서 친분을 키웠다.

23 차원이 다른 힘

결기 집회라는 이름의 음주회를 하고 난 이튿날, 내가 물체X를
마시려고 하자 블로드 스승님과 그루가 씨가 말렸다.

"루시엘, 분명히 말해두겠는데 이번에는 레벨이 단숨에 올라가
더라도 이상하지 않아. 이번 마물들은 그만큼 강해."

"물체X의 효과는 의심할 게 없지만, 루시엘은 오랫동안 마셔왔
으니 그다지 효과는 없잖나? 그러니 이번에는 그만둬."

"분명 그렇긴 한데, 최근에 마실 기회가 줄어들어서 그런지 지난
번에 마셨더니 기절할 뻔했어요. 그래서 입을 길들여둘까 해서."

""그만둬.""

설마 이구동성으로 말릴 줄은 몰랐다. 그래도 저 두 사람의 말
이니 정신을 바짝 차리고 듣지 않으면 나중에 후회할 것 같다.

그래서 나는 지금 고생하고 있는 것…… 레벨이 잘 오르지 않
는 고민을 상담하기로 했다.

저 두 사람이라면 확실히 겪었을 일이니 물어볼 만한 가치가 있
겠다고 생각했기 때문이다.

"안 그래도 최근에 레벨이 잘 오르지 않아서 고민이에요."

"안심해라. 반드시 올라간다. 이번은 우릴 지속해서 치료해야
할 테니, 우리도 조금이나마 레벨이 오를 수 있도록 협력하마."

뭐가 특별한 것을 가르쳐준 것은 아니었다. 그러나 어쩐지 레

벨이 오를 것 같은 기분이 들었다.

그러나 동시에 그 속내를 읽을 수 있었다.

"마력량을 조금이라도 많이 확보하라는 뜻인가요?"

"미안하지만, 그런 셈이지."

블로드 스승님의 눈에 결의가 있었다.

"알겠습니다. 뭐, 제가 표적이 되지 않도록 적을 제압해주세요."

"맡겨둬."

"루시엘 님은 우리가 지킨다. 안심하고 나한테 네 역량을 유감없이 보여다오."

"헷, 네가 눈으로 보고서 대응할 수 있을까?"

카운터에서 술을 마시는 모습이 멋있었다. 두 사람 모두 저 상태가 가장 편한가 보다.

아이들이 다투는 것 같은 저 모습이 옥에 티지만…….

그로부터 머지않아 우리는 마차를 타고 다른 모험가들과 함께 광산의 국경으로 출발했다.

"선두는 케핀과 블로드 스승님, 두 번째 열은 라이오넬, 세 번째 열은 케티와 저, 그리고 에스티아. 후미는 그루가 씨가 맡도록 하죠."

"다른 모험가들을 뺀 의도가 있나?"

"예. 만약에 이 사태가 마물의 집단폭주(스탬피드)라면 총력전으로 나서야 했겠죠. 하지만 얘기를 들어보니 소수정예로 나가는

게 더 좋을 것 같습니다."

"소수정예라……."

"우선 스승님은 재빠른 마물한테도 뒤지지 않을 것 같고, 케핀은 미궁 내 함정을 탐지하고 해제할 수 있습니다."

나는 스승님을 납득시키기 위해서 차근차근 설명하기로 했다.

"라이오넬은 근접 · 중거리 공격이 장기이고, 또한 방어력도 단단해서 앞에서 절 호위합니다. 제 좌우에는 발이 빠른 케티와 색적이 장기인 에스티아를 배치합니다. 이렇게 하면 후방에서 적이 엄습해오더라도 충분히 대응할 수 있어요."

내 수행원들로 진형을 짠 이유는 배후를 맡길 만큼 믿을 수 있는 모험가가 없기 때문이다. 백랑의 핏줄이라면 이야기는 달라지겠지만.

"마지막으로 그루가 씨가 후방에 있다면 기습을 받더라도 수습할 만한 시간을 벌 수 있습니다. 게다가 진형을 전체적으로 균형 감 있게 조율할 수 있을 만한 경험도 있고요. 이게 절 지키기 위한 가장 안전한 선택입니다."

"……전체적인 작전이나 의도를 그토록 청산유수처럼 줄줄 말하는 건 루시엘의 굉장한 장점이지. 나 참, 높은 자리에 올라도 본질은 늘 변함없구먼."

스승님이 뺨을 살짝 실룩거렸다.

주위 사람들이 이의를 제기하지 않는 이유는 체념했거나, 혹은 베스트 포지션이라고 여겨서겠지. 그렇게 생각하고 싶다.

"그야 그렇죠. 왜냐면 전 아직 죽고 싶지 않거든요. 다만 이건 모두를 살리기 위한 포진이기도 하니 틀림없이 이 진형이 최선입니다."

"큭큭큭. 얼굴이 아주 장부다워졌군."

아까 전과는 달리 웃으면서 내 어깨를 두드리는 그 손에는 무언가가 담겨 있었다.

그런 기분이 들었다.

"선풍 대신에 내가 1년 동안 착실히 단련시켰으니까."

라이오넬이 자신만만하게 단언했다. 그러나 이건 명백한 도발이었다.

"전귀, 토대를 만든 건 나였다고 어제도 말했을 텐데."

무슨 영문인지 어제부터 두 사람은 제자를 두고서 언쟁을 벌이고 있었다. 분명 사이가 좋아서 그런 거겠지. 그렇게 받아들이기로 했다.

스승님과 라이오넬이 직성이 풀릴 때까지 토닥거리려면 시간이 필요할 것 같으니 우선 궁금한 것을 물어보기로 했다.

"그나저나 어제는 마물 이야기를 그다지 하질 않던데, 그 미궁에서 쏟아져 나오는 마물들을 쓰러뜨렸더니 마석으로 변하던가요?"

"아니. 물론 시체가 남으니 체내를 뒤지면 마석이 나오긴 하지만, 일반 마물이라고 생각해도 무방하다."

마물이 미궁 밖으로 나오려면 무언가 제약 같은 게 있는 걸까?

아니면 미궁이 갈다르디아의 기억에 있는 마물을 낳고 있는 걸까? 점점 갈수록 모르겠다.

만약 마물들을 전이시킨 거라면 공간 속성을 조작할 수 있는 존재가 있다는 뜻이 되겠지만, 그 생각은 그만두기로 했다.

입 밖으로 내뱉거나 생각하기만 해도 현실이 될 것 같다는 예감이 자꾸만 들었기 때문이다.

"……하지만 야외에서 마물을 쓰러뜨리면 주변에 온통 피비린내가 진동해서 흥분한 마물들이 더욱 몰려들 거 같은데요?"

"그건 약사 길드의 향초를 피우면 어느 정도는 억제할 수 있다."

아무래도 대처할 방법이 있는 듯하다.

그나저나 마법사 길드가 그런 마법을 개발하지 않았다는 것에 나는 의문을 품었다.

"일단 현장에 도착하면 주변부터 정화하겠습니다. 그다음에는 부상자를 치료하죠. 마물을 섬멸하는 건 그 뒤겠네요. 물론 적이 기다려준다면 말이지만요."

나는 흔들리는 마차 안에서 부상자는 나오더라도 사망자는 나오지 않기를 기원했다.

흔들리는 마차 안에 오랫동안 있었는데 전혀 도착할 기미가 없었다.

"얼마나 더 걸릴까요?"

"음, 이 속도라면 한나절 정도겠지."

마차가 느긋하게 달려서 의외로 가까운가 보다, 하고 지레짐작했다. 사전에 더 확인할 걸 그랬다.

나는 그 말을 듣고서 마차에서 내리겠다고 했다.

"일찍 물어보길 잘했네요. 마차를 교체하고서 단숨에 달려가도록 하죠."

"어떤 마차를 타든 속도는 크게 달라지지 않을 텐데?"

"교체해보면 압니다. 전 위험한 곳에 가고 싶지 않기는 하지만, 시간을 허비해서 다른 사람이 죽도록 내버려 두는 것도 싫어요."

내 말을 듣고서 스승님과 그루가 씨가 당혹스러워하는 기색이었다. 그러나 우리가 늘 타고 다니는 마차로 교체하고서 달리기 시작하자 이내 납득해줬다.

그 뒤에는 본의 아니게 다른 모험가들을 놔두고서 먼저 달려 나갔다. 그러나 사람의 목숨이 달려 있으니 우리도 타협할 수는 없었다.

뭐, 목적지는 똑같으니 문제는 없겠지.

"이런 걸 제작하느라 돈푼깨나 썼을 것 같은데?"

스승님과 그루가 씨가 불안해하며 쳐다봤다. 분명 드란에게 평범하게 의뢰하여 제작을 맡겼다면 비싼 값을 치렀겠지.

나는 그런 상상을 하다가 자꾸 신경을 쓰는 스승님과 사정을 어렴풋하게 눈치챈 그루가 씨에게 솔직히 말하기로 했다.

"이건 루시엘 상회의 기술개발부가 제작한 마차라서 비용은 마석과 트렌트 나무밖에 들지 않았어요. 마석은 꽤 소비했지만."

"……치유사나 이에니스의 대표 말고도 여러 일을 하고 있구나?

상재(商材)까지 있었던 거냐?"

"뭐, 흐름과 운이 절묘하게 잘 얽힌 결과입니다. 그저 특정 분야의 전문가한테 투자했을 뿐이에요."

스승님이 놀란 표정을 짓자 나는 웃으면서 대답했다.

그 이외의 표현은 떠오르지 않았다.

마치 각 역에서 정차하는 보통 열차에서 쾌속 열차로 갈아탄 것처럼 단숨에 나아갈 수 있게 되었다. 한나절이 걸릴 거리를 세 시간 만에 주파했다. 어느덧 광산이 가까워졌다.

"나중에 이 마차를 내게도 만들어다오."

"물론이죠. 하지만 여기서부터는 걸어가야겠군요."

멀리서 비행 물체가 다가오는 것이 보였다.

우리는 바로 마차에서 내려 마차는 마법 주머니에, 말은 은자의 마구간에 넣었다.

이 광경을 보고도 스승님과 그루가 씨가 놀라 소리쳤다.

"그거 은자 시리즈냐?!"

"우리가 오랫동안 모험하면서 하나밖에 찾아내지 못한 물건을 벌써 찾아낼 줄이야. 강운의 소유자답구만."

강운이 아니라 호운 선생님인데요.

"뭐, 운이죠."

"운이라……. 그렇다면 이건 네가 갖고 있어라."

그건 낡은 열쇠였다.

"스승님, 이건?"

내가 놀라며 손에 쥔 열쇠를 스승님 앞에 내밀자 열쇠 이름을
말해줬다.

"은자 시리즈 중 하나인 은자의 관(棺)이다."

관? 그 관?!

"어쩐지 저주받을 것 같은 이름인데요?"

"크크크. 뭐, 그렇지. 여기에 들어갈 수 있는 건 의식이 없는 녀
석뿐이야."

관이라서?!

"의식이 없다? 그렇다면 수면 중일 때만 사용할 수 있다는 겁
니까?"

"아니, 의식이 있더라도 들어갈 수는 있어. 열쇠로 잠글 수는
없지만. 그리고 의식이 회복되면 바깥이 어떤 상황이든 멋대로
열어서 밖으로 내보내지."

그거 뇌사나 마비에 걸렸거나, 보스와 전투를 벌일 때 느닷없
이 출현하는 그런 아이템인가?

그럼 마법 주머니에 넣으면 시간이 정지되는 건가?

아니, 은자의 마구간을 마법 주머니에 넣어도 괜찮으니 어떻게
되는지 검증할 필요가 있을 듯하다.

"지금껏 사용한 적이……?"

"……딱 한 번 있다. 하지만 나는 이 도구를 잘 활용할 수 있는
방법을 모르겠다. 그러니 루시엘, 네게 맡긴다. 너라면 잘 써먹을
수 있을 것 같은 기분이 들어."

스승님은 열쇠를 애써 보지 않으려고 하는 것 같았다. 이유는 잘 모르겠다.

"……알겠습니다. 조심해서 쓰도록 할게요."

"그래. 그럼 저 비행하는 마물을 격추해볼까."

"예."

대화를 나누고 있는 우리 눈앞으로 하늘을 나는 사자가 엄습해 왔다.

내가 바로 에어리어 배리어를 발동하자 각자 일제히 움직이기 시작했다.

"루시엘 님, 던져도 되는 창을."

라이오넬의 말을 듣고 나는 바로 성은의 창을 던져줬다.

라이오넬은 던져준 창의 자루를 쥐자마자 하늘을 나는 사자에게 투척했다.

성은의 창이 엄청난 속도로 날아갔다. 그러나 거리가 있어서 하늘을 나는 라이온이 회피……할 줄 알았는데 날개가 잘려 떨어져나갔다.

한순간 눈앞에 스승님의 모습이 비친 것 같았는데 지금은 사라졌다. 바로 그때 라이오넬이 화염 대검을 휘둘렀다. 지금껏 본 적이 없는 화염 소용돌이가 하늘을 나는 사자를 집어삼켰다. 폭풍(爆風)과 함께 화염이 사라지자 하늘을 나는 사자의 머리와 몸통이 분리되어 있었다.

"뭐, 이 정도인가. 그나저나 마물 토벌도 문제가 없는 것 같구만,

전귀."

"그쪽도 고속으로 이동하면서 정확하게 기술을 펼치다니. 실력이 녹슨 것 같지는 않군, 선풍."

두 사람 모두 차원이 다른 힘을 보여주었다. 그러나 마음에 걸리는 점이 있었다.

"라이오넬, 적룡이나 마족과 싸울 때도 힘을 억누르고 있었던 거야?"

"적룡과 싸웠을 때는 몸이 나아진 지 얼마 되지 않아서 제 실력을 온전히 낼 수가 없었고, 또한 장비가 부서질 우려가 있었습니다. 그리고 지난번에는 전력을 다했다가는 마물뿐만 아니라 마을까지 통째로 파괴할 가능성이 있었지요. 이번에는 주변에 아무것도 없으니 절호의 기회군요."

"그래서 보여줄 실력이 더 남아 있는 거야?"

"없다고는 말씀드릴 수 없겠군요."

라이오넬이 대담하게 웃었다.

아마도 지금까지는 무의식적으로 부상을 우려하여 머리가 제멋대로 제한했을 테지.

그런데 스승님에게 지고 싶지 않다는 이유로 그 제한이 풀렸다.

아마도 그런 거겠지? 그야말로 지고는 못 사는 체질이 각성한 것이다.

"루시엘, 내게는 뭐 할 말 없냐?"

"전 이미 스승님이 인간이 아니라는 걸 인정하고 있습니다. 그보다도 그토록 강한 스승님께 상처를 낸 적은 대체 뭡니까?"

내 물음에 대답한 사람은 블로드 스승님이 아니라 그루가 씨였다.

"저기 나뒹굴고 있는 만티코어보다도 강한 키메라야. 게다가 한 마리만으로도 성가신데 동시에 세 마리가 달려들었지. 그중에 한 마리는 특수 개체였고. 천하의 블로드도 모험가를 지키면서 전력으로 싸울 수는 없는 노릇이었어."

"그루가, 너도 모험가를 구하기 위해서 줄곧 몸을 던져가며 벽 역할을 자처했잖나. 그 때문에 다 죽을 뻔했으면서 무슨 소리를 하는 거야."

나에게 폭로되어서 유쾌하지 않았는지 애들끼리 다투는 것처럼 그루가 씨의 결점을 말했다.

저 두 사람은 적이 강해서가 아니라 모험가들을 지키느라 큰 부상을 한 것 같다.

그나저나 요즘은 모험가에게 물체X를 먹이지 않는 걸까?

"스승님도, 그루가 씨도 옛날에는 물체X를 마셨죠? 그런데 왜 저렇게들 상태 이상에?"

내가 말하자 분위기가 딱딱해졌다.

그리고 무슨 영문인지 두 사람이 눈빛을 주고받기 시작했다. 화제를 돌리고 싶어 한다는 걸 눈치채고서 어쩔 수 없이 단순한 것을 물어보기로 했다.

"스승님과 그루가 씨가 함께 싸우고, 고랭크 모험가들이 지원한다면 금세 해결할 수 있을 것 같은데 그게 잘 안 됐던 겁니까?"

"키메라가 교활해서 약한 자부터 노렸어. 게다가 마물이 그뿐이었다면 다행이었겠지만, 더 있다는 걸 우리가 뒤늦게 알아차렸어. 그리고 상태 이상을 일으키는 마물들이 아주 많아. 그것들을 제압하려면 모험가들의 숫자가 어느 정도 필요해."

그토록 현장이 위험하다면 당장 달려가서 안전을 확보하는 편이 낫지 않을까? 나는 솔직히 그렇게 생각했다.

내가 아는 자 중에서 최강인 스승님과 그 라이벌로서 각성을 한 라이오넬이 쓰러뜨리지 못할 적은 없겠지.

"그럼 서두르도록 하죠."

"호위 대상이 먼저 가지 마."

다급한 마음을 억누르지 못하고 나는 만티코어를 마법 주머니에 넣고서 달려 나갔다.

그러나 다들 나보다 발이 빨라서 금세 따라잡혔고, 이내 내가 지시했던 진형을 구축했다.

나는 웃으면서 계속 달렸다.

10분 뒤에 광산 입구에 도착했다. 그런데 그 부분만이 마치 지반이 가라앉은 것처럼 사라진 상태였다. 의아하게 여기며 가까이 다가가 보니 이내 그 이유를 알 수 있었다.

나를 기다리고 있었던 것은 미지의 흉악한 마물이 아니라 전생용(轉生龍)들이 봉인된 거대한 문이었으니까.

24 바람

전생룡이 봉인된 문 근처에서 격렬한 전투가 펼쳐지고 있었다. 그리고 그 안에 낯익은 얼굴이 눈에 띄어서 깜짝 놀라 목소리를 높였다.

"어째서 가르바 씨가 여기에 있는 겁니까?!"

지금 이에니스를 재건하려면 유능한 지도자가 필요한데…….

그러나 나는 그 말을 겨우 삼켰다.

저 사람이 나름의 이유도 없이 행동할 리가 없다고 생각해서였다.

그루가 씨를 쳐다보니 가르바 씨가 분투하는 모습을 보고 기뻐하고 있었다.

"역시 형님. 왈라비스보다도 교란에 능해."

그 말을 듣고 전장을 유심히 보니 가르바 씨와 함께, 솔직히 전력이 되지 않는 왈라비스의 모습이 보였다. 그 외에도 수많은 모험가가 싸우고 있었다.

스승님을 선두로 우리는 마물 떼를 향해 달려갔다. 그리고 나는 마물에 전혀 손도 대지 못한 채 시체가 산처럼 쌓여나갔다.

그리고 모험가들이 그것을 회수하고자 돌진했다.

현장에서 엄청난 냄새가 풍겼다. 비라도 내려 모든 것을 씻어줬으면 하지만, 무심하게도 푸른 하늘이 펼쳐져 있어서 기대하려야 할 수가 없었다.

나는 정화 마법을 발동하며 나아갔다. 그러나 최전선에 쌓여 있는 어마어마한 시체의 산을 보니 저 악취를 없애기 위해서 얼마나 고생해야 할지, 머리를 싸쥐고 싶어졌다.

이럴 바에야 차라리 물체X를 마시고서 냄새를 상쇄시키는 게 나을 것 같았다.

"그루가!! 살아 있었나!"

정신을 차려보니 어느새 가르바 씨가 우리 앞을 지나 그루가 씨를 끌어안았다.

언제 이에니스에서 왔는지 모르겠지만, 가르바 씨가 마음만 먹는다면 하루면 이곳까지 올 수 있을 것 같긴 하다…….

그나저나 그루가 씨가 중상을 입었음을 알고 있으니 가르바 씨가 틀림없이 많은 마물들에게 비참한 죽음을 선사했을 것이다.

마물일지라도 동정하고 싶어지네.

근처에 있는 것만으로도 죽을상인 왈라비스의 얼굴을 보면 훤히 알 수 있다.

아마도 가르바 씨는 그루가 씨가 죽으면 바로 알 수 있도록 노예인 왈라비스를 놔뒀겠지.

그 철저한 성격을 이에니스에서 지휘를 맡게 된 이후로 더욱 갈고 닦은 듯했다.

"그래, 루시엘이 살려줬어."

그루가 씨의 말을 듣고서 가르바 씨가 이쪽으로 고개를 돌리더니 웃으며 감사 인사를 했다.

내가 있다는 걸 알아차리지 못했을 만큼 그루가 씨를 걱정했겠지.

"루시엘 군, 그루가를 구해줘서 정말로 고맙다."

"어려울 때는 서로 도와야죠. 그나저나 이에니스는?"

저 사람은 정말로 성실하다고 생각한다.

"사흘 전에는 특별히 문제가 없었지. 루시엘 상회한테 큰 신세를 지고 있다."

사흘 전……. 적어도 멜라토니에서 이곳까지 왕복으로 하루……. 즉 가르바 씨는 약 하루 만에 이곳까지 왔다는 계산이 나온다…….

가르바 씨도 역시나 인간의 영역을 진즉에 초월한 모양이다.

"맞다, 맞아. 모두가 배웅을 놓쳤다고 어찌나 슬퍼하던지. 용케도 수인들의 마음을 사로잡았구나."

"하핫……. 두 분이 조력해준 덕분이죠."

피하고 싶었던 화제를 자기 입으로 언급한 것을 후회하면서 상황을 확인하려고 했다.

그런데 가르바 씨가 날카로운 눈으로 블로드 스승님을 쳐다봤다.

"블로드, 키메라를 쓰러뜨린 건 좋지만, 지휘를 무시하고 달려드는 건 그만둬. 민폐다."

"그렇게 째려보지 마. 그나저나 지금 상황은?"

스승님도 그루가 씨가, 동료가 피투성이가 돼서 눈이 돌아갔을

테지만, 그 행동은 지휘관으로서는 실격이라고 할 수 있겠지.

뭐, 가르바 씨도 진심으로 화를 낸 게 아님을 금세 알 수 있었다. 살기나 노기를 전혀 내보이지 않았으니까.

블로드 스승님도 그걸 아는지 이내 상황 확인에 들어갔다.

내 눈으로 보니 지금은 마물과 전투를 벌이고 있는 곳은 없었다. 대부분이 소재를 채취하고 있는 듯했다.

"주변에서 마물들이 모여들긴 했지만, 성 슈를 공화국 내에 들어오면 약해지는지 고전하지는 않았어. 그렇게까지 강력한 개체도 없었고, 광산 터에서 기어 나온 마물들도 상태이상 공격 말고는 크게 위협적이지 않았어."

아무래도 소란이 대강 가라앉은 듯하다. 그렇다면 현장에 더 머무를 필요가 있을까? 나는 블로드 스승님의 뜻을 따르고자 지켜봤다.

"형님, 그 너구리는 도움이 되었습니까?"

"으~음……. 조금?"

왈라비스는 변신하는 능력이 있지만, 금세 원래 모습으로 되돌아갔다.

어떤 식으로 도움을 줬는지는 모르겠지만, 이 현장에서 살아남은 것만으로도 칭찬할 만하다고 생각한다.

"필사적으로 소취 약초를 태웠다푸~. 이제 혼나는 건 사양이다푸~."

……성격이 그다지 변하지 않은 왈라비스에게 말을 걸었다.

"왈라비스, 노예생활은 어떻습니까?"

"노예생활이 쾌적할 리……, 서, 성인(聖人)님께서 왜 이곳에 있는 거다푸~."

그저 말을 걸었을 뿐인데 왈라비스가 떨기 시작했다.

민망할 정도로 몸을 떠는 모습을 보니 어쩐지 충격을 받았다.

"성인은 아니고. 이에니스에서의 임기가 끝나서 멜라토니로 귀환한 겁니다."

"악몽이다푸~. 그루가가 다친 건 내 책임이 아니다푸~. 그런데도 가르바한테 혹사당했을 뿐만 아니라 이번에는 푸르께한 빛을 발하는 악마까지 나타나다니……."

아까는 성인이고 이번에는 악마? 호칭이 손바닥 뒤집듯이 확 바뀌네.

왈라비스가 중얼거린 말을 들은 사람은 나뿐만이 아니었다.

케핀과 케티가 똑똑히 들었는지 날카롭게 쳐다봤다.

왈라비스의 안색이 서서히 창백해지는 걸 보고 더는 시간과 감정을 쏟지 않기로 했다.

그리고 나는 먼발치에서도 보이는 봉인의 문 쪽으로 시선을 돌렸다.

어째서 야외……, 그것도 평원에 봉인의 문이…….

나는 정말로 머리를 싸쥐고 싶은 심정으로 상황을 확인했다.

"……이 현장에서 언제 철수할 건가요?"

내 말을 듣고 블로드 스승님과 가르바 씨가 반응했다. 두 사람

중 블로드 스승님이 대답해줬다.

"글쎄……. 그란돌 방면에서 마물들이 오고 있기는 하지만, 그쪽 모험가들이 미궁에서 솟아나고 있는 마물들을 섬멸한다면 원인이 해결될 테고……. 뭐, 광산 쪽은 강한 마물을 쓰러뜨렸으니 당분간은 괜찮을 것 같다."

이런 상황에서 죽고 싶지 않아서 철수 이야기를 꺼낸 거냐고 받아들여도 어쩔 수 없다.

그보다도 저걸 어떻게 하지? 내가 택할 수 있는 선택지는 하나뿐이었다.

"당장은 회복 담당도 필요가 없겠죠?"

"그래. 그렇게까지 심하게 다친 녀석은 없는 것 같아. 그보다도 왜 고민하는 얼굴로 그런 걸 묻지?"

"저기에 커다란 문이 있는데 보이는 분 있나요?"

다들 내가 손가락으로 가리키는 쪽을 쳐다봤다. 그러나 반응이 대단히 미지근했다.

가장 먼저 의도를 깨달은 사람은 케핀이었다.

"루시엘 님, 혹시?"

라이오넬과 케티도 놀란 표정으로 나를 쳐다봤다. 그러나 가장 놀란 건 바로 나라는 걸 알려주고 싶었다.

"그래……. 미궁도 없는데 봉인의 문이 보여."

"루시엘, 정신 차려라. 뭐가 있다는 건가? 그리고 봉인의 문은 또 뭐야? 자세히 설명해."

모험가 길드 마스터이기도 한 스승님이라면 알고 있을지도 모르겠다고 생각했는데 꼭 그렇지도 않은가 보다.

나는 스승님이라면 설명해도 되겠다 싶어서 입을 열려고 했지만, 주위에 왈라비스를 비롯한 모험가들이 있어서 그만뒀다.

"여기서는 말씀드릴 수 없습니다. 제가 신용하는 사람 이외에는 이 얘기는 할 수 없습니다."

"중대한 얘기란 말이지? 그렇다면 왈라비스는 내가 데리고 가지."

"죄송합니다. 가르바 씨."

"모험가들은 내가 멀리 떼어놓을까?"

"그루가 씨, 잘 부탁드립니다."

가르바 씨가 왈라비스의 목덜미를 움켜쥐고서 멀리 떨어졌다. 그루가 씨는 모험가들을 멀찍이 물리쳤다.

나는 모두에게 봉인의 문이 무엇인지, 그리고 그와 관련한 정보를 알려주기로 했다.

그전에 준비 작업으로 서약을 받아두기로 했다.

"블로드 스승님뿐만 아니라 모두한테 서약을 받도록 하겠습니다. 대가는 지금부터 몇 분간의 기억. 만약에 어떤 방법으로든 누구한테 알리려고 한 순간 그 기억을 잃게 됩니다."

"알겠다. 난 길드 마스터로서 알 권리가 있으니까."

블로드 스승님이 말하자 모두가 서약을 받아들였다.

서약을 끝마치고서 나는 설명하기 시작했다.

"봉인의 문은 멋대로 붙인 명칭인데, 전생용이라는 용사에게 가호를 주는 존재가 봉인된 장소에 가기 위한 문입니다. 용의 봉인을 풀면 이 부근에 커다란 마석이 나타날 가능성이 있는데, 그 누구든 절대로 접촉하게 하지 않겠다고 약속해주세요. 지키지 못한다면 모두가 죽습니다."

"잘 모르겠지만 그 마석에 저주가 걸려 있는 건가? 중요한 건가?"

분명 그 마석을 본다면 누구나 탐을 낼 만도 하다.

나조차도 그 현장을 보지 않았다면 그렇게 생각했겠지.

"아뇨, 다만 욕망에 이끌려 접촉하게 되면 사신을 불러들이게 되고, 마석 주변에 있는 모든 자들이 언데드로 변해버려요. 그뿐입니다."

"""???!!!!"""

내가 단언하자 상황을 아는 수행원들을 비롯해 모두가 놀라움을 감추지 못했다.

"그럼 그 봉인된 용을 그대로 놔두면 되지 않나? 그럼 아무도 죽지 않을 거 아냐?"

"저도 그렇게 생각했지만, 안타깝게도 그렇게 하면 용사가 태어나기 전에 세계가 마물이나 마족한테 먹히고 말아요……. 아마도 틀림없이."

제국이 마족을 만들어내고 있으니 언젠가 마왕 역시 만들어낼 가능성도 없지는 않으니까.

이건 라이오넬 및 수행원들에게도 말하지 않은 내 고찰이다.

스승님이 좋은 사람이라는 건 알고 있지만 정말로 좋은 사람이기에 휘말리게 할 수밖에 없었다.

저 사람을 보면서 눈앞의 문에서 도망치고 싶어 하는 내 마음을 다잡기 위해서…….

내가 힘없이 웃자 또다시 사람들이 경악했다.

의도치 않게 신빙성이 늘어난 모양이다.

"……그렇게 위험한 걸 어째서 네가?"

"어쩌다 보니 용의 봉인을 제가 풀었을 뿐이에요. 그 후로는 제가 할 수 있는 범위에서…….."

나는 가슴을 두드리며 웃어 보였다.

"그래? 내가 모르는 사이에 이미 어엿한 모험가가 되었구먼…….."

"이 정도는 해야 어엿한 모험가가 될 수 있다면 모험가 자격을 반납하고 싶은데요……. 하핫."

블로드 스승님이 무언가 결의한 것처럼 느껴졌다. 그러나 그것도 한순간, 이내 웃음을 지었다.

"그래……, 알겠다. 이쪽 일은 맡겨둬."

"부탁드려요. 그런데도 다가가려고 하는 자가 있다면 죽지 않을 정도로만 베어도 상관없어요. 돌아와서 회복 마법으로 원래대로 되돌릴 수 있으니 악몽쯤으로 여길 테죠."

"""엡.""""

"그럼 이 일대를 정화하기 전에 전생용의 봉인을 해제하고 올게요."

나는 봉인의 문으로 걸어가기 시작했다.

문 주위에는 마물이 없었다. 내가 오기를 기다리는 것처럼 느껴졌다.

"접촉하고 싶지는 않지만 어쩔 수 없네. 바라건대 이번에 만나는 용은 얌전한 성격이기를."

나는 그렇게 바라면서 봉인의 문에 손을 댔다. 그러자 마력이 단숨에 빨려들기 시작했다.

노란색 빛이 용솟음치는 듯했다. 그렇다면 광룡(光龍)? 아니면 뇌룡(雷龍)? 그렇게 생각하는 사이에 문양이 떠오르더니 문이 열리기 시작했다.

나는 뒤를 돌아 확인해봤다. 역시나 모두의 눈에는 문이 비치지 않는다는 걸 표정을 보고 알 수 있었다.

나는 한 손을 들고서 문을 지났다. 문이 서서히 닫히더니 퇴로가 완전히 사라졌다.

지금까지와는 달리 계단은 없었다. 통로 끝에 파란색과 노란색, 그리고 검은색 번개를 방출하고 있는 용이 누워 있었다.

만약에 이것이 함정이라면 가볍게 몇 번쯤은 죽을 자신이 있다.

조심스럽지만 확실히 앞으로 나아갔다. 마법진이 손에 닿을락 말락 하는 거리에 이르렀을 때 머릿속에서 목소리가 울렸다.

〈사신의 봉인을 푸는 해방자여. 성룡, 화룡, 토룡의 저주를 풀고서 이번에는 내 봉인을 풀고자 왔는가?〉

아무래도 목소리의 주인공은 뇌룡인 듯하다.

그보다도 이상하다.

"저주에 걸렸는데도 의식을 유지하고 있잖아?!"

〈우리 용족 중에서 가장 마지막에 봉인되었기 때문이다. 성가시기는 하지만 아직은 버틸 만하다.〉

얼핏 보니 사악한 검은 기운이 온몸을 뒤덮고 있는 것처럼 보이지 않았다.

그렇다면 공격을 가하지는 않겠지? 마음에 조금은 여유가 생겼다.

이 기회를 살려서 질문을 해보기로 했다.

"그래? 그럼 저주를 풀기 전에 질문을 해도 될까?"

〈……좋지. 해방자는 모든 것을 알 권리가 있다.〉

뇌룡이 깨나른하게 대답했다. 그러나 눈만은 날카롭게 나를 쳐다보고 있었다.

……무서워라아아아. 긴장을 조금이라도 풀었다가는 오금이 저려서 움직이지도, 말하지도 못할 것 같다.

"……단도직입이긴 한데 봉인은 전부 몇 개나 있어?"

〈봉인은 8개. 날 해방한다면 남은 봉인은 4개.〉

"광, 암, 수, 풍. 4개의 봉인의 문이 남은 거 맞지?"

〈그렇다. 대정령의 숫자는 여섯. 현자가 되는 데 필요한 정보다.〉

나는 눈이 휘둥그레졌다.

"……현자에 이르는 방법을 알고 있어?"

현자가 되기 위해서 모든 정령과 모든 용의 가호를 받아야 한다면 굳이 되고 싶지는 않은데…….

〈우리는 전생룡. 모든 것을 하는 초월적인 존재다.〉

"그럼 용을 해방한 뒤에 남는 마석에서 사신이 나오지 못하도록 하는 방법이 있어?"

지금 그야말로 직면한 문제다. 이 문제를 극복할 수 있다면 더는 사람들이 언데드로 변하지 않겠지.

그러나 이내 뇌룡이 그리 간단한 문제가 아니라고 말했다.

〈미궁 최심부에 남는 건 마석이 아니라 미궁의 핵이다. 만지면 미궁의 관리자가 호출되지.〉

아아…… 이 얼마나 부조리한 세계란 말인가. 그 말은 미궁의 관리자가 사신이라는 소리잖아…….

"대책은 없어? 다른 신한테 알려서 사신의 행동을 저지하게 한다든가?"

〈핵을 바깥으로 가지고 나가면 그 순간 미궁은 소멸한다.〉

애당초 가지고 나갈 수 있는 물건이 아니잖아.

이럴 수가…… 아아, 환생자가 공간 이동을 익히면 소멸시킬 수 있다는 건가…….

그러나 그것은 즉 환생자의 죽음을 의미한다.

환생자가 목숨을 던지면 미궁은 사라진다……. 그런 선택지가 남아 있다는 뜻인가.

그런데 그런 정보를 아는 사람은 레인스타 경과 만났던 적이 있는 나뿐이다.

기껏 환생한 사람에게 말해줄 수는 있어도 설득할 수는 없겠지.

"……응? 그럼 여긴 어떻게 돼? 광산이 꺼져버려서 봉인의 문이 야외에 노출되었는데."

〈그거 이상하군. 루브르크 왕국과 그란돌 국경에 있는 모략의 미궁은 아직 무너지지 않았다.〉

"난 성 슈를 공화국 내 멜라토니와 그란돌 사이의 국경에 있는 광산 터에 있는 문으로 들어온 건데?"

〈?! 그렇다면 이 기척은……. 날 봉인하고서 급히 그란돌에 있는 모략의 미궁으로 가라.〉

뇌룡이 느닷없이 몸을 일으키자 여기저기에서 번개가 치기 시작했다.

역시나 감전되는 것까지는 막지 못할 것 같아서 간신히 몸을 옆으로 날렸다.

"으앗!! 느닷없이 무슨 짓이야. 위험했잖아."

운 좋게도 스치지 않고 회피하는 데 성공했다.

〈이대로는 무녀(巫女)가 위험하다. 서둘러라!〉

내 귀에 그 목소리가 비통한 절규처럼 들렸다.

마치 사랑하는 가족을 걱정하는 듯한 그런 목소리였다.

"……어디로 가야 나갈 수 있어?!"

〈원래 있었던 곳으로 돌아갈 수 있을 거다. 당장 그란돌의 모략의 미궁으로 가라. 모략의 미궁으로 들어가서 무녀를 구하라!!〉

뇌룡이 흥분하자 또다시 번개가 날아왔다.

"그러니까 위험하대도!! 자꾸 이러면 해방 안 하고 돌아간다?!"

〈운명의 톱니바퀴를 멈추게 하지 마라! 반드시 무녀를 구해다오!〉

운명의 톱니바퀴……. 무언가의 톱니바퀴로서 움직일 생각은 없지만, 내가 할 수 있는 일은 하기로 마음먹었다.

역시나 마족과 마물이 활보하는 세계보다는 모험가가 활보하는 세계가 더 살기 편할 것 같으니까.

"구해내겠다는 확답은 어렵지만, 전력을 다하겠다는 것만은 약속할게."

〈난관을 극복해보여라.〉

나는 뇌룡에게 생추어리 서클을 발동했다.

상당히 고통스러울 텐데도 꼼짝도 하지 않는 뇌룡을 보고서 전투를 치르지 않아서 행운이라고 생각했다. 검은 번개가 서서히 잦아들기 시작했다.

"크큭큭. 해방자여, 가호와 내 힘을 맡기겠다. 허리에 차고 있는 지팡이를 앞으로 내밀어라."

내가 환상 지팡이를 앞으로 내밀자 뇌룡의 빛이 환상 지팡이에 빨려들었다.

그리고 그 빛은 내가 차고 있는 목걸이에도 들어왔다.

"……휘말리게 해서 미안하다. 무녀와 미래를 지켜다오."

"용이 애원을 다 하네."

"루시엘이여, 우리가 이 세계를 맡긴 성스러운 자여. 지금이야말로 세계의 균형을 유지하라. 우린 맹세를 지켰노라……, 라피……루나…….”

뇌룡이 무언가 이름 같은 것을 중얼거렸을 때 온몸에 격통이 일기 시작했다.

“크아아아아아아, 하이…… 힐.”

뇌룡이 쓰러진 뒤에 방 전체에 벼락이 떨어졌다.

“……죽는 줄 알았네.”

뇌룡이 떠나가면서 남긴 전방위 번개를 맞고서 죽을 뻔했다. 나는 그 위자료로서 뇌룡의 방에 있는 모든 아이템을 챙기기로 했다.

그나저나 이만한 아이템과 돈이 남아 있는 걸 보면 이곳이 미궁 내 봉인의 문임이 틀림없는데……. 대체 무슨 일이 벌어지고 있는 거지? 그 생각만으로도 머리를 싸쥐고 싶어졌다. 이윽고 모든 것을 회수한 나는 출현한 마법진 안으로 뛰어들었다.

딩동 [칭호 뇌룡의 가호를 획득했습니다.]

온몸이 빛에 휩싸이더니 안내음이 칭호를 획득했음을 알려주었다.

빛이 잦아들자 눈을 떴다. 봉인의 문이 있던 지점에서 조금 떨어진 곳으로 전송된 듯하다.

내가 그렇게 상황을 판단하고 있으니 스승님과 수행원들이 달려왔다.

"용을 무사히 쓰러뜨렸나?"

"루시엘 님, 귀환하셨습니까."

나는 두 사람에게 대답하지 않고, 뇌룡과의 약속을 지키기 위해 나아가기로 했다.

"지금부터 최대한 빨리 그란돌에 있는 미궁으로 가야만 합니다. 스승님, 라이오넬, 그리고 모두, 제게 힘을 빌려주세요."

내가 느닷없이 고개를 숙여서인지 모두 순간 겁을 먹은 것 같았다.

그러나 이내 내 귀에 대답이 들렸다.

"당장 마차를 꺼내. 보아하니 상황이 다급한가 보지?"

"저흰 루시엘 님의 수행원이니 함께하겠습니다."

스승님과 라이오넬이 대답했다.

"정말로 감사합니다."

현장에는 가르바 씨와 그루가 씨가 지휘를 맡기 위해서 남았다. 그리고 모두는 나와 동행하기로 했다.

"최대한 빨리 돌아올 테니 기다려주세요."

"가능하다면 저쪽에 있는 모든 미궁을 답파하고 와라."

"이쪽에 도시락이 들어 있으니 이따가 먹어."

가르바 씨와 그루가 씨의 마음씨에 감사하면서 든든한 동료들과 함께 미궁도시국가 그란돌로 여행을 떠났다.

번외편 마도구 장인들의 해후

 루시엘은 성 슈를 공화국으로 귀환하면서 수행원으로서 라이오넬, 케티, 케핀과 동행하기로 했다.

 다만 지금껏 함께 해왔던 드란, 폴라, 리시안은 루시엘 상회의 기술개발부 직원으로서 설비가 갖춰져 있는 록포드에 남기로 했는데…….

 성도로 귀환하는 날짜가 정해지자 폴라와 리시안은 성도로 동행하고 싶다고 말했다.

 "적정시찰……."

 "루시엘 님이 소지하고 있는 마도구 중에 재밌는 게 여러 개나 있어요."

 "분명 아직 본 적이 없는 마도구도 있을 거야."

 "그러니 루시엘 상회의 기술개발부 직원으로서 동행하고 싶어요."

 "그리고 마석이 부족해서 모험가 길드에서 구입하고 싶어."

 루시엘은 두 사람이 모두와 헤어지는 게 쓸쓸해서 그러는 건가? 귀여운 구석이 있네, 하고 생각하면서 동행하겠다는 이유를 물어봤다. 그런데 너무나도 두 사람다운 대답이 돌아와서 쓴웃음을 지었다.

 "드란이 허가한다면 좋아."

353

루시엘의 말을 듣고서 폴라와 리시안은 드란 쪽으로 시선을 돌렸다.

"흐음, 좋은 기회일지도 모르겠구먼. 인족의 기술력은 전체적으로 그리 높지는 않지만, 발상력은 놀란 적이 많지. 게다가 루시엘 공과 함께라면 성가신 일도 그리 많이 벌어지지는 않겠지. 나도 함께 가도록 하마."

그리하여 드란 일행도 성도로 동행하기로 결정되었다.

그러나 슈를에 무사히 도착한 폴라와 리시안을 기다리고 있었던 것은 예상 밖의 전개였다.

두 사람의 목적은 마도구 상인이나 마도구 기사와 만나는 것이었다. 그리고 당연히 루시엘이 동행해주리라 믿고 있었다.

그러나 루시엘은 S급 치유사로서의 직무가 있었기에 드란에게 자금을 맡기고서 이제부터는 따로 행동해야 할 것 같다고 했다.

두 사람은 약속이 다르다며 서운해했다. 그러나 루시엘이 바쁘다는 것을 이해하고 있었다.

다만 두 사람은 마음을 허락한 상대가 아니라면 말을 잘하지 못하는 성격인지라 결국 드란에게 매달리기로 했다.

"별수 없구먼."

두 사람이 부탁하자 드란은 내뱉은 말과는 달리 헤벌쭉 웃었다. 결국에는 안내역 겸 교섭역을 맡기로 했다.

그러나 드란도 성도 지리에 밝은 편이 아니라서 모험가 길드나 상인 길드에 물어보면 문제가 없을 거라고 판단했다.

그것이 문제였다.

이튿날, 드란 일행은 성도 내 상업 구역을 방문했다. 그런데 성
도 슈를에 드워프나 엘프가 찾아오는 것 자체가 드문 일인지라
사람들의 주목을 받게 되었다.

그래서 폴라와 리시안은 두려운 나머지 바짝 긴장해서 상품을
느긋하게 살펴볼 수 없었다.

드란은 당장에라도 난동을 피우고 싶은 기분이었지만, 루시엘
에게 민폐를 끼칠까 고민했다. 그런데 그때 누군가가 구원의 손
길을 내밀었다.

모험가처럼 보이는 한 남자가 손뼉을 여러 번 쳐서 사람들의 시
선을 끈 뒤에 입을 열었다.

"저 세 사람은 성변님의 수행원이고, 주목받는 것에 그다지 익
숙하지 않은 것 같으니 배려해주자고."

그 말 한마디로 주변에 모인 자들이 루시엘이라는 이름이나 성
변이란 단어를 입에 담으며 흩어졌다.

모험가처럼 생긴 남자가 그 광경에 놀란 세 사람에게 말을 걸
었다.

"고생이 많았군."

"고맙소. 그런데 그대는?"

"내 이름은 에리츠. A랭크 모험가이자 성변님 덕분에 목숨을
건진 한 사람이자 신체 강화를 알려준 스승이기도 하지."

"그런가? 덕분에 살았소."

"아까 당신들을 에워싼 녀석 중에도 나처럼 성변님 덕분에 목숨을 건진 사람이나 도움을 받은 가족을 둔 사람이 있거든. 만약에 사람들이 또 에워싸거든 성변님의 이름을 대도록 해. 민폐를 끼치지 않고 도와줄 테니까."

"영향력이 있다는 건 알고 있지만, 이 정도일 줄이야……."

드란이 중얼거리자 에리츠가 웃었다.

"그 성변님은 자기가 얼마나 대단한 일을 했는지, 또 얼마나 사람들이 흠모하는지 별로 자각하질 못하니."

"그건 동감이로군."

두 사람이 서로를 보며 웃었다.

"그래서 성변님의 수행원은 지금 뭘 하는 거지?"

에리츠가 묻자 드란이 목적을 솔직히 말했다.

그러자 에리츠는 성변님에게 조금이라도 은혜를 갚기 위해서 하루에 은화 1닢을 주면 성도 안내역 및 호위를 맡아주겠다고 했다.

세 사람은 에리츠의 호의를 받아들였다. 그리고 성도에 머무는 동안에 에리츠의 안내를 받으며 마도구 공방과 상점을 돌아다녔다.

처음에 폴라와 리시안은 에리츠를 경계했다. 그러나 공방과 마도구점을 돌아다니는 사이에 어느새 에리츠는 신경 쓰지 않고 상품에 집중하게 되었다.

그런 상황이 며칠 동안 이어지자 더는 에리츠가 호위를 맡을 필요가 없어졌다. 세 사람은 편안한 마음으로 쇼핑을 즐기다가 드디어 루시엘이 마도구를 샀던 코메디아에 발을 들였다.

〈어서, 오십시오. 마도구점 코메디아에, 오신 것을 환영합니다.〉

"""?"""

세 사람은 골렘이 갑자기 말을 하자 놀랐다.

그러나 그것도 잠시, 어떤 기술이 적용되었는지 살펴보기 시작했다.

"눈이 마석으로 만들어졌어. 이런 장치로 사람을 인식하게 하고, 또 목소리를 내게 하다니 발상이 재밌어."

"구조가 간단하긴 하지만, 확실히 개인 상점 같은 곳에 놔두면 편리할 것 같네."

"골렘을 이렇게 활용하다니 제법 재밌구먼."

그 뒤로 세 사람은 각자 각종 마도구들을 품평해나갔다.

그 광경을 보고서 점원은 말을 걸려고 했지만, 드워프나 엘프를 접객해본 적이 없었기에 이내 마도구점 오너인 리나를 불렀다.

리나 본인도 엘프나 드워프를 본 적이 몇 번밖에 없다. 물론 대화를 나눠본 적도 없었다.

긴장이 되었지만 그래도 접객을 해야 한다고 자신을 북돋우며 말을 걸었다.

"궁금하신 상품이 뭐 있으신가요?"

"전부."

"어째서 이런 상품을 고안해냈는지 그게 궁금해요."

폴라와 리시안의 시선은 리나가 아닌 상품에 꽂혀 있었다.

"사람들의 삶이 조금이라도 편해지길 바라고서 개발하고 있습니다."

리나는 두 사람이 했던 말을 여러 번이나 들은 적이 있었다. 종족은 다르더라도 생각은 똑같구나, 하고 안도했다.

그러나 그 생각은 폴라와 리시안이 다음에 한 말 때문에 뒤집혔다.

"들도 보도 못한 개념으로 제작된 마도구가 많아. 그런데도 완성도는 이상하리만치 높아……. 대단히 희한해."

"분명 그러네요. 기성 제품이 있다면 모를까 너무 세련됐어요. 이 발상력은 대체……."

"어, 음……."

리나는 말문이 막혔다.

지구에서 환생한 리나는 그저 전생 때 있었던 가전제품을 마도구로 모방했을 뿐이다.

물론 그 사실을 널리 알릴 마음은 없다. 그러나 마도구 제작을 생업으로 삼고 있는 드워프나 엘프에게 천재라서 그렇다고 큰소리칠 만한 배짱도 갖고 있지 않았다.

드란이 곤혹스러워하고 있는 리나에게 말을 걸었다.

"미안하구먼. 두 사람은 마도구 기사일세. 사전에 인족은 발상력이 뛰어나다고 말해뒀네만……."

"아하핫, 개의치 마세요."

리나는 그렇게 말하면서도 내심 꽤 초조해하고 있었다.

(마도구 기사라면 동업자잖아? 어쩌지?)

"사죄의 뜻이라고 하기에는 뭐하지만, 몇 가지 구입하고 싶소."

"아, 저기 동업자죠?"

"응? 아아, 그런가? 구매한 상품을 모방하여 팔 생각은 없으니 안심해도 좋소."

"그, 그렇습니까? 참고로 어디서 영업을 하시는지 물어봐도 되겠습니까?"

"자유도시국가 이에니스라오. 난 루시엘 상회에서 기술개발장을 맡은 드란이오. 저 두 사람은 마도구가 전문이고, 기술개발부에 소속되어 있지."

"이에니스 말인가요……."

결국은 더 이상 대화가 이어지지 않았다.

그리고 폴라와 리시안은 돌아갈 즈음에 리나에게 말했다.

"발상이 뛰어나다는 건 인정해. 하지만 마도회선의 제어가 어설퍼."

"기술이 발상력을 따라잡는다면 그때 라이벌로 인정해드리죠."

"미안하구먼."

드란이 두 사람에게 어서 가자고 재촉하며 밖으로 나갔다.

세 사람을 보내고 나서 리나는 가게를 종업원에게 맡긴 뒤 안쪽 공방에 있는 침대에 쓰러졌다.

"피곤해라……."

(그나저나 드워프나 엘프가 정말로 있구나……. 둘 다 귀여웠고, 드워프 님은 수수하면서도 멋있었어.)

리나는 폴라와 리시안, 그리고 드란이 가게에 또 와줬으면 좋겠다고 생각했다.

다만 딱 한 가지는 마음에 걸렸다.

(이에니스에서 도망쳤을 때 루시엘 상회가 있었던가?)

리나의 그 의문은 몇 시간 뒤에 풀리게 된다.

한편 코메디아에서 쇼핑을 마친 세 사람은…….

"인족의 발상력은 얕잡아볼 수 없어."

"그러네요. 그래도 그 가게에서 파는 것 말고는 눈여겨볼 만한 마도구는 없었어요."

"이미 한 사람을 만났으니 찾아보면 열 사람은 더 있을 거야."

"그렇다면 방심하고 있을 여유가 없겠네요."

인족의 발상력을 칭찬하면서도 대항하는 마음을 불태웠다.

"할아버지, 록포드로 돌아가자."

"그전에 루시엘 님한테서 마석을 받아야만 해요."

"이봐, 이봐. 루시엘 공이라면 마석은 어려워도 자금은 제공해주겠지. 하지만 조르기만 하지 말고 감사 인사를 빼먹지 않도록 해."

"할아버지한테 그런 소리를 들을 줄은 몰랐어."

"그러네요."

두 사람이 눈을 크게 뜨고서 놀라워하자 드란은 시선을 돌렸다.

그리고 짧은 기간이지만 성도를 즐긴 세 사람은 루시엘에게서 자금과 마석을 조달받았다. 그리고는 루시엘과 루시엘 상회를 위해서 최선을 다해 성장하겠다고 맹세한 뒤 록포드로 출발했다.

저자 후기

여러분, 늘 신세를 지고 있습니다. 브로콜리 라이온입니다.

이번에 성자무쌍 7권을 구매해주셔서 정말로 감사합니다.

이렇듯 무사히 출간될 수 있었던 건 오로지 이 작품을 지지해주시는 독자 여러분과 출판을 맡아주신 관계자 여러분 덕분입니다.

진심으로 감사드립니다.

이 후기를 쓰고 있는 때가 11월 초순입니다. 이 작품이 여러분들의 손에 들어갈 즈음에 WEB판 성자무쌍은 완결에 가까워졌을 테지요.

WEB판을 처음으로 투고한 때가 2015년 10월이었으니 어언만 4년이 넘었습니다. 시간이 흘렀다는 것을 절실히 느끼고 있습니다.

뭐, 최근에는 어떤 이유로 WEB판을 줄곧 갱신하지 못했습니다만……

그래서 WEB판을 마무리 짓겠다는 뜻을 편집담당자 I씨에게 전하기로 했습니다.

"드디어 WEB판을 마무리 지을까 해서요."

"그거 연초에도 말하지 않았던가요?"

"그렇긴 한데 이번에야말로 완결을 낼 테니."

"그런데 브로콜리 씨, 1권 출간을 논의하는 단계 때 WEB판을 곧 마무리 짓겠다고 했었죠?"

"아, 뭐……."

그 당시를 돌이켜보니 성자무쌍은 10만자완결을 목표로 집필하기 시작한 작품이었습니다. 그런데 서적화가 결정되고 1권이 발매될 때까지는 내용을 잊어버리지 않기 위해서 글을 쓰자, 그런 강박관념에 휩싸여 이에니스편을 쓰기 시작했습니다.

그런데 그때부터 글을 쓰는 게 재밌어져서 정신을 차려보니 성자무쌍은 100만자를 훌쩍 뛰어넘는 작품이 되어 있었습니다.

그렇기에 담당자인 I씨에게는 감사할 따름입니다.

자, 이제부터는 수요가 있을는지 모르겠습니다만, I씨와의 평범한 대화를 보내드리도록 하겠습니다.

"WEB판을 완결시키겠다는 취지는 알겠습니다. 그런데 그전에 7권 교정 말인데요. 이번에도 수정할 부분이 많아요."

"그렇죠~. 그래도 마감은 아직 여유가……."

"아뇨, 아뇨, 아뇨. 이번에도 마감일을 꽤 넉넉히 잡았는데도 어느새 아슬아슬해졌어요."

"알고 있었습니다. 그저 현실도피였습니다."

"브로콜리 씨, 퇴고하는 걸 거북해하는 건 압니다. 그러니 낭독 소프트웨어를 써보면 어떻겠어요?"

"낭독 소프트웨어 말입니까?"

"듣다가 이상하다 싶으면 수정할 수 있어서 편리해요. 써본 적은 없지만."

"그거 오탈자 수정 기능은……."

"……그 부분은 열심히 퇴고해주세요."

"……예."

이런 느낌의 대화를 매번 주고받으면서 즐겁게 서적화 작업을 하고 있습니다.

참고로 7권 작업 때는 늦어서 쓰지 못했습니다만, 음성낭독 소프트웨어는 샀습니다.

이로써 조금이라도 퇴고 수준이 올라갔으면 좋겠다고 자꾸만 희망적인 관측을 품게 되네요.

다음 권이야말로 여러분께 민폐를 끼치지 않도록, 여유롭게 초고를 보내드릴 수 있도록…….

늘 러프 단계부터 멋진 일러스트를 그려주시는 sime님의 기대에 부응할 수 있도록…….

아키카제 선생님이 그려주신 만화로부터 받은 은혜를 조금이라도 갚을 수 있도록…….

독자 여러분, WEB판은 끝나더라도 서적판 이야기는 계속해서 함께 해주시길 바랍니다. 여러분의 사랑을 받을 수 있도록 전력을 다하겠습니다.

　마지막으로 늘「성자무雙」을 지지해주시는 독자 여러분과 관계자 여러분께 심심한 감사를!

SEIJAMUSOU Vol.7
©2019 by Broccoli Lion, sime
All rights reserved
First published in Japan in 2019 MICRO MAGAZINE, INC.
Korean translation rights reserved by Somy Media, INC.

성자무쌍 7

2021년 7월 15일 1판 1쇄 발행

저 자	브로콜리 라이온
일 러 스 트	sime
옮 긴 이	박춘상
발 행 인	유재옥
본 부 장	조병권
편 집 1 팀	박서연 이준환
편 집 2 팀	박치우 정영길 조찬희
편 집 3 팀	곽혜민 오준영
라이츠담당	한주원
디 지 털	박상섭 이성호 최서윤
미 술	김보라 서정원
발 행 처	㈜소미미디어
인쇄제작처	코리아피엔피
등 록	제2015-000008호
주 소	서울시 마포구 토정로222, 403호 (신수동, 한국출판콘텐츠센터)
판 매	㈜소미미디어
마 케 팅	이주희 최정연 한민지
전 화	(02)567-3388, Fax (02)322-7665

ISBN 979-11-6611-994-1 04830
ISBN 979-11-6190-387-3 (세트)